驭风少年

THE BOY
WHO HARNESSED THE WIND

我小时候与父亲在马斯塔拉村，对我来说，他是
世界上最魁梧、最有力量的人。

祖父展示他自制的弓箭，它们曾用于猎杀野兽。
人们说祖父是村里最好的猎人。

紧挨着小学的温比商贸中心，饥荒时期
十分萧条，饿殍遍地。

我的第一架大风车上的拖拉机风扇和叶片。除了啤酒瓶盖换成了垫片、添加了几枚螺钉，这张照片上的其余零件与此前无异。

改进之后的风车动力系统特写，我将车链当作绳子
提醒自己曾经吃过的苦头和留下的伤痕。

记者来报道我的风车故事。对我们村的人来说，
他们就像明星一样。

我为记者演示将风车与电池相连。我很紧张，
同时又非常兴奋。

我尝试了，我做成了！

I TRIED, AND I MADE IT.

驭风少年

〔马拉维〕威廉·坎宽巴 〔美〕布赖恩·米勒 著

陈杰 译

南海出版公司

新经典文化股份有限公司
www.readinglife.com
出 品

献给我的家人

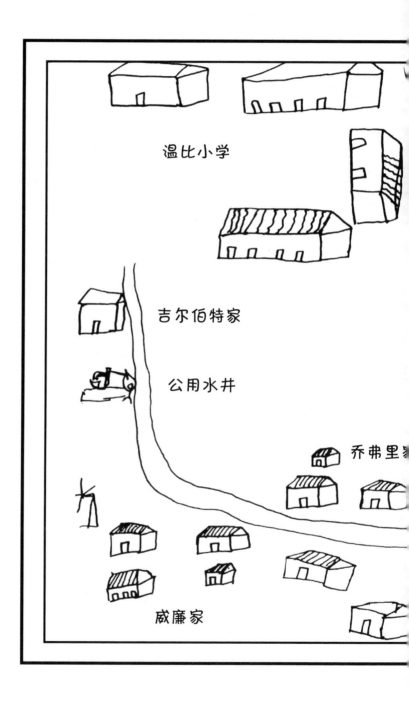

温比小学

吉尔伯特家

公用水井

乔弗里家

威廉家

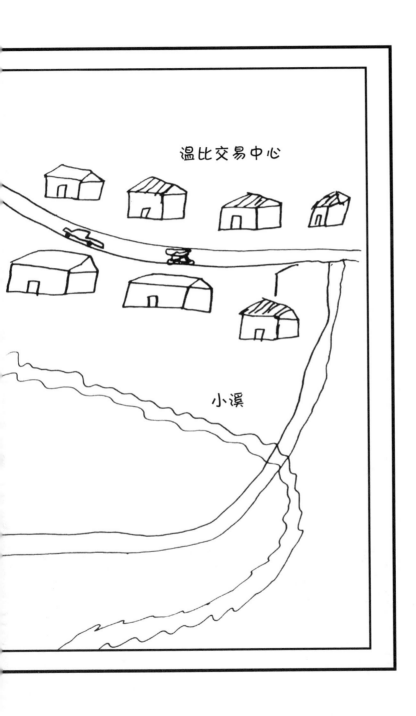

前　言

　　准备工作告一段落，我等待着风车转动的那一刻到来。工作得那么辛苦，手臂上的肌肉如火烧般疼痛，好在现在一切都结束了。风车上的螺栓都加固了一遍，风塔在歪歪扭扭的钢条和塑料的重压下纹丝不动。看着眼前的风塔，我不禁产生了一种美梦成真的感觉。

　　风车建成的消息已经传了出去，人们从村里各处纷至沓来。生意人从货摊上看到它，匆匆收拾好货物便赶了过来。卡车司机把车停在路边。人们走进山谷，聚集在风塔的阴影下。我认出了这一张张面孔，其中有些人几个月来一直都在笑话我，现在他们还在窃窃私语，少数几个甚至还在偷笑，更多的人只是来看看热闹。该让他们见识一下我的风车了。

　　我左手拿着连了电线的小灯泡，凭右手的力量登上了风塔的第一级阶梯。软木在我身体的重压下咯吱作响，人群一下子安静下来。我缓慢而充满信心地继续向上攀登，直爬到风车粗犷的骨架才停下脚步。风车的塑料叶片被烧得发黑，钢条龙骨牢牢地用螺栓固定住。我停顿了一下，在田野和群山的映衬下观察着风车上的锈斑和油漆。风车上的每个零件都在诉说着自己的故事：它们在惊恐中被人丢弃，现在又同我一起获得了重生。

两根电线从风车的轴心垂下来，随着微风轻轻地舞动。如同我经常设想的那样，我把它们磨损的尾端与灯泡的电线连接在一起。风车下的人们像叽喳乱叫的鸟儿一般喧闹起来。

"安静一下，"有个声音在说，"让我们见识见识这个男孩到底有多疯狂。"

一阵突如其来的风把下面的吵闹声完全淹没，然后演变成一股持续的强风。大风卷起了我的 T 恤，脚下的阶梯在风中不住地摇晃。我集中精力，把一段用来固定风车叶片的铁丝取了下来。摆脱了束缚后，轮轴和叶片在风力的推动下渐渐转动起来，开始很慢，然后越转越快。最终，风车在这股力量的推动下开始跟着摇晃。我的膝盖一阵发软，但我坚持着没有动摇。

千万别让我失望啊！

我紧握连着电线的小灯泡，等待着奇迹的发生。起初我的掌心出现了一点微光，接着光亮突然绽放出来。所有人屏住呼吸，被眼前的景象所震惊。孩子们纷纷拥上前来想看个究竟。

"这东西真的能发电！"有人说。

"是啊，"另一个人说，"他真的做到了。"

1

在发现科学的奥秘之前，我的生活被巫术所占据。

巫术和与之相关的神秘事件不断在我身边出现，构成了我童年时代的最初回忆——要不是爸爸把我从生死关头救下来，那我今天取得的成功也就无从谈起了。

那年我才六岁，一个人在村里的路上玩，几个放牛娃载歌载舞地朝我走了过来。当时我们家住在卡松古^①附近马斯塔拉村的一个农场里，那几个孩子是为邻近的农场主放牛的。他们说早上在路边发现了一个很大的布袋，打开一看里面满是口香糖。真是太不可思议了，你们绝对想象不出我有多么喜欢口香糖。

"我们分给他一些吧？"有个放牛娃提议道。

---

① 马拉维中部城市。

我屏住呼吸一动不动，枯叶落在头上也浑然不觉。

"为什么不呢？"另一个孩子说，"他已经等不及了。"

男孩把手伸进口袋，从里面抓出一把口香糖，然后每种颜色挑出一颗扔进我手里。我忙不迭把它们全都塞进了嘴里。放牛娃离开的时候，一股甘甜的糖浆沿着我的下巴滚落下来，把衬衫都浸湿了。

第二天我在芒果树下玩耍时，一个生意人停下自行车，和我爸爸攀谈起来。他说前一天早晨自己在去市场的路上掉了个布袋，当他意识到并折回去寻找时，发现有人已经把布袋拾走了。他还说那只袋子里装的是口香糖。生意伙伴告诉他几个放牛娃在村里分发口香糖的事，他非常生气。这两天他一直在周边地区找那些孩子。最后他令人毛骨悚然地威胁道："我已经去见过辛亚加了，吃过那些口香糖的人马上就会后悔的。"

辛亚加是村里的巫医。

我早就把口香糖咽下肚了，唇齿留芳的记忆突然间变了味。我心跳加速，开始狂冒冷汗，趁没人注意时偷偷溜进家后面的蓝桉树林，靠在树干上，想把口香糖从身体里弄出来。我又吐又呕，还把手指伸进喉咙，想以此赶走诅咒。最后，我累得快虚脱了。吐出的唾沫星子使脚下的树叶都变了色，我赶忙用泥土把它们埋了起来。

但没过多久，乌云突然遮住了太阳，我觉得巫医那只充满魔力的大眼睛似乎正透过树丛观察着我。我只不过吃了几颗口香糖，他就用巫术控制我了。晚上，女巫们一定会把我从床上带走，送上她们的飞机，强迫我在群魔战场上打斗直至灭亡。当我的灵魂飘向云端时，身体会渐渐冰冷。对死亡的恐惧突然紧紧攫住了我的心。

我开始痛哭起来，双腿一动也不能动。两行热泪顺着脸颊滚落，毒药的气味充满鼻腔。恐惧在顷刻间遍布全身。我竭尽全力逃出树林，试图避开那只充满魔力的大眼睛。在我慌不择路地跑回家时，爸爸正靠在墙上剥着玉米的苞叶。我真想投入他的怀抱，使自己从魔鬼的掌控中摆脱出来。

"我吃了口香糖，"我已经泣不成声了，"我吃了捡来的口香糖。爸爸，我不想死，别让魔鬼把我夺走。"

爸爸看了我一眼，然后摇了摇头。

"你吃了捡来的口香糖吗？"他问了一声，而后露出微笑。

爸爸难道没意识到我做了什么吗？

"别担心。"说着他便从椅子上站了起来。爸爸是个大高个，每次起身膝盖骨就会咔咔作响。"我会找那个生意人解释，这件事一定会很好地解决的。"

那天下午，爸爸步行到八公里外一个叫马萨卡的地方。他把发生的事告诉了那个生意人，说那些放牛娃在路上遇见我，把捡来的口香糖分给我吃。然后爸爸二话没说，把整袋口香糖的钱都给了生意人。那可是他一星期的收入。

我得救了。晚饭后我向父亲问起诅咒的事，问他是否相信我真的在劫难逃了。他突然收起笑容，变得非常严肃。

"当然，幸好我及时把你救了回来。"说完他开心地大笑起来，我也被逗得笑逐颜开。他的胸膛起伏着，身下的椅子也跟着咯吱作响，"威廉，谁知道你会遇上什么事呢？"

爸爸体格健壮，从来没被巫术吓倒，但他知道许多关于巫师的故事。在没有月光的黑夜里，我们会点燃一盏灯，聚集在客厅里。我和姐妹们围坐在爸爸脚边，他会把世界运行的方式，巫术的起源、发展和对人类的影响告诉我们。在土地贫瘠的地方，仅靠宗教和人类自身是远远不够的。为了弥补这种失衡的状态，巫术作为第三种强大的力量存在着。爸爸说，巫术不像大树或是提水的女人那样看得见摸得着，而是像风和横跨在小路上的蜘蛛网一样难以捉摸、不容小觑。对于我们来说，巫术是存在于故事里的东西，而我们最喜欢听的是《穆瓦塞酋长和卡松古战役》。

十九世纪早期至今，我们切瓦人一直是非洲中部平原的统治者。在战争频发、疾病肆虐的那些年里，我们从刚果南部高地迁移到了丰饶的非洲中部平原。

那时在村庄的西北部,有头暴戾的黑犀牛称霸一方。它比三吨卡车还要大,和爸爸手臂一样长的牛角尖端锋利得像匕首。村民和动物共用一汪水塘,黑犀牛会把身体潜在水中等待村民的到来。到水边取水的大多是妈妈和妹妹那样的妇女儿童。当她们把提桶放入水塘时,犀牛就一跃而出,用强有力的蹄对她们又踢又踏,最后现场只留下血迹斑斑的破衣烂衫。短短几个月内,恐怖的黑犀牛杀害了一百多人。

一天下午,有个切瓦族的王室少女在水塘边被黑犀牛踢死。酋长得知后非常愤怒,决定即刻采取猎杀行动。他把长老和武士们集中起来商量计划。

"那头犀牛真是个祸害,"酋长说,"怎样才能除掉它呢?"

长老和武士们想出了许多点子,但都没能让酋长满意。最后,他的一位助手从座位上站了起来。

"利隆圭①有个我认识的人,"他说,"这人不是酋长,但他有把阿宗古②用的手枪,也非常擅长巫术。我相信他的法术绝对能够击败那头黑犀牛。"

助手所说的人叫穆瓦塞·奇法祖,他法术高超,整个国家的人都知道他的盛名。穆瓦塞是个会巫术的猎人,他的名字有"草丛杀手"之意,因为他可以把自己伪装成田野里的

---

① 马拉维首都。
② 中非人对白人的泛称。

草丛，伺机捕杀猎物。酋长的手下走了一百多公里，去利隆圭向穆瓦塞求救。最后他同意向卡松古的兄弟们伸出援助之手。

某天早晨，穆瓦塞在日出前到了水塘边。他站在岸边的杂草丛中，把神水洒在身体和枪上。紧接着他连同那杆枪倏地不见了，化为微风中的点点音乐。十几分钟后，黑犀牛咆哮着翻过大山，大摇大摆地向池塘走来。当它把庞大的身躯浸入水中时，穆瓦塞悄悄从后面爬到它身上，对着它的后脑勺就是一枪。黑犀牛当场瘫倒，一命呜呼。

人们立刻举行了庆祝仪式。整整三天，附近的村民们尽情地享用着夺走一百多条性命的怪兽的肉。仪式进行到高潮部分时，酋长把穆瓦塞带到群山的最高处，俯视着切瓦族统治的地区。这座山名叫瓦拉尼耶，意为"美味苍蝇之岩"，其名取自山顶的岩石和树丛间肥美可口的苍蝇。

站在美味苍蝇之岩上，酋长指着山下一片绿油油的土地，转过身来看着穆瓦塞。

"你杀了如此恐怖的动物，我要给你一样奖赏。"他说，"山这边可以看见的地方我准备全都赏赐给你。把你的家眷带来，就以此地为家吧，现在这里是你的领地了。"

于是穆瓦塞回到利隆圭把家眷带了过来。没多久，他就建立起一个物产富饶的独立王国。庄园里出产的玉米和蔬菜供应整个部落还绰绰有余。他的臣民身体健壮，武士个个精神抖擞、令人生畏。

大约就在这个时候，南非的祖鲁王国爆发了一场纷争。祖鲁王萨卡的军队对周边地区展开了侵略。残酷的战争使上百万人被迫迁徙外地，其中就有恩戈尼族。

恩戈尼族向北走了好几个月，最后在切瓦族肥沃的土地上扎下根来。由于到哪儿都待不了太久，饥饿常常伴随左右。他们只能到更北的地方向穆瓦塞酋长寻求支援，而酋长也经常用玉米和山羊款待他们。某天，接受了穆瓦塞酋长的馈赠后，恩戈尼族的领袖们坐在一起商量起来："怎样才能永远吃上这种好东西呢？"

有人说："把切瓦族灭掉就行了。"

恩戈尼族当时的首领是纳旺比酋长，他计划攻克美味苍蝇之岩，并把在山峰上看得见的土地都据为己有。不幸的是，他们压根儿不知道穆瓦塞酋长所具有的巫术。

一天早晨，恩戈尼族的战士披着兽皮，拿着盾牌和长矛上了山。穆瓦塞酋长麾下的武士们在几公里之外就认出了他们。武士们化身为绿草，在入侵者接近美味苍蝇之岩时，用利刃和长矛将他们消灭殆尽。最后一个阵亡的便是纳旺比酋长。因为这个原因，原来的美味苍蝇之岩更名为恩古鲁·纳旺比，意为"纳旺比在此阵亡"。这座山屹立在我家所在的村庄旁，俯瞰着卡松古。

这些故事流传了一代又一代，爸爸讲的故事都是从他的爸爸那儿听来的。爷爷非常老，他甚至不记得自己是何时出生的。他的皮肤干燥皲裂，两只脚像石头刻出来的一样。他的长大衣和裤子打满了补丁，像古树皮一样粘在身上，似乎比他的年龄还大。他用玉米叶和烟草卷雪茄，双眼因为喝卡查索而充满了血丝。卡查索是一种烈性玉米酒，体弱的人喝了甚至会变瞎。

爷爷每个月会来探望我们一两次。当他穿着长大衣、戴着帽子在树林中出现时，唇边总会冒出一缕青烟，好像森林长了脚朝我们走来一样。

爷爷讲的则是另一个时代的故事。他年轻时——政府还没推广种植玉米和烟草——我们这儿的树林非常茂密，外来者常会在里面迷路。树林里黑压压一片，伸手不见五指。羚羊、大象、鬣狗、狮子和猎豹等野生动物都以树林为家，使这里变得越发凶险。

爷爷小的时候，他祖母被狮子攻击了。老人家当时正在树林边驱赶野猴，一只母狮悄悄朝她扑了过来。村民们听到她的求救声，纷纷敲起鼓来——不是跳舞和举办仪式时那种快节奏的鼓点，而是一种缓慢而严肃的鼓声。村民们把这种敲击声称作"穆萨达维",意思是"赶快过来吧"。这就好比拨打911报警电话,但来的不是警察,而是其他村民。

爷爷和其他人带着弓箭赶到现场时,事情已经不可挽回了。他们看到一头体大如牛的狮子把老人拖进荆棘丛生的树林中,然后像扔死耗子一样把尸体扔进了灌木丛。接着它转身面对着追赶者,发出一声令人胆寒的号叫后带着猎物消失了。老人的尸体从此再也没被找到。

爷爷说狮子一旦尝过人血的滋味后,不把整个村里的人都吃完是不会罢休的。第二天早晨,有人把此事通报给当时统治我们国家的英国殖民者。他们派兵进入树林,射杀了那头母狮,还将尸首展示在村民广场上,让所有人都能看到。

没过多久,爷爷独自在树林里打猎时见到一个被眼镜蛇袭击的男人。眼镜蛇藏在树上,在男人经过树下时咬了他的头。男人的皮肤马上变成灰色,没过几分钟就一命呜呼了。爷爷马上把这消息告诉了邻近的村庄,那里的人就把他们的巫师带来了。巫师踏着死者的胸膛,把药物向森林四处抛撒。没过多久,几百条眼镜蛇从树荫下的湿泥里钻了出来,聚拢在尸体周围。它们都被巫师的咒语催眠了。

巫师蹲坐在死者的胸膛上,喝下一杯施了咒的麦片粥。粥汤通过他的脚流到毫无生气的尸体里。死者的手指动了一下,接着整只手动了起来。

"让我起来吧。"他从地上站了起来，面对着周围的蛇群。

众人检查着每条眼镜蛇的牙口，从中寻找杀人的那条。巫师通常会飞快地砍下作恶者的头颅，但复活的死者这次却大发善心，饶过了置他于死地的那条蛇。巫师的酬劳是三英镑，爷爷亲眼见证了这一切。

爸爸年轻时经常和爷爷一起出去打猎。即便在那时，进入树林也是一件十分危险的事。猎人在出发前，通常要举行一场神圣的仪式。打猎总是由某个人发起的，人们把这个带头人称为"维尼·索科洛"。他把愿意参加的人从周围的村庄召集到一起，并决定打猎的时间和地点。宰杀猎物时，带头人也会相应地得到最好的那部分，通常是后腿肉。爷爷就经常充当这样的角色。

打猎的前一天，带头人不能和妻子同床，甚至同处一室也不行，目的是尽可能集中注意力，并保证晚间的睡眠。精力分散会使人在森林里变得粗心，更糟的是，它会让人容易受到蛊惑。这天晚上，带头人会独自睡在邻居家，或者和孩子们一起睡在小屋子里。他会煮一罐混杂了根茎和草药的红玉米，并在第二天早晨分发给参加打猎的人们。这也是一种巫术，所有人都相信这样能让自己远离危险。

出发前猎人会叮嘱妻子在他回家前不要出门，最好躺在床上睡觉。他们觉得这样做也会让猎物进入梦乡，从而降低捕获它们的难度。

小时候穿过树林时，我倒不担心碰上眼镜蛇或狮子，因为它们大多已经消失了。但没被砍伐的林子里还潜伏着其他危险，而在宁静空旷的田野里，树木的鬼魂似乎还未散去，正如歌如泣地低诉着什么。独自去那里时，我最怕遇到"古勒·万库鲁"。

古勒·万库鲁是一群神秘的舞者，他们应酋长之邀在葬礼和切瓦族男孩的成人仪式上表演。据说古勒·万库鲁是去世祖先的灵魂，他们在阴间复活，到人间四处游走。不再是人类的他们拥有动物的皮肤和怪兽的脸——有的像面部扭曲的怪鸟，有的像惊声尖叫的恶魔。

古勒·万库鲁表演时，人们通常只敢远远地偷看几眼。他们通常踩着高跷从树林深处出现，居高临下地望着人群，用不同的语言大声尖叫。一次，他们中的一位甚至像蜘蛛似的头下脚上倒爬上一根杆子。每当古勒·万库鲁跳舞时，似乎有一千人在他们体内，而每个人都在朝相反方向舞动。

古勒·万库鲁不表演时，会在树林和沼泽里寻找小男孩，把他们带回墓地。我不想知道男孩们会在那儿遇上什么。甚至连提到古勒·万库鲁都会给人带来坏运气。如果你敢背地里怀疑他们，比如对人说："看看他们的手吧，和我一样是每只手五根手指。那些家伙才不是鬼魂。"这样绝对会遭到诅咒。古勒·万库鲁只接受酋长的邀约，因此没人能保护你。当他们在村子里出现时，女人和孩子都会丢下手里的活计，逃到他们看不见的地方。

我很小的时候，有个会巫术的舞者出现在我家院子里。他像公鸡一样高昂着头，像蛇一样嘶嘶地叫着。他的头上裹着个面粉袋，只在嘴巴和鼻子的部位掏了两个黑窟窿。当时爸爸妈妈都在地里干活儿，我和姐妹们躲到树的后面，眼睁睁地看着他偷走了我们的鸡。

不怕古勒·万库鲁的动物只有驴。如果驴看到这些舞者，会把他们赶到树林中，用强有力的蹄子猛踹他们。别问我原因，但那些驴确实非常勇猛。

每次横穿树林时，我都试图像驴子朋友一样勇敢无畏。但巫师巫婆从不暴露真身，你永远不可能知道他们把陷阱设在哪儿。在他们施法的地方，各种各样的巫术会以不同面貌显灵。恩奇斯①外面的公路上据说出现过六米多高的光头男人，一开始只有两三个，后来增至数十人。到了晚上，同一条公路上会有幽灵卡车开过，车灯闪耀、引擎轰鸣，速度非常快。但人们只能看到车灯，并不能看到卡车，路上也不会

---

①马拉维中部地名。

留下轮胎印。如果你正巧开车从那里经过，你的引擎会立马熄火，直到天明才恢复正常。

被施了巫术的鬣狗会在晚上到村子里徘徊，用锋利的牙齿掳上好几头公羊，把它们送到巫师那里当祭品。被施了巫术的狮子会被派去咬死那些欠他债的人。拖拉机大小的蛇会在田野里等待着你的到来。

但对孩子们来说，还有更大的危险。如同我刚才提到的那样，巫师让孩子们帮自己施展巫术，每天晚上那些孩子又潜伏到村庄里寻找新猎物。他们会用美味的肉食诱惑其他孩子，告诉他们这是通往天堂的唯一路径。孩子吃下后才发现那是人肉。但为时已晚，巫师的邪魔已经附在你身上，你会一直被他控制，永世不得翻身。

巫师除了施咒和报复之外，还会彼此斗法。巫术王国因此纷乱四起，造成大量伤亡，于是孩子成了他们最好的工具。

孩子们被送上巫术飞机，在夜色的掩护下，一分钟就能到达赞比亚或伦敦。任何东西都可以被巫师变作飞机：木盆、泥罐或一顶简简单单的帽子。孩子们有时会被派到敌方家里检验他们的能力。如果在这个过程中被杀死，其装备就由胜利的巫师处置并升级。其他晚上，孩子们会被派到别的阵营里和那儿的孩子比武。遭到诅咒的孩子会在我从没听说的场地上把人头当球踢，展开一场神秘的足球赛，以此争夺几大杯人肉。

从口香糖贩子那里逃脱后，我非常害怕会被人逮到，于是想了好些保护自己的方法。我知道巫婆和巫师厌恶金钱，因为对他们来说钱比最危险的敌人还要可怕。与钱的接触会夺走他们的法力，使他们成为普通人，而且是赤身裸体的普通人。因为这个原因，人们常把克瓦查①纸钞贴在墙壁和床垫上，保护自己和家人在夜里不至于遭到突袭。如果他们突然被一个赤身裸体、仓皇逃窜的人惊醒，就说明他们的做法是正确的。

另一个保护自己的方法，就是跪在床前祈祷自己的灵魂保持洁净。我以前也这么做过。巫术飞机没法看到祈祷者的家，因为它们似乎被云遮住了。

"爸爸，请在我房间的墙上弄些克瓦查纸币吧，"有天下午我向爸爸乞求道，"不然我晚上会睡不着觉的。"

爸爸知道许多与巫术有关的事，但从不会让它们统治自己的生活。正是由于这一点，他在我心目中的形象更显伟岸。父母每星期都会把我们带去长老会教堂，他们觉得只有上帝才能最好地保护我们。父母告诉我们，一旦被巫术控制，你

———————————

① 马拉维货币。

就永远体会不到世界上的其他东西了。我们敬畏诅咒的力量，但我们一家相信，信仰一定能超越它。

那天下午爸爸停下手里整修篱笆的活儿，说道："我给你讲个故事吧。"他接着说，"一九七九年我做生意时，有次坐在小卡车的后车厢里去利隆圭卖干鱼，和我同车的还有好几个人。卡车突然失去控制，把我们几个一块儿甩了出去。摔到地上后我们发现，失控的卡车正径直朝我们翻滚而来。我当时在心里默念：我的死期到了，看样子这回是逃不过去了。但就在卡车即将轧过我的身体，要把我碾成肉酱时，它突然停住了。我甚至还伸手摸了摸车的铁壳。几个人死在了草丛里，但我身上却连一丝伤痕都没有。"

他转身看着我，继续发表自己的观点。

"发生过这种事以后，你让我如何相信巫术和咒语呢？我认识的一个巫师也碰到过这样的事故，但他却死了。我是被上帝拯救的。儿子，你可以敬畏巫术，但一定要记住：在万能的上帝面前，巫术是不堪一击的。"

我相信爸爸的话，却又很想知道他的说法在电影中的孤胆英雄兰博和美国武术高手查克·诺里斯身上是否适用。那年夏天，他们的影片在交易中心放映，在村里引起了极大的争论。这两个人在当地电影院放映的片子里频繁出现。叫它电影院，其实不过是间放了几条长木凳、一台电视和一台影碟机的茅草屋而已，所有人也因此把这种娱乐活动称为“放录像”。每当夜幕降临，那里就会上演许多或美妙或奇怪的场景。但晚上我是不能外出的，所以那些事一概与我无关。我只能从住得离电影院近或父母不那么严格的同伴那里解馋，他们通常会在第二天见到我时把前一天的电影内容告诉我。彼得·卡芒加就是其中的一位。

“昨天晚上我看了世界上最棒的电影。”彼得说，“兰博从山顶上往下跳，但下山后他仍然与敌人展开枪战。所有对抗他的人都死了，大山也灰飞烟灭。”他抓起一把假想的冲锋枪，朝玉米堆射出一连发子弹。

“太遗憾了。”我说，“他们会在白天放这些片子吗？我可什么都没看过！”

兰博和三角洲部队的英勇事迹让有些人困惑不已。他们无法想象两三个人怎么能逃脱一整支部队的追击，还能最大限度地杀伤敌人。《终结者》的上映更是震撼了所有人。彼得第二天遇见我时，仍然在震惊的状态中无法自拔。

“威廉，昨天晚上我看了部电影到现在都没闹明白。”他说，“那个人全身都被击中了，却依然活着。敌人把他的胳膊和腿都炸飞了，头也和身体分开了，可是他的眼睛却还在动。我告诉你，这人一定是有史以来最伟大的巫师。”

这听上去非常怪异。“你真的认为美国来的阿宗古有这么大的魔力吗?"我问,"我才不相信会有这种事呢。"

"这是我亲眼所见,我告诉你,这一切都是真的。"

尽管几年后我才通过录像带观看了其中的一部,但我们当时的游戏已经受到了它们的影响。其中包括用灌木改制玩具枪,玩"美越大战"。

我们像拆卸圆珠笔似的把灌木的茎挖空,制成枪管和推弹杆。我们把嚼碎的玉米芯塞进中空的枪管,然后捏个纸球把枪管封住。在推弹杆的压力下,黏稠滑腻的玉米芯会弄得"敌人"满身都是。

我是一方的队长,另一方则由堂哥乔弗里带领。参加游戏的大多是我们的堂兄弟和住在附近的孩子。我们五人一队,在玉米地和我家与乔弗里家之间的院子里互相追逐。

"你往左跑,我朝右边!"向同伴们发布完命令后,我在泥泞中爬行着。我们这群孩子从来没有干净的时候。

我发现乔弗里的裤腿边从房子一角露了出来。为了不惊动鸡群,我决定从另一面包抄过去。定了定神,我便转过墙角,轻而易举地逮到了乔弗里。

"抓住你啦!"我把推弹杆压下枪膛,将混着白色唾沫的玉米芯喷得堂兄满脸都是。

他捂着心口摔倒在地。"天杀的!这回我真的完了!"

获胜的队伍会在下一回合成为美国队,因为录像中的美国人总能把越南人打得落花流水。

我、乔弗里，以及我们共同的朋友吉尔伯特关系非常好。吉尔伯特的父亲是温比的行政长官，所有人都叫他温比村长，他的真名阿尔伯特·莫法特倒不大有人记得了。

玩厌了"美越大战"以后，我和乔弗里总会去找吉尔伯特玩。村长的工作总也做不完，所以我们常能在他们家看到一幕幕好戏。那一天和往常一样，我们看到卡车司机、农民，以及做生意的男男女女站在村长家门口的桉树下诉说着他们的烦恼和忧伤。他们有的拿着鸡，有的握着薄薄一卷钞票，准备把它们作为礼物送给英明的村长大人。私下里和村长遇见时，人们总会称他为"沙罗"，意思是地方上的统治者。

"奥迪，奥迪。"站在门口的农夫这样嚷道，意思是：我可以进来吗？

村长的通信员兼保镖恩瓦塔先生穿着短裤和步兵靴站在门前，举手投足像个警察一样。他的任务是保护村长并对上访的人进行筛选，还负责处理所有送来的鸡。

"快进来吧。"他说。

村长穿着笔挺的衬衫和上好的裤子坐在沙发上。他通常是生意人打扮，从来不像电影里那样披一身插着羽毛的兽皮。温比村长很爱他那只没有名字的黑白相间的猫（在马拉维，人们只会为狗取名，我不知道这是为什么）。那只猫总是缩在村长的双膝之间，随着他的抚摸舒服地呼着气。

"尊敬的沙罗，我终于见到您了。"农夫说着单膝跪地，轻声鼓掌以表示对村长的敬意，"有一起争端必须由您来调停才行。十五年前您给我的那块地被我哥哥的儿子占去了，需要您出面帮忙才不至于演变成流血事件。"

"这样吧，"村长回复道，"我要考虑考虑，并调查一番。你星期天再过来，那时我会给你一个答复。"

"沙罗，真是太谢谢您了。向您致以十二万分的敬意。"

等到农夫离开以后，我们走到恩瓦塔先生身边。

"我们是来找吉尔伯特玩的。"我们一边说一边往屋里走。

"好吧。"

吉尔伯特正在自己的房间跟着比利·卡旺达的磁带练习发声。比利那一年刚刚获得马拉维年度最佳歌手奖。吉尔伯特拥有一副好嗓子，后来还在布兰太尔①灌制了两盘唱片。虽然我的嗓子像树上的乌鸡一样难听，但我从来没有因此而放弃歌唱。

"吉尔伯特，啵?"

"啵!"

---

① 马拉维最大城市，南部省首府。

"酷毙了吧?"

"确实酷毙了!"

这是我们每次见面时都会用到的江湖黑话。"啵"是法语"早安"的缩略词,是那些在初中学了法语,希望在人前卖弄一下的人先用起来的。我不知道"酷毙了"从何而来,但这句话应该和"帅呆了"是一个意思。如果碰上兴致好的时候,我们还会饶几句舌。

"你确信吗?"

"我确信。"

"合适不合适?"

"当然合适。"

"那就好了。"

"我们去市场吧。"我提议道,意思是去交易中心,"我听说昨天晚上醉鬼们在奥菲西外面吐得一塌糊涂。"

我指的是奥菲西酒馆,那里是我们不能进的地方,所以格外有吸引力。奥菲西酒馆坐落于交易中心的边缘地带,是通向查马马城的最后几间店铺之一。黑洞洞的大门里总是放着响亮的打击音乐,有时甚至从正午就开始了。男人们会叼着烟、瞪大眼睛出现在酒馆门口,把空纸箱往外面的垃圾堆中一扔,然后就进屋寻欢作乐去了。在大多数人看来毫无用处的纸箱,对我们来说却有着宝贵的用途。

虽然我和乔弗里、吉尔伯特住在非洲的这个小地方，但我们玩的东西和世界上大多数孩子的相仿，最多在原材料上有些许差别。与美洲和欧洲来的朋友交谈以后，我知道这种观点是正确的。世界各地儿童的游戏方式大同小异。如果持有这种观点的话，世界在你眼中就不那么大了。

我们很喜欢卡车。无论什么样的卡车我们都喜欢：隆隆开过村庄、扬起一片尘土的四吨大卡车，以及来往于村庄和卡松古之间的半吨小卡车都是我们的最爱。我们这里离卡松古只有一小时的车程，乘客们通常会像小鸡似的缩在卡车狭窄的后座里。我们喜欢制作卡车，每周都会拿自制的卡车进行比赛，比比谁的最大最牢。美国的小朋友可以在商店里买到精致的迷你卡车，我们却只能用空纸箱和电线制作。即便如此，手工制作的卡车在我们眼中依然十分漂亮。

醉鬼们扔下的空纸箱原本放的是奇库布摇摇乐啤酒。这种啤酒是用马拉维盛产的玉米发酵制成的，味道很酸，底部还有许多玉米屑，正如它的名字一样，需要多摇几下才能享用。不论你信不信，这种酒其实很有营养。我不擅喝酒，但有人告诉我摇摇乐啤酒要喝上好几箱才能醉倒人。可以想见，酒鬼们在喝醉以前会往门外的路上扔多少纸箱。

那些纸箱是制作卡车再理想不过的材料了。我们把啤酒瓶盖当车轮用，然而在学校里它们派的是计算器的用场（三个可口可乐瓶盖加上十个嘉士伯啤酒瓶盖等于十三）。

我们从邻家的树上采下芒果，拿它们到市场上换电线。我们用电线制作车轴并固定车轮。后来我们发现食用油的塑料瓶盖更适于做车轮，能使卡车的寿命更为长久。我们甚至拿出父亲的剃须刀，在塑料瓶盖上刻出各种各样的图案，让各自的轮胎具有独特的标志。这样当卡车在泥地里穿行时，你很快就能知道它是坎宽巴家族的高级豪华车，还是隶属于吉尔伯特股份有限公司的轻型卡车。

我们很快便造出了属于自己的巨型卡车，我们把它唤作"格里格里"，样式有点像风行美国的卡丁车。车子的骨架是用粗树枝制成的，分叉上可以坐个人。我们从地里挖出巨大浑圆、名为"宽姆布"的块根植物，把它们做成车轮的形状，用桉树枝当车轴，最后用藤蔓和树皮把所有分散的零件连接起来。

一人在前面牵着绳子，司机用脚控制卡车引导行进的方向。我们把两辆做好的车并排停在泥泞的土路上。

"开始比赛吧！"

"好嘞！"

"最后到伊庞加理发店的人没种。"

伊庞加理发店是温比交易中心的第一家理发店，我的头发都是在那里剪的，爸爸每个月都会带我去一次。伊庞加先生会给我披上块破烂的围裙，然后问："你想把头发剪成什么样?"墙上挂着各种男士发型的图片——其中有美国著名拳击手泰森的发型，还有英国和尼日利亚式的发型，甚至连光头的佛教发型也能找到。我经常让伊庞加先生给我剃平头，只留短短的一层细发，不带任何发卷，在我看来这是店里最便宜的了。

当然，在交易中心理发时经常会遇到马拉维常见的停电现象。头剃到一半时，突然没电了。

"真他妈倒霉，又停电了，过几个小时再来吧！"

"但才剃到一半啊……"

最好的办法是戴上帽子或者趁天黑去理发，剪到一半时你就可以趁着夜幕跑回家，第二天早晨再去理发店把头理完。

如果父母给我们一些零花钱，我们会去班达先生的小店买上一瓶冰芬达或一把丹麦水果糖。班达先生会把这些小点心放在货架上的玻璃罐里。货架上还放着德鲁斯盐块、康杰克斯桉叶糖、上层人士用的拉舍利润肤霜、简易染发剂、蓝带黄油、洗浴肥皂，以及纸盒装的牛铃牌奶粉。

肚子饿的时候，我们会把钱凑在一块儿，去坎银亚的货摊上买东西吃。说是货摊，其实只是一只放满了油的大锅而已。我们会用几克瓦查买些炸山羊肉和薯片吃。摊主会咕哝着问："要多少?"我们说："五克瓦查的就行了。"他从挂在架子上的山羊身上割下一大块肉，一大群苍蝇腾空而起，接着又停了下来。他把肉块扔进油锅，往锅下添几根木柴把火烧旺，最后将一把马铃薯片扔进锅里。炸完以后，他会把羊肉和薯片放在柜台上，然后给我们一小包盐当调料。

"你妈妈的厨艺很棒，"吉尔伯特说，"但她永远烧不出这么好吃的东西来。"

"那是自然。"

大多数时候我们都没什么钱，这些日子我们只能在饥饿中做做白日梦来打发时光。回家的路上我们会扯下姆蕃加拉闹来闹去。这种灌木的鲜红色花朵是孩子们的绝佳颜料，它的茎也能帮你预卜凶吉。你连根拔下一朵花，然后试着把它从中间撕成两半，如果与花朵连着的茎没有因此断开，那晚饭就有肉吃了。

"伙计，你可真幸运。快回家去吧！"

如果不幸撕断了，事情就完全不一样了。

"朋友，真遗憾，你妈妈准是参加葬礼去了。回家你只能找到白开水，哈哈！"

太阳从桉树林上空消失以后是一天中我最喜欢的时刻。我爸爸和约翰伯伯——也就是乔弗里的爸爸——会从玉米地或烟叶田收工回来吃晚饭。妈妈和大姐安妮会忙着在厨房烧饭，饭菜的香味随着微风飘荡在房子四周。我的堂兄弟们这时会聚集在我家和乔弗里家之间的院子里踢足球。我们踢的球是一种名为"乔伯"的购物袋，四周用麻线缠绕而成。天色昏暗以后，邻村的农民有时会在我家门口逗留片刻。

"坎宽巴先生，我从地里带了些东西来。"他打开纸包，拿出一些上好的西红柿幼苗。爸爸会和他协商一个价格，然后把那些幼苗种在房子后面。

雨季当芒果成熟时，我们会从邻居家的果树上摘下芒果，装上满满一桶，接着把它们放在水里浸一会儿。吃完晚饭以后，我们每人拿上一个，享用丰实的果肉，任凭甘甜的果汁穿过指缝往下流。没有月光时，晚饭后我们不能去屋外玩，爸爸通常会把所有孩子集中在客厅，点燃一盏油灯，给我们讲民间故事。

"坐下安静会儿。"他说，"我给你们讲过猎豹和狮子的故事吗？"

"爸爸，再讲一遍吧。"

"好吧，且听我慢慢道来……很久很久以前，两个女孩从卡松古走到温比，最后她们累得实在走不动了……"

我们坐在地板上，膝盖紧贴着胸膛，聚精会神地听着爸爸讲的每一个字。爸爸知道很多故事，猎豹和狮子的故事是我的最爱。它的内容大致是这样的：

两个女孩不想在泥泞地里打盹，打算找个干净的地方好好睡一觉。过了好一会儿，她们终于找到了一位老人住的房子。听明来意以后，那个老头对她们说："你们当然可以留在这里，快进来吧！"

姑娘们很快就睡着了。老头偷偷溜出门，走进漆黑的森林。他没费多大工夫就找到了自己的两个好朋友——猎豹先生和狮子先生。

"朋友们，我给你们准备了可口的食物，快跟我来！"

"老兄，谢谢你，"猎豹先生说，"我们这就跟你去。"

老头带着两个朋友穿过树林，走向自己家。猎豹和狮子想到即将能美餐一顿后非常高兴，甚至欢天喜地地唱起歌来。但它们并不知道，两个女孩早已不见了。打完盹后她们恢复了体力，于是继续自己的行程。因为临走时没看见老头，她们留了张字条表达谢意。

老头带着猎豹和狮子走到门边。

"你们在这儿等着，我去把她们带出来。"老头说。

但走进屋一看，床上空空如也。他百思不得其解，两个女孩去哪里了呢？他把家里翻了个底朝天，却怎么也找不到女孩的踪影。最后他看到了字条，知道她们已经走了。此时猎豹和狮子在门外等得越来越不耐烦。

"嗨，我们的食物在哪里？"豹子问，"你让我们在外面干等着吗？"

老头对着门外大嚷了一声："耐心点，她们躲起来了，我这就把她们找出来。"

老头知道如果猎豹和狮子发现女孩不见了，一定会把他当晚饭。房子的角落里放了只储水用的大葫芦，他实在想不出别的法子，只好跳进葫芦躲了起来。

猎豹和狮子等得实在不耐烦了。狮子向屋里吼了一声："没工夫再等下去了，我们这就进来啦！"

它们闯进屋子，看见房间里什么都没有。女孩和老人全不见了，它们的晚饭没了着落。

"那老头一定是在耍我们，"豹子说，"连他自己也消失得无影无踪了。"

就在这时，豹子突然发现老头的衣角从葫芦的边缘露了出来。它朝狮子挥了挥手，然后和狮子一起抓住衣角，费了好一番工夫终于把老头从葫芦里拉了出来。

"请不要这样，让我解释一下。"老人喊道。但豹子和狮子没空等他，立刻把他吃掉了。

爸爸合起掌，示意故事讲完了。接着他环顾四周，观察着我们的反应。

"不要妄存害友之心。"他说，"你们千万要自律，否则必定会自作自受。一定要对别人心怀善意。"

"爸爸，再给我们讲个故事嘛！"我们叫嚷着。

"好吧……讲个蛇和乌鸡的故事怎么样?"

"当然好!"

有时说到一半,爸爸会忘记故事的进展情况,这时他会一路编下去。他往往会说上一个小时,人物形象和故事情节随时都会发生变化。爸爸拥有一种特殊的能力,无论情节如何发展,故事的结尾都是相同的。他生来就很会说故事,这多半是因为他的人生也是一部丰富多彩的传奇吧。

2

我爸爸崔维尔年轻时非常有名，现在却和祖祖辈辈一样也成了农民。也许生在马拉维就意味着你注定要当个农民吧。我想宪法里一定找得到这样的规定，就像《摩西五经》里记载的律令一样：如果你不会照顾田地的话，那就只有在市场上做买卖的份了。在爸爸投身田地之前，曾经作为生意人度过了一段四处漂泊的生涯。

那时爸爸住在马斯塔拉村东南方向群山之间的多瓦小镇上。回溯到二十世纪七八十年代，多瓦是个年轻人向往的好地方，在那里能挣上一笔钱。统治马拉维三十年之久的独裁者海斯廷斯·卡穆祖·班达当时控制着整个国家。

每个成长在马拉维的人都知道班达的故事。他是个土生土长的卡松古人，住在切瓦族击退恩戈尼族的大山脚下。班达曾经赤脚步行一千六百多公里到南非的金矿上工作。后来，他在美国印第安纳和田纳西的大学读书，并获得了医学学位。在返回马拉维、领导马拉维人民脱离英国的殖民统治之前，他一直在英国当医生。他是新马拉维的开国元勋。一九七一年，在他的压力下，马拉维议会授予他终身总统的头衔。

班达是个严酷的人。他要求马拉维所有的经商者在店铺里挂上他的肖像，其他任何照片都不能挂得比它高。如果不把班达总统穿着三件套西装、抓着蝇掸的照片挂在墙上的话，你就等着吃苦头吧。班达禁止妇女穿不及膝盖的短裤和裙子，留长发的男人会被投入监狱，在公共场合接吻也被禁止，而电影里接吻的片段也被剪掉。总统大人厌恶接吻，即使到了今天，人们还是不太敢在街上当众拥抱接吻。最令人发指的是，班达的爪牙——警察和私人卫队——会把胆敢批评他政策的人全都抓走。许多马拉维人被监禁、鞭打，甚至被扔到河里喂鳄鱼。

虽然存在着种种严苛的律令，做生意却不失为一种有趣的事。爸爸给我们讲过许多他做生意时的故事。他会搭便车穿山越岭到达马拉维湖，在那里买干鱼、粮食和旧衣服，然后把它们带回多瓦的市场进行交易。马拉维湖是世界几大淡水湖之一，几乎占据了马拉维的东半边。马拉维湖一眼望不到边，波涛像海浪似的汹涌翻腾。虽然它离我成长的马斯塔拉村只有两小时的车程，但我直到二十岁那年才亲眼见到壮观的马拉维湖。站在岸边，望着无边无际的湖水，我的心头充满了对祖国的爱恋之情。

到了湖边以后，生意人会搭乘"伊拉拉"和"乔西马尔普斯"这两艘汽船前往恩科塔科塔和曼戈切①做生意，他们在船上准备了丰富的食品。旅途中生意人在甲板上载歌载舞，玩得不亦乐乎。靠岸以后，爸爸会和那里的尧族穆斯林做生意。马拉维湖东岸住的绝大部分都是信奉伊斯兰教的教民。

一百多年以前，尧族从马拉维湖那头的莫桑比克进入马拉维。桑给巴尔的阿拉伯人说服他们皈依了伊斯兰教，然后让尧族穆斯林把我们切瓦人抓去当奴隶。他们洗劫村庄，把男人杀了，然后用船把妇女和儿童运到莫桑比克境内。到了那里以后，他们给奴隶戴上项圈，然后再把他们带到坦桑尼亚。这一切前前后后历时三个月之久。到达印度洋边的时候，大多数奴隶都已经死了。尧族穆斯林用剩下的奴隶从葡萄牙人手中换来枪支、金子和食盐。

切瓦人和尧族人曾在马拉维的土地上频起纷争，在伟大的苏格兰传教士戴维·利文斯顿的帮助下，马拉维结束了奴隶制度，开始进行自由贸易，并建立起学校和教堂。年轻人

①马拉维主要港口。

得到受教育的机会，并能靠自己的汗水挣钱。当所有人都能从经济中获益时，部族间的纷争也就自然而然地消失了。我们把尧族人看作自己的兄弟姐妹。我妈妈就是尧族的，我也算半个尧族人吧。

爸爸跟我讲过不少有关于曼戈切小城的故事。曼戈切在马拉维湖的最南端，靠近夏尔河的河口地带。他对曼戈切的描绘让我想到只有在书里才能读到的北非大集。马拉维人、赞比亚人、坦桑尼亚人和莫桑比克人在大街上操着各自的语言讨价还价，空气中弥漫着汗臭以及香料、煎鱼和烤玉米的香味。满满一大把钱很快会在酒馆里花光。到了晚上，妓女们会用热水澡、昂贵的食物，以及其他一些我长大后才明白的娱乐方式招待生意人。生意人往往会流连在这种地方，直到挣来的钱全部花光为止。爸爸记得有些男人走出妓院时，身上竟只剩下一套内衣。

做这种事的生意人大多在家里有老婆孩子。爸爸即使在遇见妈妈之前，也从来没在花街柳巷风流过。那时他还年轻，在各地奔波，没有精力考虑女人和孩子。当然他也有过一些女朋友，但他从来不和酒吧女打交道。因为他不像同伴们那样四处拈花惹草，"教皇"的名号也就渐渐在市场里传开了。

"我们的教皇啊，"他们会用齐切瓦语开玩笑说，"怎么了？你从木瓜树上掉下来跌断了命根子吗？别信你妈妈的话——那里的姑娘简直火辣极了。"

爸爸忍受着旁人的调侃，不然又能怎么办呢？没过多久，所有人都知道了"教皇"这个外号，但很少有人记得为什么要把爸爸称为"教皇"。

我爸爸身材魁梧，酒量更是非常惊人。一天晚上五点刚过，他和朋友们去多瓦最大的饭馆吃饭。根据爸爸的说法，那天晚上他一共喝了五十六瓶嘉士伯啤酒。第二天凌晨两点到家以后，他还把这段经历讲给朋友们听。醉酒有时会演变成群殴，爸爸最不害怕的便是跟人打架了。

过了段时间，爸爸成了远近闻名的生意人。这不是因为他的精明，也不是因为他的酒量，而是因为他那神奇的臂力。马拉维人常说，"人的力量很难撑起一片天"。爸爸显然不认同这样的说法。

每年七月六日，马拉维人民会为摆脱英国殖民统治举行庆祝活动，与美国在七月四日那天的仪式大致相仿。和美国人民一样，马拉维人也会载歌载舞，分享鲜美的烤肉。在某年的独立日上，马拉维雷鬼音乐鼻祖罗伯特·福穆拉尼要在多瓦的市政厅举办一场音乐会，时年二十二岁的爸爸决定前去参加。

罗伯特·福穆拉尼是爸爸最喜欢的歌手。他的歌曲旋律萌发于马拉维这片沃土，大多描述马拉维贫苦人民的奋斗人生。爸爸在卡松古、利隆圭、恩科塔科塔，以及恩奇斯看过福穆拉尼的多场演出，这位歌手的标志性白衬衫使他在舞台上显得越发耀眼。

你一定料想得到，独立日那天人们为了观赏福穆拉尼的演出，早早地在市政厅门前排起了长队。可那时爸爸还在去饭馆的路上呢。几小时以后，他跟跄着走出饭馆，这时福穆拉尼的美妙歌声已经传遍了整个小镇，音乐会早就开场了。

爸爸冲向市政厅，发现外面仍然有人在排队入场。如果你和我们非洲人在机场或车站一起排过队的话，一定知道我们从来不守秩序。既然这样，排不排队又何妨？爸爸没有浪费时间，他拨开众人挤到队伍的最前面，却在门口被警察拦住了。

"里面满了，"警察说，"现在不允许任何人入场。"

爸爸出示了门票，但警察仍不让他入场。爸爸凭着酒气把警察推到一边，飞速混入人群。入场以后，爸爸被眼前壮观的景象惊呆了：罗伯特·福穆拉尼和他的卢库布拉河伴舞乐队正在台上演出。福穆拉尼穿着时尚的白衬衫，肩膀上挂着把吉他。舞台的侧后方，工人们正在准备烧烤晚会，烤架前堆着大量的牛肉和山羊肉，当然还有堆积成山的嘉士伯啤酒。

爸爸压抑着兴奋的心情，挤过汗流浃背的人群，来到观众席的最前面。福穆拉尼唱起最为听众喜闻乐见的歌曲《姐妹》，这首歌是写给那位他长期与之有隙的太太的。

"小姐，"他唱道，"别因为我穷就看不起我。你不知道我的前景有多么光明……"

爸爸似乎被美妙的音乐冲昏了头脑，在台下兀自跳起舞来。其实他并不是在跳某种特定的舞蹈——他已经完全融入舞蹈之中，自认为是世上最好的舞者。他的手臂和双腿像羚羊一样轻柔，他那庞大的身躯像蚂蚱似的在空中展翅。哦，这种感觉简直太棒了！他睁开眼睛，这才意识到音乐已经停了下来，所有人都静静地站在原地。马拉维音乐教父罗伯特·福穆拉尼正站在台上对他怒目而视。

他指着爸爸嚷道："快把这个醉鬼拖出去，他把我的音乐会全毁了。"

愤怒的人群立即喧嚣起来："他在这里，快把他轰出去！"

爸爸的心情一下子变坏了，这让他情何以堪？他只不过是享受快乐而已，现在却被心目中的英雄当孩子一样在众人面前呵斥。爸爸认为自己遭到了背叛。他挺直身体，激动地指向舞台。

"福穆拉尼先生，"他叫嚷着，"我受邀来到这里，和所有马拉维人一样，我也在庆祝我们的独立日。听着，我不是这里唯一的醉酒者，你不能这样对待我。另外，你的工作就是演唱，让大伙开心，你怎么能把观众赶出去呢？"

警察和青年侍卫队包围了会场，随时准备向爸爸扑上来。

"福穆拉尼先生，我只想好好地跳个舞。"说完这句话以后，爸爸转身面对着虎视眈眈的警察，"既然你让这些家伙赶我走，那就赶快来吧！"

警察们一拥而上，给了爸爸好一阵老拳。看热闹的人群一窝蜂跟了上来。照事态的发展，爸爸很快就能被他们制伏。

顷刻间，警察像被龙卷风刮走似的从混战的人群中飞了出来。他们像面粉袋一样在空中转了几圈，重重跌在地上，然后一瘸一拐地离开会场。当最后一个警察被抛到墙上后，市政厅里突然爆发出一阵雷鸣般的掌声。

观众们把爸爸像教皇一样围在中间，争着去握他那对强有力的拳头。

"谁还想上吗？"爸爸咆哮着，"我会让你们所有人都知道我的厉害。"

几个青年侍卫队员想试试自己的运气，但他们的下场并不比警察好多少。在接下来的半小时里，警察和政府的爪牙们试图用各种方法束缚住爸爸的双手，但每次他们都失败了。最后爸爸主动向警方投降，在局子里过了一夜。（他对警察说："这只是因为我想遵纪守法而已。"）但他提了个条件：在进监狱之前得让他吃上一顿独立日烤肉。吃掉一盘鲜美的烤肉后，教皇洗了洗手，被警察带走了。

这就是爸爸和十二个强壮的警察打斗并最终获得胜利的故事。

事情一传十、十传百，爸爸很快就成了远近闻名的风云人物。人们在酒吧和湖边市场向他表示祝贺，他的生意也好了不少。许多小偷和抢劫犯都慕名而来。"你可真够壮的，"他们拍着他的背说，"让我们凭你的力量共同致富吧。"

我爸爸才不会和那样的罪犯打交道呢，他只想努力挣钱买酒喝。但如果有人想和他打架的话，他是绝不会退缩的。

在朋友们浑然不觉的情况下，教皇已经相中一位姑娘好一阵子了。每天早晨那个姑娘总是准时出现在市场上，但很快便消失在人群之中。一小时过后，她会抓着把蔬菜或拎着袋面粉重新出现，然后走回山脚下的家中。这两段短暂的时间成为爸爸一天中最重要的时刻，他一定会守在自己的货摊旁，以便好好地看那姑娘两眼。虽然爸爸从来没听过她的声音，但她的出现已在无形中改变了他身上的某些东西。正如你们所猜到的那样，这位姑娘就是我的妈妈阿格尼斯。

爸爸也许没那么机灵，因为妈妈其实早就察觉到了他的注视。爸爸在货摊上像条小狗似的眼巴巴地看着她，只是不知道该怎么办。妈妈四处询问，打听到了一些关于爸爸的事。不知为什么，他的种种劣迹反倒让她兴奋起来，每天都急不可耐地等着家里人差遣她去市场。还没走到那几排木制货摊，妈妈的心就已经像她小时候敲过的鼓般响个不停了。从爸爸身前走过时，妈妈总是会偷笑不已。但妈妈在爸爸面前总是表现得很矜持，她可不是那种随便的姑娘。

爸爸盯了妈妈好几个月，妈妈很想知道他会不会采取下一步行动。如果爸爸真像传说中那么勇敢的话，他到底在害怕什么呢？（按照爸爸的说法，妈妈那时似乎遥远得难以触及。没错，爸爸的确是在害怕。）

最后，妈妈实在等不下去了，她决定试探下这个强有力的男人。

一天早晨，爸爸看见妈妈走进市场，和往常一样，他立刻像丢了魂似的。但这次妈妈做了件与以往不同的事，她换了条行进路线——直接朝爸爸的货摊走了过来。

爸爸突然变得紧张起来，但他心里很明白，一决胜负的时刻终于到了。他知道自己应该利用好这个千载难逢的机会，但究竟该说什么呢？他没有时间思考，因为再过几秒，心爱的人就会从他身前飘然而过。妈妈从没有距他如此之近过，她细腻的皮肤让他激动得心都快跳出来了。

爸爸鼓起勇气从货摊后面蹦了出来。当妈妈从货摊前经过时，他对她大声说道："你是我见过的最漂亮的女人。"

妈妈转过身看着他。爸爸张开双臂，站在货摊间的通道里热切地注视着她，两人的视线交汇了。

"我好像爱了你一辈子。"爸爸说，"我希望能娶你为妻。"

妈妈努力保持着镇定："我必须想一想才能给你答复。"然后她就转身跑掉了。

但爸爸却没给妈妈多少时间。那天下午他去了外婆家，提出同样的请求。第二天，爸爸再次上门求婚。妈妈的大哥巴基利警告她不要和爸爸来往。巴基利也在市场上做生意，早就听说过爸爸的事。

"他总是在酒吧里喝酒打架。"巴基利说，"妹妹，这种男人不会是个好丈夫的。"

"这我不管。"妈妈说，"他非常强壮，我爱他。"

巴基利只好把这事告诉了他们的父母。我的外婆罗斯是个坚强的女人，因为外公长年在市场里做裁缝，这个家几乎是她一手操持起来的。她甚至自己砌砖造起了壁炉，这差事即使对男人来说也不简单。哪怕到了今天，也没几个女人能干这种活儿。

听说这件事以后，外公外婆找妈妈谈了一次。

"阿格尼斯，跟我们说实话，你真爱上那小子了吗？"

"是的，"妈妈说，"我打心眼里爱上他了。"

事实上我的外公外婆也是这样成婚的。外公在村里的舞蹈比赛上一眼相中了我的外婆。"她的舞姿把我的魂都弄没了。"外公事后说，"那时我就在心里告诉自己，我一定要娶这个姑娘为妻。"他让村里的一个年轻女孩帮他传话，告诉外婆自己有话想对她说，制造出一个单独面对她的机会。

　　"你想和我说话？"外婆问，"那就快说吧。你想干什么？"

　　"我想让你成为我的妻子。"外公回答道。

　　既然如此，外公外婆就没什么话好说的了。六个月之后，阿格尼斯和爸爸结了婚，第二年大姐安妮就出生了。虽然已经娶妻生子，但爸爸还是被周围的人称作"教皇"。

　　教皇喝酒的恶习给这个新组建的小家庭蒙上了一层阴影。他经常一身酒气、醉醺醺地回家，妈妈对此越来越不耐烦，他们经常为此争吵。这是一个相对黑暗的时期，爸爸的许多密友不是死了就是被送进了监狱，有些还干脆莫名其妙地消失了。

　　爸爸的朋友卡夫从酒吧妓女那里染上了一种名为"炸弹"的淋病，睾丸上的血管变得肿胀腐烂。最终卡夫因为血管爆裂而死。爸爸的另一个朋友姆旺扎在酒吧里为了个女孩被人打死了。城里新来的妓女同时和姆旺扎以及他的朋友调情，他们决定不出谁带那个女孩回家过夜，就想打一架用胜负来决定。起先他们只是开开玩笑而已，最后姆旺扎却倒在血泊之中。当然，挑起争端的妓女在事情闹大前就已经逃得无影无踪了。

多瓦有个著名牧师名叫奇甘肯尼，他经常到爸爸的货摊上买东西。奇甘肯尼牧师主持着多瓦最大的长老会教堂，平时还会去遍及全国的二十五个小教堂布道。他会在爸爸那里买一大袋米，然后和爸爸闲聊一阵子。一天，牧师直直地看着爸爸的眼睛，好像要触及他内心深处似的。

"坎宽巴？"牧师说。

"你想对我说什么？"

"你知不知道上帝爱你，但每次你醉酒闹事都会让他感到伤心？"

"谢谢你，牧师，但是……"

"即便你伤了他的心，他还是时刻准备接纳你。他希望你入到他名下。"

"谢谢你，牧师，"爸爸试图让自己显得更礼貌些，"我听你的。"

几天后的一个晚上，爸爸和往常一样喝得酩酊大醉。有个男人走到他面前，打掉了他手里的啤酒杯。那个男人也醉了，想和酒馆里最强壮的男人干一架。爸爸满足了他的愿望，把他揍得很惨。那个男人没几分钟就躺在地上，鲜血从耳朵里汩汩地流了出来。看到那家伙几乎被打死了，众人把爸爸从他身边拉开。最后闻讯而来的警察把爸爸送进了监狱。

"这回你是逃不过去了。"警察对他说。

多瓦的首席检察官是个名叫卡比萨的教堂执事，也是爸爸的老主顾。他听说爸爸关在监狱等待宣判后，就去探了次监。

"坎宽巴，"他说，"我常常告诫你不要无谓地和别人打架，否则不是你杀了人，就是被别人杀了。现在看到后果了吧。你是我的朋友，我不想失去你。"

"今天你本来要被送上法庭接受审判的。"卡比萨接着说，"你很可能被判有罪，继而被投入大牢，甚至可能被送进扎莱卡监狱。那里的条件你一定听说过，从那里活着出来的机会并不大。"

接着卡比萨先生靠近爸爸，像奇甘肯尼牧师一样直视着他的眼睛，似乎在找寻他心中最深邃的地方。

"我不希望你坐牢，所以给你想了个更好的办法。我准备毁了卷宗然后把你放掉，但你要答应我一件事。"

"任何事我都愿意。"爸爸说。

"把你的生命献给上帝吧。"

为了离开监狱，爸爸欣然答应了卡比萨先生的要求。但卡比萨先生的话却一直在他心头挥之不去。从那晚直到第二天，爸爸的心里一直颇为不安。

第二天晚上睡着以后，爸爸做了个奇怪的梦。他眼前突然被无边无际的黑暗所笼罩，觉得既惊慌又害怕。他觉得眼睛像是瞎了，而且无论如何都不能把自己弄醒。接着他的耳边响起一个似乎是从天堂传来的声音，天父对他说："这些事情会把你毁了的，赶快信仰我吧。"

第二天早晨醒来后，爸爸全身像初生的小鸟一样不住地颤抖着。这个梦和过去一周众人对他的警告似乎都难以忽略。他摇醒睡在身边的妻子，然后对她说："孩子他妈，今天我要信主了。上帝向我显了灵，我该做出改变了。"

起床后爸爸没有直接去市场做生意，而是去教堂见奇甘肯尼牧师。牧师正坐在自己的办公室里。

"我来了，"爸爸说，"我已经准备好了。"

妈妈简直不敢相信。从那以后，爸爸每天收摊后都准时回家，而且突然多出很多钱给孩子买吃的和玩的。妈妈非常高兴，但有时她不相信自己会有如此好运。一连几周，妈妈在爸爸回家时总会把他叫到身边，闻闻他身上到底有没有酒臭味。

在爸爸四处做生意、喝酒作乐的时候，他的兄长约翰已经富有腾达了。六十年代末七十年代初，班达总统在温比和卡松古大兴土木，给当地的男人提供了大量就业机会。建筑合约像黄金一样值钱，而约翰伯伯恰巧认识一些对外发包的建筑公司经理。约翰成了建筑行业的中间人，专门寻找训练有素的施工队承包项目。他判断得总是没错，因此从建筑公司那里获得了大量酬劳。

为建筑公司干了几年后，约翰伯伯用攒下的钱成立了一家农产品进口公司，把进口的玉米种子和肥料出售给当地农民。他甚至在交易中心弄了个门面。他的生意越做越大，几年后他把公司转卖给别人，买了三百五十多亩土地用来种植玉米和伯利烟草。这是一种需要暖棚培育，在通风环境下生长的纤细烟叶。

因为约翰伯伯有钱购买上好的肥料，种出的烟草自然都是顶级的。他的地里不长杂草，烟草生长时叶片总是绿油油的，烘干后则像微微泛红的牛奶巧克力。每年农民们都会在利隆圭拍卖有限公司出售自己种植的烟叶，伯伯种的总能拍得最高价。一袋上好的烟叶可以换十七袋肥料，加上老天帮忙，他的作物能维持旺盛的生长力。

一九八九年我一岁时，约翰伯伯到多瓦参加朋友的订婚宴，并顺道来我家拜访了一次。那天晚上他和我爸爸出门散了散步。

"你为什么不回来和我们一起种地呢？"约翰伯伯说，"家里的条件比以前好多了。"

"让我考虑考虑，"爸爸回答道，"种地实在太费工夫了。我已经习惯了做生意，怎么能再回去种地呢？"

"没错，种地是很费工夫。但只要你有时间，投入一小笔钱就能换来丰厚的回报。你看我种烟草挣了多少钱，做生意绝对不会有那么高的利润。卖大米和二手衣服能有什么赚头？百分之五的利润就很了不起了吧？"

"百分之四。"爸爸老老实实地说，"我马上就快养不活这群孩子了。如果把钱都用在养家糊口上，我的生意就会跟着遭殃。"

"我的好弟弟，回来跟我一起干，家里有很多地在等着你去种呢。"

接着爸爸把停止酗酒和入基督教的事告诉了伯伯。

"何不把这看成重新开始的起点，"伯伯说，"你可以把它看作上帝给你的启示，赶快回家和我一起种地吧！"

"好吧，"爸爸说，"我听你的。"

那时我家有三个孩子（妹妹埃萨刚出生），爸爸认为这是个不容错过的机会。几个星期后，爸爸出售了市场的货摊，把所有家私——衣物、锅碗瓢盆和收音机——绑在一辆马拉维联合客运公司的车的顶上，带着我们坐了四小时车回到北部的温比交易中心。亲戚们在那里迎接我们的到来，帮我们把东西搬到马斯塔拉村。我们在约翰伯伯家隔壁的一居室房屋里住了下来。

爸爸成了农民，我的童年时代也就此拉开序幕。

我们回家后不久，约翰伯伯从村长那里得到了更多土地，他便把离房子两公里外的六亩地交给了爸爸。我们可以在这片土地上种植伯利烟叶，还可以种些玉米蔬菜自己吃。我们家种的玉米是白色的。（读完本书以后，你一定会对玉米有更深的认识。）

我们回到马斯塔拉村的时候，约翰伯伯正忙着种烟草，那是需要爸爸帮忙的第一项工作。每天第一声鸡叫以前，爸爸就会到山谷中杂草丛生的沼泽地带劳作。烟草种子需要大量水才会发芽，所以许多农民把苗圃设在沼泽地旁方便天天浇水。每个农民都有一小块自己的沼泽地——不需要任何官方文书或授权，不过是种约定俗成的划分而已。沼泽里不仅有水，深黑色的土壤里还饱含着养分。烟草幼苗在这样的环境下可以生长得非常茁壮。

雨季前太阳最烈的时候就必须把苗圃搭好。这工作又脏又累，爸爸很快便筋疲力尽。开始的那几星期，他常会念及交易中心的货摊。那时他只要和朋友及主顾聊聊天就行了，午饭时还能溜回家，甚至可以小睡一会儿再去工作。爸爸完全可以对兄长说自己犯了个错误，然后回多瓦继续做生意，但他还是咬紧牙关坚持了下来。他看见约翰伯伯挣了很多钱，希望自己也能像他那样发家致富。他会在地里工作到很晚，约翰伯伯以为他失足掉进了沼泽，常到地里去找他。

"弟弟，歇会儿吧。"伯伯说，"留些活儿明天再干，你需要积蓄体力。"

"再干一会儿就好。"爸爸说。这时他已满身是泥，连脚趾都看不清了。

约翰伯伯在多瓦劝父亲回乡大展身手的时候，并没有提到家里的居住条件。我们家有五口人，一个房间对于两代人来说显然过于拥挤。

连续在地里干了十小时后，爸爸还要回家建造我们的新居。他把周末的时间也全都花在了造房子上。我们把野草和黏土压进一个七十五厘米长的木头模具里，制成一块块泥砖。

为了弄到黏土，爸爸在田野边挖出一人多深的坑。他把一桶桶重达四十五公斤的黏土扛在肩头，踏着事先用锄头在坑壁挖出的阶梯爬出来。接着他推着木桶走两公里，把土倾倒在新家的地基旁后再回去挖。

砌完墙，爸爸在山谷里待了好几天，采集盖屋顶用的长茎草，接着把它们捆在一起。有时约翰伯伯会派几个季节工和他一起盖房子，但活儿大多还是爸爸自己干的。两个月以后，我们家终于住上了两居室。后来爸爸总是说造新房是他所干过的最艰苦的工作。

"兄弟，干得好，"每当爸爸干活儿干得快崩溃时，约翰伯伯总会这样鼓励他，"你盖的房子可真不错。听着，所有男人都需要一幢好房子。"

在家里没那么多孩子以前，我们在这幢两居室的房子里住了三年。没多久我们家就有了五个孩子，除我之外都是女孩。这时爸爸通过种地挣了些钱，又请人盖了两幢新房。第一幢是客厅和爸爸妈妈的主卧室，还附带谷仓。第二幢和第一幢之间隔了条狭窄的走廊，是厨房、姐妹们和我的小卧室。

爸爸妈妈给了我独立的房间，因此我就能躲开吵吵嚷嚷的姐妹，躲在自己的小天地里思考一些事情。我变得非常喜欢做白日梦，这主要是因为随着年龄增大，童年时听的那些故事与田地里发生的灵异事件相比，开始显得相形见绌——那些事件比爸爸想象出来的故事更不可思议。

约翰伯伯雇佣的季节工里有个叫菲利的，力气非常大。约翰伯伯甚至不用拖拉机来清理土地，只要派上菲利先生就行。菲利先生可以把树像杂草一样接连从地上拔光。

所有人都知道菲利先生之所以有这么大的力量，是因为他会一种名为"芒格罗梅拉"的巫术。芒格罗梅拉是自卫力量之源，是抵抗软弱的疫苗。只有地方上最厉害的巫师才能调制出这种魔药——把豹子和狮子的骨头焚烧后磨碎，与植物的根和草药混合在一起。使用时先拿有魔法的剃刀割开每个指节，然后将药剂抹在这些微小创口上。一旦芒格罗梅拉溶入血液，你的力量就会不断增长，永远不会有衰退的迹象。只有最坚毅的人才能掌控这种不断增强的能力，不然很快就会走上自我毁灭的道路。

菲利先生身体强健，人和动物都不能挑战他的权威。一次在田地里劳作时，有条黑色曼巴蛇爬过他的脚，准备向他发起攻击。菲利先生一点都不害怕，他拔起一根草轻轻划过毒蛇背部，蛇马上就瘫痪不动了。他拎起蛇头，一下子折断了它的脊梁。有人说菲利先生在口袋里放了另一条黑曼巴作为护身符，所以这条蛇才没敢咬他。

菲利先生的力量不断增长，总是想找人打上一架。每到这个时候，爸爸就不得不进行干预了。

一天下午我正在花园里玩，突然听到田地里传来一阵像是二十只豹子怒吼的可怕声音。我跑到地里，看见菲利先生正在和一个名叫詹姆斯的农工顶牛。菲利重重地呼着气，准备对詹姆斯发起攻击。他握着拳头，手臂上的青筋像树根一样凸起。他张口大喊一声，脚下的土地似乎都被吓得战栗起来。有人说菲利给了詹姆斯一些钱，托他到卡松古买些东西回来。但詹姆斯没受过教育，既不识字也不会算账，结果钱被店主骗光了。

还没等我弄清事情的来龙去脉，菲利已经扇了詹姆斯一巴掌。菲利又矮又壮，詹姆斯则个子很高，身体也很结实。两个人你一拳我一拳，打得不可开交。一开始詹姆斯似乎还占点上风，但我知道菲利先生身体里的芒格罗梅拉很快便会爆发，再不把他们拉开詹姆斯就必死无疑了。

此时爸爸也听见了地里的动静。他怕詹姆斯会被菲利打死，赶快跑来劝架。虽然芒格罗梅拉永不衰减，但是可以用绿色的番薯藤缓解一阵子。知道超人看到闪亮的绿水晶时力量会突然变弱吧？新鲜番薯也能起到类似的作用，但其中的原理我就不知道了。

菲利看到我爸爸来了，连忙对他大声吼道："坎宽巴先生，求你……求你弄些绿色的藤蔓放在我头上！我不想杀死眼前这人。"

爸爸没有在附近找到绿色的藤蔓，只能跑到菲利先生跟前，用双臂紧紧抱住他。菲利像头被拴住的老虎一样又踢又咬，但爸爸抱得很紧，没有让他挣脱出来。他把菲利先生带到我们家的花园，采来几根植物的长茎，把它们缠在他的头和手臂上。菲利先生刹那间冷静下来，筋疲力尽地瘫倒在地。

看到爸爸制伏了一个具有芒格罗梅拉巫术的男人，我终于相信了那些有关教皇的故事。

第二天早晨，菲利像平常一样到地里干活儿，而詹姆斯却病倒了，整整一个星期不能上工。他的双手都不能动了，手掌和手臂全肿了起来，双腿也没有力量，根本无法下床走路。依我看，詹姆斯在打架时没吃多大亏，之所以伤得这么厉害完全是因为菲利的巫术太过强大。巫术的力量像毒素似的顷刻间遍及詹姆斯全身，使他动弹不得。

菲利有个叫沙巴尼的侄子，这家伙四处吹嘘自己是拥有芒格罗梅拉的巫师。我和吉尔伯特猜他只是耍嘴皮子而已，但又无法百分之百确定。沙巴尼和我们一样还是孩子，身体也并不强壮，却老是说自己的二头肌跟蚁冢一样肥厚，这话让我们非常吃惊。沙巴尼从来没上过学，平时和他叔叔一起下地干活儿。下午回家的时候，我经常看见他在家周围转悠。

那时我九岁，还不怎么壮实，对体育也不太在行。虽然很喜欢踢球，但通常比赛时我只能坐在观众席上。在学校里我经常被大孩子欺负，那是一段身心备受煎熬的痛苦时光。

某天，在听到我又一次的抱怨后，沙巴尼把我拉到一边。

"每天你都在抱怨那些大孩子，我都快被你烦死了。"他说，"我可以把芒格罗梅拉赋予你。你会成为学校里最壮的男孩，所有人都会对你感到恐惧。"

拥有超人的力量是我梦寐以求的事。我常把自己想象成球场上的歌利亚①，有着火箭起落架般的大长腿。拥有了芒格罗梅拉以后，我就能轻而易举地打败那些大孩子，让他们对我不寒而栗。

爸爸总是警告我们不要和巫术沾边。这时沙巴尼却像猫鼬一样神气活现地站在我面前，我仿佛看见爸爸站在上帝身边瞪着我。我出神地点了点头，嘴唇也不由自主地动了动。

"好吧，"我说，"就这么办。"

"我们到乔弗里家后面的桉树下施法吧。"沙巴尼说，"一小时后我们在那里会合，带二十坦巴拉②来。"

我早早地来到树林里，一边在浓密的树荫下等待着沙巴尼的到来，一边思量着各种各样的可能性。没过多久，沙巴尼出现在树林中。他提着一只下垂的黑色口袋，里面似乎放着某种法力无边的贵重东西。

"准备好了吗？"他问。

"是的，我准备好了。"

"坐下吧。"

我们坐在满是树叶和泥土的地上，沙巴尼在我面前打开

①《圣经》中被大卫杀死的巨人。
②马拉维辅币，一百坦巴拉相当于一克瓦查。

了黑口袋。

"先把左手上的指节割开，把药水灌入你的静脉。然后在右手上如法炮制。"

"为什么先割左手？"

"因为你平时惯用右手，它的力量比左手更强一些。我想让你的左右手力量更均衡，这样出拳力量才会一样呀！"

"哦，我明白了。"

他把手伸进口袋，从里面拿出一只火柴盒。

"这里放着烧黑的猛兽骨粉，另外还有些草药和植物的根。"

他从火柴盒里拿出一个包着黑色粉末的小纸包，然后把粉末和口袋里的其他物质混合在一起。

"这些东西非常稀有，只有在大洋底下才找得到。"

"那你是怎样得到它们的呢？"

"听着，我可不是一般人。我是亲自到大洋底下把它们取上来的。"

"姑且信你一回。"

"我在大洋底下待了整整三天。如果我愿意，我可以把这个小村里的每个人包在头巾里扛上肩。小子，别和我玩花样。如果你想和我一样拥有这种能力的话，那可要花上一大笔钱。现在我只是让你尝尝甜头而已。"

没等我反应过来，沙巴尼已经把剃刀抽了出来。他飞快地抓过我的左手，把刀锋刺入我的第一个指节。

"啊！"我痛苦地大喊一声。

"安静点，不要哭！"他说，"再哭这药就没用了。"

"我才没哭呢！"

我的左手指节一个个被割开，血珠从指缝间滚落下来。他捏着药粉，把它们揉进带血的伤口。我的指尖像被火烧似的疼痛。两只手都敷完药后，我轻松地呼了口气。

"我没哭，"我说，"这药应该能起作用吧？"

"当然。"

"什么时候我才能拥有超人的力量呢？"

他想了一下，对我说："只要三天时间它就能到达你的血脉各处，之后你自然可以感觉得到。"

"只要三天就行了吗？"

"是的。你干什么都可以，只要不吃秋葵和番薯叶就行。"

"我记下了。"我说。

"还有一点，别把这事告诉任何人。"他补充道。

我走出森林，受伤发黑的手掌已经开始肿胀，看上去非常有力。我想象着双臂像锄头一样在肩膀两侧挥舞的情形，心里顿时充满了自信。

那天晚上我躲在房里，没有和任何人说话。我躺在床上，感觉好极了。我现在是个强大的人了，带着这种想法我惬意地进入了梦乡。在梦里我终于变得无所畏惧。

三天是漫长的，但却正合我的日程安排。当时正是夏天，第二天早晨我要去多瓦和外公外婆住一阵子，正好可以在那里脱胎换骨，等我回来后，就可以成为一个天不怕地不怕的巨人了。

这三天确实过得非常缓慢，我整天无聊透顶。我非常喜欢外公外婆，但他们家实在没有什么好玩的东西。正如我前面提到的那样，外婆是个会自己砌砖的老妇人，总是分派各种各样的活儿给我干。

第四天醒来时，我突然产生了一种异样的感觉。坐在床上的我觉得双臂像树干一样有力，挥舞起来却异常轻盈，两只手掌则像石块一样硬。我跑到外面沿着大路飞奔，想测试下自己的速度。阵阵轻风拍打在我脸上，感觉清爽极了。

那天下午，马达舅舅带我到镇上的足球场观看地区足球联赛，我想趁机测试一下我的力量。比赛的双方是医师队和农工队。和我想象的一样，球场上坐满了人。根据我们这里的传统，照顾小孩的妇女坐在球场一侧，男人和男孩则坐在另一侧，一边抽烟一边抨击着时事。

我对比赛没什么兴趣。我在人群里扫视了一圈，最后看见一个跟我差不多大的男孩坐在球场的远端。他似乎是独自来的，所以我马上展开行动，拨开人群朝男孩走去。从他身旁经过时，我用穿着凉鞋的脚往他的光脚丫上一踩，他疼得大喊一声。

"嗨，你踩到我了!"他疼得跳了起来。

我瞪着两只眼睛死死地看着他。

"听见没有，你伤着我了。"

"那又怎样?"我问。

"你不觉得这样做很野蛮吗?"

"你想怎样?"

"你怎么反倒问起我来了?"

"卡朋，你没听清楚我说的吗? 为什么不和我干一架?"卡朋在齐切瓦语里意思是"流口水的白痴"。

"好吧，"他说，"看来你是欠揍了。"

"那你就上吧。"

我们绕着圈对峙起来。我没有浪费时间，眼花缭乱地朝他来了一阵组合拳——左拳、右拳、上勾拳。我的拳速非常快，甚至没有感受到拳头砸在他脸上是什么滋味。因为不想杀死那个可怜的孩子（我已经把番薯藤可以抑制发狂的事忘到九霄云外去了），我后退了几步。令人吃惊的是，男孩还直挺挺地站在那里。他不光没被打倒，居然还看着我放声大笑!

我还没来得及发动新一轮攻击，右眼就突然感到一阵钻心的疼，紧接着是一阵阵剧痛。我很快就被男孩打翻在地，任凭他痛击我的头和脸，把脚踩在我的肚子上。等到舅舅闻讯赶来，把他从我身上拉开时，我已经痛哭流涕满身是泥了。

　　"威廉，你在干什么？"舅舅狂吼着，"那孩子比你大一圈，你不该和他打架的。"

　　没想到会遭如此奇耻大辱，我跑回外公外婆家，回自己家前再没出门一步。回去以后，我立刻去找沙巴尼兴师问罪。

　　"你的法术一点用都没有！你答应赋予我无穷的力量，我却在多瓦被人打了一顿。"

　　"这种法术当然有用。"说着他暗忖了一会儿，"对了，抹药那天你洗过澡吗？"

　　"洗过。"

　　"这不就结了，涂上药以后是不能洗澡的。"

　　"你从没告诉我这个。"

　　"我肯定告诉过你。"

　　"可是……"

　　看得出来，我被他耍了。我这辈子唯一的法术体验竟然以被人打肿眼睛收场，我的两只手也因为涂了药而不断颤抖。就我这点运气，双手一定会因为受感染而不得不截肢的，我这样想着，并开始把自己想象成市场上没了双手的流浪汉，连上厕所都不能自理。我一度每天都要为这事担心好几个小时。告诉你，这种滋味可是难受极了！

3

一九九七年一月，当时我九岁，我们家突然失去了一位
亲人。

某天下午，爸爸和约翰伯伯一起在地里侍弄烟草，伯伯
突然瘫倒在地。他已经病了好几个月了，却一直拒绝看医生。
爸爸把他带到交易中心附近的诊所，医生诊断出他患有结核
病，建议马上把他转送到卡松古的大医院。但约翰伯伯的小
货车当时正好坏了，爸爸只好跑去借朋友的车。出门借车前，
他把约翰伯伯的床垫放在金合欢树的树荫底下，让他在那里
休息。伯伯的妻子埃妮法留在他身边陪伴着。村里人很快闻
讯赶来。

爸爸走后不久，树下掀起一阵骚动，接着埃妮法呼天抢
地地哭叫起来。只见她推开人群，呼吸十分急促。拥在树下

的人群也传来低泣声，不约而同地把手臂举向天空。此时有人把手搭在我的肩膀上，我抬头一看，发现妈妈面容扭曲，仿佛吃下了某种非常酸的东西似的。

"你伯伯约翰已经去世了，"妈妈告诉我，"他死了。"

没过多久，爸爸开着车回到家，迎接他的却是兄长过世的消息。好几个人用尽全力才扶住他，使他不至于倒下。

我头一次看到父母如此痛苦，这比任何巫术都让人害怕。约翰伯伯死了，他的遗体放在金合欢树下。我以前从没见过死人，但我不敢上前去看一眼，生怕遗体的形象会在我脑海中挥之不去。不久之后我发现乔弗里从人群中钻了出来，似乎失去了方向感，哭着不停地在原地转圈。我不知该怎么办，也不知说什么来安慰他。我想把堂哥带到我们常去的沼泽地，在那里好好思考一下。我不喜欢突然陷入这种境地。在我们的文化中，当一个至亲去世时，你应该低声饮泣来表达悲痛。我无法解释其中的原因，但我一点也不想哭。看到众人哭成一团，尤其是父亲痛哭流涕、眼睛红肿的样子，让我打心眼里感到羞耻。我只好独自坐在那里强迫自己哭。我呆呆地看着伯伯的遗体，过了很久后两行热泪才从脸上奔流而下。趁着眼泪没干的当口，我快步走到堂哥那里表达我的哀悼之情。

那天晚些时候，爸爸的另两个兄弟穆萨维尔和苏格拉底连同一些听说此事的友人从卡松古赶了过来。教堂的神职人员当天晚上和第二天全天都待在伯伯家里没有离开。在其他人进进出出表示悼念的时候，他们挤在两个房间里高唱着《人生过客》寄托哀思。约翰伯伯的遗体放在地板上的草垫上，身下还铺着色彩鲜艳的花布。第二天早晨从卡松古运来一副简陋的木头棺材，遗体被小心地放置其中。但我自始至终没有勇气走进那间屋子。

一月是这里的雨季，天气又闷又热。入棺时伯伯家拥进了更多的人，屋子里变得又挤又热。看着人们齐声痛哭的样子，乔弗里实在不知道该怎么办。后来他走出家门，来到我身边，表情比先前更不知所措。

"弟弟，接下来还会发生什么事？"

"我不知道。"我说。我怎么可能知道接下来发生的事呢？

接下来的这天里，他时不时走进屋里看一眼他爸爸的遗体，然后走出门大哭一阵，直到葬礼开始才告一段落。

温比村长那时没在村里，他的保镖兼通信员恩瓦塔先生和村里的其他头面人物前来致哀。他们在金合欢树下坐了好几个小时，讨论着葬礼和这个家的未来。关于继承权和财产转移等问题，通常得由村长来作最后的决定。

最终，所有人从伯伯的房子里走了出来，聚集在金合欢树四周。恩瓦塔肃立在众人面前，以村长的名义宣布了决定。

"我们知道死者留下了一笔财富，而这些财富是属于他的孩子们的。我们建议死者的兄弟接管这几个孩子，像他们的父亲那样让他们完成中学学业。至于物质财产，我们不希望家族成员因此发生纠纷。愿意帮助这个不幸家庭的人可以给孩子们提供衣服和学费。"

另一个人起身开始说话。他是来自卡松古南部的约内西，代表乔弗里妈妈的娘家人。

"对我们家来说，这同样是个悲伤的时刻，"他托着自己的帽子说，"我们非常关注这件事。死者留下了我们亲爱的姐妹埃妮法和他们的四个孩子。埃妮法很久以前离开我们，嫁到了这个村庄。我们请求坎宽巴家族的人照顾好这四个孩子，履行好父亲的责任。我们没有其他要求了。"

接着，爸爸和他的兄弟们抬起棺材，放进朋友卡奇鲁韦的车。卡车向墓地隆隆而去，他们一路扶着棺材，其他人步行其后。墓地在村庄附近的小路尽头，桉树林旁的一小块地方，离祖父家不远，那里的几块墓碑几乎快被丛生的野草淹没了。爸爸的两个姐妹范妮和埃迪丝也都静静地睡在那里。

众人到达时，已经有好几个穿橡胶靴的男人等着了。他们是"阿祖库鲁"，也就是掘墓工，负责挖墓以及埋葬死者。在马拉维，坟墓不像西方那样挖个一米多深的坑就好，我们会在每个墓的底部做一个隐秘的隔间——通常是在墓坑一侧再挖个洞——可以把棺材推进去，就好像死者在过世后还有一个自己的小卧室似的。这样做是为了避免死者被落下的泥土打到，家人也就不会看到土砸在棺材上的那一幕了。但阿祖库鲁把约翰伯伯的小隔间挖在墓穴底部的正中央，算是"洞中之洞"。

阿祖库鲁喊着号子，小心翼翼地用绳子把棺材放进墓穴，然后推到大小正合适的坑洞里。一个掘墓工跳了下去，用板条和茅草盖住棺材。有了这层东西后，墓穴看上去和空的没什么差别。

整个过程和发烧时的噩梦一般。我的脑袋发痛，嗡嗡直响，仿佛顶在头上的太阳向我发出了声音似的。墓穴被泥土和草皮盖上后，我与其他送葬者一起走到山上，一种前所未有的孤独感痛彻心扉。

约翰伯伯去世以后，日子变得越来越艰难了。家里人还沉浸在悲伤之中，爸爸却要独自挑起家庭的大梁。此时地里刚刚下种，爸爸一直忙活到收获季节才结束。他给季节工发工资，结了所有账款。农忙季节过后，他遵照村长的建议，把家里的所有产业交给了约翰伯伯的大儿子，二十岁的耶利米。

我们这里的习俗是长子继承全部遗产，但有时也不尽然。

死者其他兄弟常会横插一脚，攫取家族的控制权，使得死者的家人只能任其摆布。这种事情时常发生，最后往往要闹到村长那里才能一见分晓。

耶利米和其他家人住在一起，也经常下地帮忙，但众所周知他不喜欢体力活儿。他虽然很聪明，但对上学根本不感兴趣，且经常流连于酒馆和欢场之间。要把产业交付给耶利米，爸爸内心非常不安，但是他不想让村里人和家里的其他亲戚在背后说闲话。

"我不想被别人说成小偷。"爸爸说，"哪怕家被他败光了，至少我的立场是对的。"

耶利米听说自己继承了家里的全部财产，自然感到非常吃惊。他以为叔伯们不会信任他这样的人，因此从来没对遗产抱什么希望。

"真是太好了，"他对我爸爸说，"非常感谢你。"

耶利米获得家产的控制权后，马上把当季的大部分利润挥霍在利隆圭和卡松古的酒吧里。到十一月购买玉米和烟叶的种子、肥料，以及雇佣新的季节工时，家里已经没剩下多少钱了，第二年的收成自然也好不到哪里去。收获的烟叶在拍卖会上出售后，耶利米马上带着钱消失，一直花到所剩无几才回家。

约翰伯伯在邻近的村庄里同时拥有两座可以获得长期收

益的玉米仓库，除此之外他还养了八头牛。这些财产也都由耶利米继承。但在约翰伯伯死去的第二年，爸爸的大哥穆萨维尔从耶利米那里夺走了一座仓库和四头牛。不到两年，耶利米就把剩下的一座仓库和四头牛全给败光了。

对我爸爸而言，约翰伯伯开创的事业已经不复存在。农民就是这样，会在顷刻之间变得身无分文。依据我们这里的惯例，爸爸不能把给出去的东西再收回来。一旦交出了所有权，那份产业就不再属于你。伯伯的家产败光以后，我们家只能靠自己的力量生存于世了。

根据新总统推行的政策，种地在马拉维变得更为艰难。一九九四年，也就是约翰伯伯病逝前三年，班达总统在他批准的第一次总统选举中落败。民众厌倦了他长达三十年的专制统治。反抗班达总统的烈火越烧越烈，大批民众聚集在城市的街道上抗议他制定的种种严苛法令，动乱此起彼伏。选举前，班达总统掌控的秘密警察威胁民众投票给他。一天，三百多名古勒·万库鲁抬着空棺材在交易中心附近的街道上载歌载舞，誓言要把所有不投票给班达总统的人都装到棺材里。

但反对党仍然在竞选中取得了胜利。不像别的非洲国家领导人，班达总统同意静悄悄地离开，而不是挑起一场内战。

他甚至在最后一轮投票前就承认了自己的失败，他知道下台的时候到了。班达总统是在卡松古出生和长大的，因此退休后就归隐在纳旺比山脚下的家乡，在切瓦勇士击退恩戈尼人的美味苍蝇之岩度过他的余生。肥胖的内阁部长巴基利·穆卢齐成了新总统，随之而来的是一大堆新问题。

班达或许是位残酷的总统，但他对农业和土地倒还算关心。我们这儿有马拉维最丰饶的土地，被称为"马拉维的粮仓"。班达总统深知耕种土地的秘诀，要求让每个农民都能得到所需要的化肥。种子的价钱也很便宜，任何马拉维人都能种了烟草拿到市场上去卖。这意味着只要持续下雨的话，每个马拉维家庭都不会饿肚子。

穆卢齐和班达完全不一样，从政前他是个成功的生意人，认为政府对化肥和种子的买卖不应该过多干涉。他希望在任何方面都与班达不同，于是停止向农民发放补助金，让他们自力更生。自由经济政策使有钱的大公司参与到烟草种植业中，规模化生产使得烟草拍卖价格直线下降，压榨了普通农民的利润空间。伯利烟草的价格很快就降到最低谷，许多农民都不愿意再去种植这种利润微薄的作物了。除了通常耕种的玉米地外，我家还留了几块烟草田。但是因为雇不起季节工，我和我的堂兄弟们只好自己下地劳作。

约翰伯伯死后的第一年，卡松古烤烟公司关门歇业，苏格拉底叔叔因此丢掉了在那里当焊工的饭碗。他和家人被迫离开卡松古返回家乡，在我们家附近的一间大库房里住了下来。

苏格拉底叔叔有七个女儿，这对我的姐妹们来说是个非常好的消息，但他们的到来对我而言并没有太大影响。当我们帮着把叔叔家的东西从十吨卡车上往下搬的时候，有个东西突然从车厢里蹿了出来。

一条大狗突然出现在我脚边。

"快滚开！"苏格拉底叔叔说着往狗头上踢了一脚，大狗哀叫着跑开了。跑出一段距离后，它坐在地上盯着我。

"那是我们的狗坎巴，"叔叔说，"我想带它来看管这里的鸡群和山羊，那是它的看家本领。也许这里会让它有家的感觉，我们都很想家。"

坎巴是我见过的最不同寻常的动物：它一身白毛，身体和头部有些黑色的斑点，像是有人把整桶油漆淋在它身上一样。它的眼睛呈棕黄色，鼻子上布满了浅粉色的疙瘩。坎巴的外形颇具异国风味，像是另一块大陆的产物。另外，它的体形非常大——比村里其他狗都要高一些，但也骨瘦如柴。马拉维的狗都是用来看家护院的，以老鼠和残羹冷炙为食，所以不像西方国家的狗喂得那么肥。我这辈子在马拉维从来没见过一条胖狗。

坎巴坐在地上看着我，白色的长尾巴拍打着地上的尘土。它的长舌头从嘴角边伸出来，唾液不断地滴落在地。苏格拉底叔叔进屋后，坎巴马上跑到我跟前，把身体靠在我腿上。

"滚一边去！"我作势要打它，它连忙躲到了房子的一边。

"你这条笨狗，快去和小鸡一起玩吧。"

它又把舌头往外伸，唾液不断从嘴里落到地上。

第二天早晨我醒来后，在去门外的茅房时不知道被什么东西绊了一跤。我定睛一看，发现坎巴躺在门口，竖起耳朵不知在等待着什么。

"我不是告诉过你离我远点吗。"说完这句话以后，我才意识到自己在干什么。不能让别人瞧见我正在和动物说话，他们会把我当成疯子。

从茅房出来时，我恰巧遇见苏格拉底叔叔和爸爸一起从家里走了出来。叔叔对我笑了笑，然后指着紧黏住我不放的坎巴。

"看来你交了个好朋友。"他说，"上苍赐予我七个孩子，但她们都是女孩。坎巴非常想找个男孩做伴。"

"我才不想和狗做朋友呢！"

苏格拉底叔叔笑了笑。"你自己跟它说吧。"

从此以后，我不再试着把坎巴从我身边赶跑。因为不管我怎么做，它还是一样黏着我。老实说，和它在一起感觉并不坏。此前我从来没有过一条属于自己的狗，现在有条狗时常围绕在身边也挺不错，反正它也不会缠着我说话或让我干这干那。每天晚上坎巴都睡在我的门口。遇到下雨天，它会偷偷溜进妈妈的厨房，在角落里蜷缩成一团。即使没人交代，它也主动承担起保护鸡群和山羊的责任，使它们远离偶尔到访的鬣狗和成群结队的野狗的戕害。当然它有时也会跟在山羊后面跑来跑去，害得它们大呼小叫、乱成一团。它使坏的时候，妈妈总会把头探出厨房，脱下鞋往它头上丢。

"把那条狗给我赶出去！"她咆哮道。

这对坎巴而言就是场游戏。它经常欺侮小鸡和乌鸡。当鸡妈妈气急败坏、扑扇着翅膀试图把它赶跑时，它反而显得兴致盎然。

但坎巴最爱的还是打猎。

那时，去田野和沼泽地打猎已经取代了在家里玩的许多游戏。我开始跟着住在附近的乔弗里和查里蒂堂哥出去。

我们大多数时间都会去捕鸟，沼泽地旁边的草丛是我们的藏身之所。旱季里那些草长得非常高，整个人躲在其中也完全没问题。等到鸟儿下午来饮水时，我们把抹着黏稠的阿里波树液的枝条放在地上当诱饵。一旦小鸟的脚踩上去，它们就会扑腾着翅膀叽喳乱叫。我们会赶在它们挣脱之前拿着砍刀从草丛里跳出来狂呼：

"太好了！逮住它们了！"

"动作快点，别吓跑了别的鸟！"

"我想把它的喉咙割开！"

"别……我要砍下它的头！"

我们总是为谁来执行杀戮任务而争个不休，因此大多采取轮流的办法。杀鸟的方法不外乎砍去鸟头或是像摘西红柿似的两根手指一捏，把鸟头从身体上拧下来。我们会把内脏清洗干净，拔掉羽毛，把小鸟的尸体扔进挂在脖子上的糖袋里。回家以后，我们会把小鸟架在炭火上烤着吃。幸好爸妈从来不让我们把猎来的野味拿出来给大家分享。夏天的时候，有些晚上我们甚至能带回八只鸟一饱口福。

我们家不是很有钱，捕鸟经常是我们获取肉食的唯一渠道，这成了我们难得的盛宴。齐切瓦语甚至还有一个独特的词"恩库里"，意思是"渴望吃肉"。

满足这种渴望并不是件容易的事，捕鸟的过程有时甚至充满了艰险。首先，捕鸟最得力的阿里波来自枝干丛生且布满尖刺的恩克哈兹树。我们必须用砍刀割开树干，同时要避免阿里波溅入眼睛。如果不小心沾上了，你的眼睛就保不住了。

一天下午，我与乔弗里、查里蒂出门寻找阿里波。找了半天，才在树林里发现了恩克哈兹树的身影。

"我先上！"查里蒂说。他是个说话粗声粗气的家伙，最喜欢打头阵，我们只好让他先上。

查里蒂带着刀爬上了恩克哈兹树，小心翼翼地避免碰到周围的尖刺。他爬到树顶割开树干，然后用塑料袋对准树上的切口。在他接树液时，突然一阵大风吹得大树震颤不已，查里蒂的眼睛被甩进了许多阿里波。他冲出树丛对我们大喊："我要瞎了，我要瞎了！救救我！它把我的眼睛弄瞎了！"

"我们该怎么办？"我紧张地问乔弗里。

为约翰伯伯工作过的马克斯韦尔曾经教过我们一些关于恩克哈兹树的知识，他说过黏胶弄到眼睛里时该怎么办。

乔弗里转身看着我。"你还记得马克斯韦尔的话吗？"

"你指的是哪段啊？"我有点记不得了。

"唯一的解药是哺乳期妇女的奶水。"

"我们去哪里弄这东西呢？"

"你家就有。"

这倒是真的。妈妈刚生了妹妹梅莱斯，也许她能帮上忙。我们拉着查里蒂的衬衫，把他带到我家。乔弗里把我们的困难告诉了妈妈，而她爽快地答应了他的请求。她让查里蒂张开双眼跪在她面前，然后托着一只乳房贴近查里蒂的面庞。

"别动。"说着她把一股白色的奶汁挤入查里蒂的双眼。

这实在有点可笑。"嗨！"乔弗里嚷道，"可别吃进去哦！"

"这是你给恩库里交的学费。"我叉着腰补充了一句。

我从来没问过查里蒂的感受，但应该没什么大不了的，没过几分钟他已经能睁开眼睛看东西了。马克斯韦尔在我们看来一定是通晓这种秘密的巫师。妈妈对查里蒂说："为了报答我的服务，下次捕来的鸟都归我了。"

查里蒂同意了。第二天他把糖袋里装着的四只鸟扔进了我家的厨房。

和堂哥们一起打猎让我学会了许多捕鸟的方法：如何在高高的草丛和波光粼粼的沼泽地找到一个最佳的潜伏位置，如何用巧夺天工的陷阱让鸟上当。我还练就了耐心等待的品质，好猎手都知道耐心是成功的钥匙。坎巴很了解这个道理，似乎生来就是个猎手。

雨季来临之后，我开始带坎巴一起出去打猎。上午雨下得很大，下午的天气闷热潮湿。当土地湿润、到处布满水塘的时候，没有多少鸟会到沼泽地里来。这时候猎手只能用"齐瓦铺"当武器了，这是一种酷似弹弓的长鞭，有些类似没有石头的抛射器。

一天早晨雨停后，我和坎巴出发去布置陷阱。我把用"姆蓬戈"（妇女的亮丽长头巾，用来包裹头发或者背孩子）制成的口袋挂在锄尖，里面装着长长的自行车内胎、旧自行车轮辐、从妈妈的晒衣绳上剪下的一小段钢丝、一把被我们称为"嘎嘎"的玉米渣和四块沉重的碎砖。我和往常一样还带上了两把自制的猎刀。

第一把是我用厚钢板制成的兰博式猎刀。我先在钢板上勾勒出模样狰狞的图案，接着用钉子和扳手在边缘打洞，只要用力一敲，刀身就会从钢板上脱落。最后我会用捡来的岩石把刀刃磨利，制造出一把无坚不摧的尖刀。然后就要考虑刀柄了。我把足量的塑胶粘在刀锋下方，然后放在火上一烤，做出坚韧顺手的塑料握把。

我的第二把猎刀酷似用大钉子做成的刺杀工具。我用铁锤把钉头敲扁，然后再把边缘磨尖，刀柄的制作方法和第一把完全相同。我把这两把刀都贴身系在腰带上。

收拾完装备后，我和坎巴沿着乔弗里家后面通往墓地的小道，一直走到树木参天、足以把人隐蔽起来的桉树林。把我们与马拉维湖分隔开来的群山秀美地展现在我们面前，云层越积越厚，看上去灰蒙蒙的。一场风暴正在酝酿之中，因此我们必须抓紧时间干活儿。

我在主干道附近找了个好地方，阳光穿过桉树，在地上投射出一道狭长的影子。我用锄头清理掉地上的野草和藤蔓，露出一片直径约一米二的红土。我从桉树上砍下两根粗壮的树枝，剥掉树皮，把顶端削尖，然后把它们插进润湿的土壤，间隔约半米。我用力拉扯树枝，以此测试它们的坚固度。树枝纹丝不动，看来我的辛苦没有白费。

我把自行车内胎切成两根细条，将它们分别连接在钢丝两端，然后把细条绑在插进泥土的树枝上。一个巨大的弹弓就这样做好了，中间那段钢丝正是捕鸟的主要工具。

我扒下附近几棵树的树皮，把它们连接成一根四米五长的绳索。接着从绳索上割下约二十厘米连在钢丝上。我把一根短木棒系在绳索的另一头，打上牢固的圆结。然后我将短

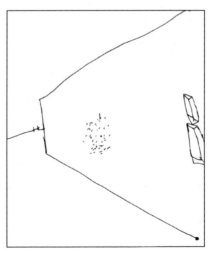

雨季捕鸟的陷阱。鸟儿会撞上砖块而死，然后我会把它们都吃掉。

木棒用作把手，把橡皮车胎用力往后拉，再把短木棒插在另一根木棒和自行车辐条之间，也用圆结固定住。最后把绳索拉进树林当作触发器。弹弓做好以后，我把四块砖放在两根树枝之间的空地上，而后在砖块和弹弓中间撒一些玉米屑。这就是鸟儿的葬身之所：它们落在地上啄食玉米屑时，我只要一拉绳子，钢丝就会把它们弹到另一边的砖墙上，那样就大功告成了。

"开始打猎吧。"坎巴跟在我身后跑进了树林。

我们藏在一株索姆伯兹树后观察着陷阱的情况，那里视野清晰，又不会被鸟儿发现。坎巴趴在我身边热切地注视着前方。它知道我的意图，所以既没有动也没有叫。大约半小时后，四只低空飞过的小鸟看见了我在空地上放置的诱饵。它们扑打着翅膀落在地上，开始啄食玉米屑。我的心紧张地跳动起来。坎巴竖起耳朵，嘴角不住地颤抖着。我正准备放开绳索时，突然发现又有一只鸟飞了下来。它的体形比前四只更大些，胸膛肥厚，长着一身黄色的羽毛。

再走近些，我心想，稍稍靠右些，对了，这就对了。

漫长的几秒钟过后，肥鸟终于挤进鸟群，啄起地上的玉米屑来。当五只鸟全部进入有效射程后，我拉动了绳索。

呜……砰！

鸟儿消失在飞扬的羽毛和玉米屑中。

"棒极了！"我大吼一声，然后和坎巴一起从埋伏的地方冲了出来。

四只小鸟已经死翘翘了，但那只大鸟正在泥土里拍打着翅膀想要飞走，我趁它还没逃跑捡起它。它的身体又软又热，微小的心脏抵着我的掌心不断颤动。我用两根手指捏住鸟的脑袋，把它的脖子拧断了。

我捡起另外四只，掸去羽毛上的泥土。平时我会带个塑料袋，但这天忘了，于是只得把它们塞进口袋。

重新设好陷阱后，我又等了半小时，但最终还是放弃了。

"该回去吃饭了。"

于是我和坎巴动身前往姆法拉。

姆法拉的意思是"未婚男孩之家"，堂哥查里蒂就住在那里。它位于我们家的领域，看起来更像是间俱乐部。之前那里的住客是和菲利打架的季节工詹姆斯，他被解雇后房间就空了出来。查里蒂有个大胖子朋友叫米泽克，从学校辍学后做起了生意，他和查里蒂一起把这间房子占了下来。尽管他们依然和父母一起住——查里蒂家在吉尔伯特家附近，两家和树林都靠得很近，但晚上两人都睡在"未婚男孩之家"。

有人在屋子一角用桉树树干和填满草的玉米袋搭了张床，屋里到处是脏衣服、芒果皮、花生壳和一些奇奇怪怪的垃圾。一面墙上贴着马拉维游牧者足球队的海报,人们常把他们称为"城市牧民"。这是我在马拉维超级联赛中最喜爱的队伍,可能也是世上我最喜欢的球队吧。对面墙上则贴着游牧者队主要对手巨型子弹队的海报,看到它我就有种说不出的反感。屋角放着个火炉——只是四周刺满通气小孔的锅子而已,里面填满了焦黑的玉米茎和木材。火炉上方开了扇通风的小窗,但是效果不太明显,只有一束混杂着浮尘的阳光由此进入。屋子里到处是臭脚丫味。尽管这里又脏又臭,但未婚男孩之家对我来说却是世界上最好玩的地方。

因为我是个惹人厌的小不点,所以大多数时候他们都不让我走进未婚男孩之家。只有通过一定的努力我才能获得进入那间屋子的资格,比如帮他们偷芒果。查里蒂让我在脖子上套个布袋溜进邻舍的果园。我咬着刀爬上树,轻手轻脚地割下芒果,然后扔进布袋。带着偷来的芒果,我就可以获准进入姆法拉了。

屋子里的谈话对我这个十一岁的男孩来说总是有些高深莫测,大多数是关于女孩的。幸运的话他们会把我完全丢在一边。有次米泽克谈到在城里遇到的漂亮女孩时突然停了下来,对查里蒂说:"这里有个小孩,说话得小心点,不能让孩子听到这些事。"

我向他们乞求道:"我不是小孩了,你们继续谈吧。我知道很多关于女孩的事。"

"那你倒说说看，你都知道些什么？"

"我知道……反正你们知道的我都知道！"

我和坎巴从打猎的地方走回家。我知道带去的猎物足以让他们开门。走近屋子时，我听见查里蒂和米泽克都在里面，于是敲了两下，查里蒂开了门。

"怎么了？"

"伙计们，我刚打了四只鸟！它们在兜里。我能进来吗？"

米泽克出现在门口。"你给我们带什么了？"

"四只鸟。"

他笑了："这才是姆法拉需要的人，干得好。"

"我们一起来生火吧。"查里蒂说。

我偷笑着进了屋，坎巴跟在后面。

"笨狗不准进屋，"米泽克咆哮道，"它会把这里当成自己的住所的。你难道不知道这里不准狗进来吗？我敢打赌，你平时还会和它说话呢。"

"坎巴，"我对着狗大吼一声，"快给我出去！"

我往后甩了甩腿，坎巴仓皇跑出门，然后疑惑地看着我。

"在那儿等着。"我轻声对它说。

我开始清洗起死鸟来。我拔掉鸟毛，甩到提桶里，然后拧下鸟头，洗净内脏。我打开门，坎巴早已等得不耐烦了——这也是它的战利品，它把鸟头和内脏看得比自己的生命还珍贵。我把鸟头一个个抛向空中，坎巴腾空而起，依次把它们衔进嘴里，咀嚼一下后，鸟头立即不见了。那些内脏则被它囫囵吞枣地咽进肚子里。

回屋后，查里蒂和米泽克已经把死鸟放在火盆上。哟哟作响的鸟肉闻起来美味极了。

"伙计们，"我对他们说，"我真快要流口水了！"

"安分些，别说话。"

烤好后，他们甚至让我吃了一整只鸟。不过一旦我对他们没用后，他们又不可避免地对我下起了逐客令。

"嗨，小东西，"米泽克说，"没听见你妈妈在喊你吗？"

"不会吧，我什么都没听见。"

"他没说错，"查里蒂说，"那确实是你妈妈的声音。"

既然他们已经不需要我了，我只好把猎刀插进腰带，叫上坎巴，和它一起走回那个满是女孩的家。

4

十三岁那年我们迎来了新世纪。我慢慢开始发现自己身上的变化，我已经成熟起来了。

我不像以往那样经常外出打猎，转而开始往交易中心跑，在那里结交一些新朋友。吉尔伯特总是和我结伴而行，有时乔弗里和其他一些玩伴也会同去。我们经常在市场里没完没了地玩一种在马拉维和非洲东部极其盛行的"巴沃"游戏。我们把弹珠或种子放在满是洞的木板上，每个玩家拥有两排共十六个洞，吃掉对手前排洞里的弹珠迫使他不能移动，你就获得了胜利。

巴沃是个讲究技巧的游戏，玩家的反应必须非常快。我在这项游戏上非常有优势，经常让交易中心的其他男孩俯首称臣。这多少弥补了一些儿时在球场上被他们击败的缺憾。

虽然我不曾拥有芒格罗梅拉，但至少我在巴沃上胜人一筹。

每次我去交易中心会朋友时，坎巴总会摇着尾巴想和我一起去。它很想像以前那样和我一起外出，但我不再让它跟在后面。朋友们把遛狗看成是小孩才会做的事情，他们会瞧不起我的。一次坎巴神不知鬼不觉地跟着我到了交易中心，当我走到理发店旁那棵无花果树下（我们常玩巴沃的地方）时，有人指着狗笑了起来。

"为什么你要让这条狗跟着你？"他们问，"附近既没有野兔又没有鸟。你想在市场里打猎吗？"

其他男孩也一起跟着笑。这实在太尴尬了。从此以后只要坎巴跃跃欲试地跟着我，我就会对它做出恶狠狠的表情。

我又是咒骂又是咆哮，可它从没有一次听我的。走了没多远，我就必须从路边捡起一颗小石子往坎巴头上扔。

"别跟过来！"

几次以后，它终于明白了我的意思，但它仍然会独自去交易中心玩。七月交配季节发情的母狗们在村子里四处走动时，它去得更频繁。一看到我，它就会摇着长尾巴跑来。我总会及时制止它这种过分亲近的举动。

"走开！"我会趁人看见之前踢起一片泥土把它赶跑。

长大以后，我对游牧者队的关心不再像以前那样热切了。在那之前，游牧者队就是我的一切。我收听广播一台的每场比赛，把游牧者队的队员想象成顶天立地的巨人。每当游牧者队输球——尤其是输给巨型子弹队的时候，我就会寝食不安，甚至连平时最喜欢的鸡肉都吃不下去。那年和巨型子弹队比赛时，我的心跳非常快，我甚至以为自己会就此长眠不醒（人们把这种情况称为焦虑发作）。我想，你在对自己做什么呢？足球给你的压力太大了。那场比赛过后，我就不怎么收听足球赛了。

差不多就是在那段时间，我和乔弗里对废旧收音机产生了浓厚的兴趣。我们会把收音机拆开，看看内部的结构，进而研究它们的工作原理，以便好好地修理。

马拉维和非洲的大部分地方没有维持电视工作所需要的电力，收音机是我们与外部世界沟通的唯一渠道。在你途经的大部分地方，不管是幽深的丛林，还是熙攘的马路，人们总会把不大的收音机拿在手里听。你可以在布兰太尔的广播二台里听到马拉维的雷鬼音乐和美国的蓝调音乐，也可以在利隆圭电台听到齐切瓦语的圣诗和布道。

国家广播电台在马拉维独立之初就开始营运了。从此以后，马拉维人开始把收音机看作家庭不可或缺的组成部分。爸爸告诉我们，国家广播电台早期曾播放过多莉·帕顿，以及肯尼·罗杰斯等美国歌星的歌。罗伯特·福穆拉尼也是电台的常客。那时农业节目非常流行，班达总统——马拉维的开国总统——提醒国民要清理田地、疏通河道、在雨季前把种子埋进地里，他说这样会给马拉维人民带来欢乐和富庶的明天。他甚至提醒人们要及时施肥！在我成长的过程中，星期天经常会听利隆圭中非长老会教会的沙德里克·威姆牧师在电台里布道，紧接着是那个星期的二十佳歌曲节目。

不幸的是，直到不久之前，马拉维只剩下政府掌控的一台和二台。这大大不利于普通民众对外部世界的了解。

从第一次听到收音机里传出声音起，我就很想知道这个小盒子到底是如何运转的。我看着露在外面的线圈，很想知道它们到底起什么功用，为什么颜色各异，它们又会通向哪里？为什么这些线圈和塑料组合在一起就能让布兰太尔的音乐节目主持人在我家说话？为什么一个频率在播放音乐，另一个频率同时能布道？这种东西是谁发明的？他又怎么会有如此精妙的构思？

经过无数次的试验和失败，我们才发现收音机的噪音是集成电路板接触不良造成的。集成电路板是收音机的重要组成部分，收音机里的所有电线和塑料都集中在这里。和集成电路板连接着的是一些豌豆状的小东西，这些被称为晶体管的器件控制着集成电路板到扬声器的电力输送。我和乔弗里拆下一只晶体管，收音机的声音就大幅削弱了。修理收音机时，我们找不到合适的焊锡，只能把粗钢丝放在炉火上烤红，再用它把金属连接点熔融在一起。

我们还研究出了波段的秘密。收音机分 FM、AM 和短波三个波段。收音机里的内置天线用来收听波长较长的 AM，而收听 FM 就必须借助于能捕捉到较短波长的外置天线。FM 的波线和太阳光一样，会被大树和较高的房子完全屏蔽。

我们的这些知识都是从拆坏的收音机里学来的。叔叔、姑姑和邻居们都给我们提供过废弃的收音机，拆下的电线被揉成一团放在乔弗里房间的一个大盒子里。从失败中获得经验后，人们开始送来坏的收音机让我们修，我们的业务很快就发展起来。

我们常在乔弗里妈妈房后、乔弗里的小卧室门口摆弄坏的收音机，地板上堆满了电线、集成电路板、马达、破裂的收音机外壳，以及无法判断功用的塑料和金属片。我们在那里接待修理收音机的客户，我们和顾客之间的对话通常是这样的：

"有人吗？"站在门口的通常是邻村来的老伯，他像抱小鸡似的把收音机夹在腋下。

"进来吧。"我说。

"听说这里有人会修收音机，是吗？"

"是的，我和我的同事乔弗里先生会替你把收音机修好。

你的收音机有什么毛病？"

"你们太年轻了，怎么可能会修收音机呢？"

"尽管相信我们，把问题告诉我。"

"搜不到台了。这台收音机完全不能用了。"

"让我想想……嗯……我想应该能解决。晚饭前来拿吧。"

"能在六点前修好吗？今天是星期六，我还要听周末大剧场呢！"

"没问题，我会帮你修好的。"

要确定收音机哪里出了问题，我们就必须有电源。在没有电的情况下，我们就只能依赖电池了。但电池通常都很贵，我和乔弗里修理收音机挣来的钱也不够买。我们只好走到交易中心，在垃圾桶里寻找别人丢弃的废电池。通常我们会搜集五六节，把它们和奥菲西酒馆扔出的空酒箱一起带回家。即便是多年之后的今天，我依然能从这些散发着酒臭味的空箱子上开发出新功用。

我们首先会测试电池，看看里面有没有电。我们把两根电线分别连在电池的正负极上，看看它们能不能把灯泡点亮。灯泡越亮，电池里的电量就越足。接下来我们会把啤酒箱压扁、揉成管状，然后把几节电池放进去，让它们的正负极连在一起形成电池组，最后把电池组两端的电线与收音机电池盒里的正负极接点相连。废弃电池积聚的能量通常能启动一台收音机。

当然，成功与否还要取决于电池的品牌，以及它们之前是干什么用的。手提式收音机耗电量非常小，它们的电池通常都会被用得干干净净的。卡带式收音机需要的电压较高，一节电池往往不能维持它的运转，用下的废电池常常会剩有一定的电量。最差的莫过于中国制的虎头牌电池了（不幸的是它是我们这一带最常见的），在各种样式的收音机里它都只能维持短短几个小时。这也是为什么当我们捡到国产太阳牌电池时会特别高兴，它是迄今为止我们用过的电力最强的。

"乔弗里先生，我们今天真是走运，竟然捡到一节太阳牌电池。"

"是啊，我的小男子汉，我们可以用这节电池坚持一段时间了。"

在我们修理收音机时，人们通常会走近我们鼓励道："这两个小科学家真不赖！小伙子们，继续加油，假以时日你们一定会找到好工作的。"

从小我就对事物的工作原理非常感兴趣，但从来没把这和科学挂钩。除了收音机外，我对汽车也很有兴趣，很想知道汽油是怎样驱动引擎的。这到底是怎么回事？我经常会这样想，这很简单，只要问问车主就行了。遇到交易中心的卡车司机后我就会走上去问他们："卡车是怎样动起来的？引擎的工作原理是什么？"但没一个人能回答上来。他们会笑着对我摇摇头。怎么能开车而不知道它的工作原理呢？

甚至连我那通晓万事的爸爸也对这个问题大摇其头。"汽油燃烧点火……当我没说，我确实答不上来。"

CD 唱机那时在交易中心刚刚流行起来。看见人们把银光闪闪的唱盘放进唱机播放音乐，我的好奇心更重了。

"把唱盘放进去为什么就能播放音乐呢？"我不解地问。

"谁会关心这个？"大多数人这样回答。

虽然交易中心的人不加解释就心安理得地享受着这一切，但这些问题却整日缠绕在我的脑海里。如果科学家的工作是解开谜题，那我就要成为一名科学家。

当时我正在温比小学读书，从吉尔伯特家走一公里的林路就能到达我的学校。第二年我将参加小学的毕业考，通过以后我就能去初中就读了。我听说初中设置了更多与科学有关的课程，学生甚至还会亲手做一些实验哩。

对我来说，做科学家比当农民要好得多。那时种地已经成了我生活中的重要组成部分。爸爸仍然耕种着几亩烟叶田，收获的烟叶在拍卖会时拿去卖。但我们的主要作物还是被称为"齐曼加"的玉米，这也是我家一年四季的主食。大多数马拉维人靠种植的寥寥几亩玉米地维持生计。如果你不能从别的地方取得食物的话，至少可以拿出储存的玉米给全家吃。甚至城里的人也会让兄弟或叔侄帮他们打理一小块玉米地。成熟季节谷物价格偏高的时候所有人都要靠玉米过活。

在马拉维，我们每顿饭都少不了玉米。大部分家庭都把玉米晒干磨成粉，制成面团似的膏状物（我们一般称之为"希马"）。加工希马时，我们不断把玉米粉往热水（不能是沸水）里倒，搅到搅不动才告一段落，然后舀出汉堡包大小的一团团。吃的时候就从希马上撕下一片，在手心里捏成球状蘸酱吃。酱料通常是用扁豆或植物的叶子做的，比如芥菜、油菜、南瓜叶——当季出产的作物我们都会拿来吃。如果幸运的话，你甚至可以弄来些羊肉或鸡肉。我最喜欢的食物是干鱼和西红柿。

从大腹便便的政治家到贫寒家庭的猫狗都要靠希马才能得以生存。每天我家吃完晚饭后，坎巴都会在食盘前等待自己的美食。大多数时间它甚至不品品味道就把希马囫囵吞了下去。

"这样怎么能享受到美味呢？"我总会这样问它。

希马不仅仅是饭食的重要组成部分，从某种意义上来说，马拉维人像鱼离不开水一样依赖着希马。如果外国人招待马拉维人出席晚宴，主菜是牛排和意大利面，巧克力蛋糕作为甜点，但没有希马的话，客人回家就会对兄弟姐妹说："他们只准备了牛排和意大利面，根本没有主食，希望我今晚能睡得着觉。"

种植齐曼加是一项需要全家同心协力才能取得成功的工作，家里的男人、女人和可以干活儿的男孩都得投入其中。年轻女孩有时也会帮着一起撒种、除草和收玉米，但大多数时候她们只是帮助妈妈做做提水、烧饭、打扫、照顾婴孩之类的家务。在马拉维，人们通常对妇女的贡献视而不见。在我十二岁时，我已经有了五个姐妹，但没有一个兄弟，这意味着下地给爸爸帮忙的只有我了。

上一季的玉米在五月收割完以后，当季的劳作从七月开始。我们首先会收集晒干的玉米秸秆，把它们垒成被称为"齐库塞"的小堆，排成几行。干完以后，我会把齐库塞点上火，然后耐心等待一小会儿。蚱蜢往往会把家安在齐库塞里，只要火一烧，它们就成群结队地飞将出来，这时捕捉它们就没什么难度了。我把它们扔进糖袋带回家，撒上盐烤着吃。告诉你一个秘密，就着美味的蚱蜢我可以吃掉很多希马。当然，我不该在地里劳作时捉蚱蜢，但马拉维有句谚语说得好："到了湖边，你还发愁看不见河马吗？"

八月到十一月的工作主要是整地开垄。我用锄头挖平现有的两条田垄，在它们中间堆出一条新的来。我们常用这种方式进行轮耕。那几个月正值马拉维的旱季，必须用很大力气才能把土挖开，我的手上也因此磨出许多水泡。这样还不算完，即使把土壤锄松了，还是需要将一些坚硬的土块敲碎，这大大延长了劳作时间。只有松软的泥土才能让种子不受阻碍地生长。一些懒惰的农民会在田地里留下这些土块，可想而知，他们第二年的收成也好不到哪里去。

堆田埂通常是在太阳最烈的时候进行的。天气实在太热，我会在上学前的清晨和天黑回家后干一会儿。碰上月明的日子，我甚至会在鸡叫前的凌晨四点起床。在漆黑一片的清晨时分，我带着手电筒跌跌撞撞地走进茅房，尽量不去注意天花板上黑白相间、身材肥硕的蜘蛛，以及一见到光触须就会颤动的蟑螂。它们仿佛在对我说："现在是我们玩乐的时候，你应该待在床上！"在寂静的清晨，你甚至可以听见白蚁吞食墙皮的声音，这种声音像是有人在草丛里走动似的。上完厕所后，我会从屋后的浅井里舀一瓢水洗脸（那里的水是不能喝的）。这时妈妈通常已经为我准备好了一碗"法拉"（玉米粥）。喝下粥后，我就带着锄头下地了。

"天还黑，注意锄头的落点。"临走前爸爸会这样大声招呼，"千万别砸到自己的脚啊！"

"这是自然。"

在整地和耕种季节，锄头砸到脚是再平常不过的事了。

你经常可以看见孩子用糖袋或报纸包住自己的脚，然后再用麻绳固定好——他们想用这种临时绷带抵挡苍蝇和泥土的侵扰。但这种绷带起不了什么作用，因为第二天一早你又得下地去了。遇到这种情况，伤口往往不能及时愈合。每个在乡村长大的马拉维人都有类似的伤疤。

即便天上挂着月亮，路上依然很暗，看不清前后左右的情况。我走得很快，时刻注意着脚下的步子，尽量不去想在林子里盯着我的古勒·万库鲁和坐着巫术飞机在我头顶上盘旋的光头男人。后来不管我身处何地、年龄几何，凌晨四点一想到这些总会被吓到。有天早晨走在田边的时候，有条鬣狗突然在树丛里冲着我大叫。我立刻撒开脚丫飞奔起来，差点连裤子都吓掉了——我这辈子从来没跑得那样快过。

雨季一般从十二月的第一个星期开始，直到次年三月才告一段落。第一场雨标志着播种季的开始。这就像是场艰巨的赛跑，雨水代表着发令枪的枪声。雨点落下时，你必须已经作好准备。

第一个人会拿上锄头沿着田埂飞奔，在土壤里挖出一个个小槽。跟在他身后的人会在每个小槽里放上三颗种子，然后怀着美好的心愿盖上润湿的泥土。十二月的田野满是泥泞，一层层的厚泥巴会像蛋糕似的裹住你的脚。

几天的雨水过后，幼芽会从土壤里钻出，长出绿油油的嫩叶。如果两星期后雨水依然充盈的话，我们会在地里施下第一轮肥，因为幼苗和任何你希望它发育得强壮的生物一样需要得到爱心和关照。

用锄头挖小槽是我最喜欢的工作，因为我不必等待前面的人，下工后就能回家烤玉米吃——这在十二月是件难得的美事。

从五月到九月，你必须靠上年的收成过活。玉米存量充足，每顿饭都很丰盛。此时是南半球的冬季，在阴冷的寒夜，我们围在火炉旁用平底锅烤玉米吃。大家有说有笑，还哼唱动听的歌曲。但到了十二月的耕种季，每家的玉米存量都不那么足了，和亲戚朋友一起烤玉米对大伙来说非常难得。少有的烤玉米味会让大家非常雀跃。在这个物资紧缺的时节，吃希马的时候我们心情都很沉重。

十二月里每户农家都必须购买价格昂贵的种子和化肥，这往往会让大家把积蓄用光。大多数人还是会存下些钱在圣诞节和新年买只鸡和一些米，但之后就一无所有了。一月来临后，人们必须勒紧腰带等待收获季的到来。屋外的雨下得昏天黑地，甚至连鸟儿也找不到东西吃，因为这个季节所有作物都在忙着生长。这是个焦急等待的季节，我们通常把它称为"饥饿季"。在我们乡下，这是干活儿最苦、吃得却最少的日子。人们自然会日趋瘦弱，动作缓慢，有的儿童甚至会饿死。饥饿季与鸡鸣以及初升的太阳一样，时刻会降临在我们身边。

如果一切顺利，十二月和一月连绵的雨水会让玉米幼苗健康成长。到了一月末的时候，它们就能长到爸爸膝盖的高度。微小的玉米穗开始形成，几星期后就会开花——一束玉米须和一朵穗状的雄花。二月一过，玉米秆就会长得非常粗壮，高及爸爸的胸膛。五月以后，那些施过肥的玉米甚至能高过爸爸一头。我们把玉米留在地里晾干，然后再摘下来，把它们塞进五十公斤容量的麻袋里，堆放在父母卧室旁的小储藏室里。收成好的年份，这些麻袋会堆到天花板那么高，甚至还要在走廊里放上一些。

我们每年就是如此耕种和收获的，但到了二○○一年十二月，一切都不如以往那么顺心。雨迟迟不下，到了那年的最后一星期才从天而降。第一场雨给了种子们蹿出泥土发芽生长的希望。农民们开始给土地施肥，希望获得一个圆满的结果。但随之而来的暴雨实在太猛，一连下了七八个昼夜。紧接着巨大的洪水席卷了乡村，卷走了房屋和牲畜，刚刚发芽的种子自然也遭了殃。还好我们这个地区并没有遇上洪水，但大雨还是冲跑了刚施下去的肥料，来年的产量自然就没什么指望了。

和我家一样，许多农户根本筹不出买化肥的钱。一袋由氮、磷、钾等成分组成的复合肥料现在要卖三千克瓦查。买一次已经够贵了，洪水把施了的肥料冲跑后，很少有人家能买得起第二次。洪水过后总统在广播一台宣布，给每家农户提供包含两公斤玉米种子和五公斤肥料的"基本组合包"。九八年和九九年时，政府就给有需要的农民提供过这种帮助。那两年庄稼长得相当好，天气又很帮忙，再加上政府提供的基本组合包，收成大大超过往年。但由于国际援助组织的帮助有限，当时这个项目的受益者只有一百万人。所以当总统宣称要扩大受益者范围以后，所有人都非常高兴。

　　但过了一个月，所谓的基本组合包迟迟没有动静。后来交易中心终于贴出了发放范围，但爸爸和其他许多人的名字没有出现在名单上。可这已经无关紧要了，因为此时雨已经停了。

　　洪水过后雨马上止住，马拉维迎来了漫长的干旱季节。太阳每天高挂天空，炽热的阳光无情地照着幸存的幼苗。二月以后，枯萎的玉米秆像弯腰扫地的老妇一样垂落在地。好在三月零星地下了些雨，这样我们才不至于一无所获。玉米花开了，但并不繁茂。五月的干旱弄死了一半以上的庄稼，往年高过头顶的玉米秆那年只到爸爸的胸膛就不长了。

　　一天下午，我和爸爸下地去看灾情。玉米叶上斑斑点点，轻轻一碰就从秆上脱落，看上去和洋葱皮差不多。我们思考着同样的问题，只是我先把它说了出来。

"爸爸，来年我们该怎么办？"

他长叹了口气。"我不知道。但至少不只是我们倒霉，所有人都要面对这种情况。"

爸爸说得没错，马拉维很多地方的收成比我们还要少。干旱对于小村庄的打击最大，因为那里要靠几亩薄田养活一大家子人。天气、化肥或种子只要一有偏差，那里的家庭就会坠入饥饿的深渊。所以那年干旱造成的影响一连持续了好几个季节。

我们家的收成勉强装满了五个麻袋，爸爸把它们堆在储藏室的角落里。有天睡觉前，我看见储藏室里亮着油灯，爸爸孤零零地待在里面，眼睛紧盯着那五袋玉米，似乎想从它们身上找出答案来。但不管它们是怎么说的，我很快就能知道答案了。

5

在这段艰苦的日子里，我发现了自行车摩电灯的工作原理。

我经常在自行车上看到这种摩擦发电器，它们就像安在车轮上的小金属瓶，但我从来没有仔细留意过。一天晚上，爸爸的朋友骑自行车来到我家，他的车灯就是摩擦供电的。这位朋友刚一下车，车灯就熄灭了。

"车灯怎么灭了？"我问。我没见他按过任何开关。

"那是摩擦发电器自动控制的。"他说，"只要不踩踏板，它就会停止供电。"

客人进屋去见爸爸后，我马上跳上那辆自行车，看看自己能否让车灯发亮。没骑多远，车灯果然亮了。我跳下车，把自行车翻转过来，从车灯连着的电线一直追寻到后车轮上发电器附着的位置，看见了紧贴着橡胶车胎的小金属轮。我用手转动着踏板，车轮带动起小金属轮，灯渐渐亮了。

我的心久久不能平静。一个旋转的金属轮怎么能让车灯发光呢？从此之后我拦住每一个有自行车车灯的人，向他们询问摩擦发电器的工作原理。

"踩踏板的时候，灯为什么会亮呢？"我逐一问他们。

"因为那能让发电器也跟着转动，就这么简单。"

"我知道它在转，但它为什么能发电呢？其中的奥妙在哪里？"

"我不知道。"

"可以让我玩一下吗？"

"随你的便。"

我转动起车轮，观察着车灯由暗转亮。有一天我又在摆弄爸爸朋友的自行车时，注意到连接灯泡的电线松开了。车轮转动的时候，我无意中将电线的一端搭在了金属车把末端，结果突然出现了火光，于是我想到了一个主意。

一天下午，我和乔弗里把那位朋友的自行车借了出来。我们把自行车翻转过来，拆下电线，把摩擦发电器像电池一样连接在收音机的正负两极上。当我们转动踏板的时候，收音机并没有如愿工作起来。然后我直接把电线和车灯的基座相连，这次转动踏板时灯亮了。接着我把从收音机里取出的几节电池正负极相连，通过另外一根电线与车灯相连。这次灯又亮了起来。

"乔弗里先生，实验证明发电器和灯泡都没有问题。"我说，"为什么单单只有收音机不响呢？"

"我不知道，"他说，"把它们接在那里试试。"

他指着收音机上标着"AC"字样的一个小插孔。我把电线塞进去，收音机立刻开始工作了，我们兴奋得欢呼起来。随着自行车踏板的转动，广播二台传来比利·卡旺达欢快的歌声，乔弗里甚至伴随着音乐跳起舞来。

"别停下，"他说，"就那样别停。"

"嘿，我也想和你一起跳舞。"

"待会儿就轮到你了。"

我就这样在无意间发现了直流电和交流电的区别。当然，直到很久以后我才意识到那是怎么回事。

用手转了几分钟踏板后，我的胳膊开始酸疼，收音机的音量也渐渐变小。我开始思索，什么东西可以替我和乔弗里转动车轮，让我们能同时跳舞呢？

摩擦发电器使我感受到了电力带来的好处，我开始琢磨起自己发电的主意来。在马拉维只有百分之二的家庭享有电力供应，这是个大问题。没有电意味着没有亮光，意味着每到晚上我就不能学习，收音机修到一半也得停下来，我甚至无法看到墙壁和地板上爬行的蟑螂、老鼠和蜘蛛。太阳落山以后，如果没有月光，人们只得停下手头的活计刷牙睡觉。不是十点，也不是九点，而是七点刚过人们就都已经睡了！如果要问谁会在晚上七点上床睡觉，我可以告诉你，大多数非洲人都睡得这么早。

和大多数人一样，我们家晚上用煤油灯来照明。这些煤油灯用尼多奶粉罐和绒布芯制成，我们往里面加满煤油，最后把罐口紧紧扣上。燃料的价格极贵，唯一能平价买到的地方是七公里外穆吞玛的加油站。煤油灯燃烧时伴有刺激眼睛的黑烟，还会让你咳嗽不止。没错，你可以买带灯罩的防风灯来阻止烟雾扩散，但大多数人都买不起。

马拉维的电力是由政府垄断的马拉维供电有限公司提供的，他们通过南部夏尔河上的涡轮发电机组向全国输电——涡轮发电令我着迷，其原理稍后再向大家阐述。

如果有钱有耐心的话，你可以让供电公司用电线把电通到你家。但你必须先搭车去卡松古，然后转巴士驱车一百多公里前往首都利隆圭，供电公司的办公室就设在麦杰西大楼里。你付上几千克瓦查，提交一份申请，画出你家的位置以便他们布线。如果足够幸运，你的申请会被批准通过。工人找到你家后就会竖起电线杆，把电通过来——当然一切开销必须由你支付。电通了以后，你就可以听着收音机载歌载舞，十点再睡觉了。但政府每星期都会停止供电几次，而这往往发生在天黑之后。这时你就会觉得之前投入的钱和精力都白费了，还不如到了七点就准时睡觉呢！

造成能源问题的另一个原因是砍伐森林。爷爷曾告诉过我，马拉维以前到处是森林，中午时分在林间小道上甚至看不见一点阳光。但这些年来烟草种植业耗费了大量木材，因为烟叶在拍卖前必须经过烘烤。由于白蚁的破坏，烟农用木材搭建的用于烘干烟叶的暖棚最多只能维持一季。因为没有电，许多木材都被拿来烧火做饭。温比附近的森林砍伐情况尤为严重。不时会有人骑车前往十五公里外的地方捡柴火，但一把木柴又能用多久呢？

很多人没有意识到砍伐森林的危害，而马拉维人不能脱贫致富多半是这个原因。缺少了树木，雨水很容易造成洪灾，冲走土壤及其中富含的矿物质。大量垃圾连带土壤流入夏尔河，把堤坝都给堵上了，涡轮发电机因此无法运转。必须停止发电站运作疏通河道，这样就会造成全国范围大停电。疏通河道要花费大量金钱，于是电力公司会在电价上做文章，用得起电的人家因此就更少了。因旱涝灾害而没有农作物可卖，因高电价而无电可用，许多家庭只能靠砍伐森林、贩卖木材来养家糊口，水土流失的情况因此也愈演愈烈。

给附近烟草公司供电的线缆通到了吉尔伯特家。他爸爸是村长，所以他们家付得起装电线杆、架电缆的钱。幼年时第一次去吉尔伯特家，我看见他走进屋在墙上按了一下，屋里的灯泡就亮了。他只是轻轻碰了下墙，就打开了灯，这简直是太神奇了！现在我自然知道墙上安着电灯开关，但那时我却觉得吉尔伯特好像在施魔法一般。每当在吉尔伯特家看见他轻触墙壁，我总会想：我摸墙壁的时候为什么不会有灯光呢？在黑暗中摸索火柴寻求光明的为什么只有我呢？

给家里通上电不是一个小小的自行车摩擦发电器就能做到的，况且我们家连这玩意儿都买不起。过了段时间我就不再想这件事了，转而把精力投入到更为重要的事情上，其中之一便是从小学毕业。

九月中旬的时候，我们通过了小学毕业考试，带着老师的美好祝愿开始了新的征程。在过去几个月里，我非常刻苦地学习。毕业考试涵盖的范围很广，我点着煤油灯熬夜复习了过去几年学过的所有知识。农学课本教我如何正确种植花生、平整不同类型的土地，以及判断家禽是得了瘟病还是出了禽痘。时政课本介绍的是政治家、人民公仆的事迹，以及本地的行政架构。齐切瓦语相对简单，所以我用绝大部分精力复习英语，包括造句和阅读理解。我最喜欢的一篇是《通向马奎特之路》，故事的主人公叫叶姆比·都都，是个年龄与我相仿的小男孩。一天早晨他外出捕鸟时不巧被外星人劫持了。外星人比森林里最高的树还高，比大象更结实，长着三只眼睛。外星人把小男孩带上宇宙飞船，吃掉了他捕来的鸟。我实在无法想象会发生这种事。

毕业考试持续了三天，第一天考英语和社会科学，第二天考齐切瓦语和算术，第三天考自然科学。这三天在白纸黑字、断掉的铅笔头和奇奇怪怪的试题中一晃而过。

我咬着笔头，冥思苦想着百分比、等边三角形和圆周长之类的问题，判断母鸡流血时该用碘酒还是氨丙啉。到最后我的脑子一团乱，好在这时我仍不乏自信。成绩将在十二月公布，离现在还有三个月呢！

通过考试后，我会到政府指定的初中就读。在本地的六所初中里，只有三所是寄宿制的。大伙都知道政府的资金偏向于寄宿制初中，所以每个人都削尖了脑袋往那里钻。在我看来，离开家独自到学校就读简直太不可思议了。

但无论我被分到哪所学校，新学期都将从一月开始。上初中是人生中极为重要的一个转折点，标志着从男孩到男人的转变。初中不是免费的，只有少数马拉维人才上得起。大姐安妮不仅进入穆吞玛的初中就读，而且已经修完了一半学业。我以前非常妒忌她，现在终于轮到我了。对我来说，上初中还意味着把小学里的儿童短裤换成运动长裤。人生的另一个阶段终于要开始了。

考完试以后，我在考场外面等吉尔伯特。

"朋友，以后我们再也不用穿短裤了。"我高兴地对他说。

"太好了！新学期开始之前我们早晨都无事可干。我们该做些什么呢？"

"打猎去吧。我们已经很长时间没打猎了。"

"好，就这样定了。"

放假总归是件让人开心的事。但随着年龄的增长，假期带给我的乐趣变得越来越少。地里总有一大堆活儿要干，爸爸需要我的帮助。除了为玉米地整地堆埂以外，九月还要为种植烟叶作准备。烟草需要得到比玉米更多的照料才能茁壮成长。

先前提过，烟草幼苗必须在土地特别肥沃的沼泽地苗圃里生长。不去上学以后，我每天都得去苗圃工作，去小溪汲水浇灌烟草幼苗。每株幼苗必须获得同样多的水分，这样它们才能抵挡住毒辣的阳光。这项工作一直要持续到十二月。到那时，我们会把幼苗从苗圃里挖出，移植到烟草田里去。

九月末的一天，结束了苗圃的工作以后，我和吉尔伯特去交易中心玩了几局巴沃游戏。走回他家的时候，我注意到一件非常奇怪的事。十几个人聚集在他家花园的桉树下低声商议着什么，表情非常严肃。人群中只有几个男人，大多数是头上包着亮色姆庞戈的女人。这些人手里都拿着个空篮子。吉尔伯特看见他们丝毫不感到奇怪，我问他那些到底是什么人。

"他们是附近的村民。"他说，"这些人已经找不到东西吃了，于是来问爸爸要救济品或找些干余做。有些人甚至要步行几天才能到达这里。"

"干余"是零活儿的意思。家里没什么食物的时候，大多数马拉维人必须依靠给人干零活儿才能维持生计。甚至连爸爸也去烟草种植园打过零工，为了几公斤玉米粉为人挖沟开渠。你通常可以在附近的种植园找到按日计酬的工作。看到这么多人站在这里，我多少有点迷惑不解。

我问吉尔伯特："他们为什么不去种植园工作呢？"

"他们试过了，"他说，"但这年头连种植园都没什么可干的。"

"你爸爸准备怎么做？"

"他会给这些人东西吃。"吉尔伯特说，"没办法……他是这里的村长。"

事实证明，外围村庄在洪涝灾害中所受的影响比我们大得多。仅仅四个月，他们的粮食储备就耗尽了。交易中心马上就流传起整个地区马上都会断粮的说法。

一天我去班达先生的店里为妈妈买盐，听到他和人谈起粮食短缺的事。每到收获季节过后的六月，班达先生都会在这里和卡松古之间的村庄收购些玉米准备在粮食供应不足时高价出售，但今年他的谷仓却空无一物。

"我去过马萨卡，但什么都没有买到，"他说，"甚至连奇比亚也没有备粮，往年我总能在那里弄点玉米回来。我简直不敢相信眼前这一切。"

我把自己在吉尔伯特家的所见所闻和班达先生的话告诉了爸爸。他说他已经预见了今年的艰难形势，我们不必为此感到忧虑。人们通常可以在缺粮季节去附近的普莱斯农庄买到玉米。那里的人往年都能做到自给自足，还可以把余粮卖些出去换钱。我告诉爸爸，交易中心的人说今年连普莱斯农庄也开始闹粮荒了。

"政府总有些储备粮的。"爸爸说，"如果连普莱斯农庄也开始闹粮荒的话，政府会把储备粮调到农发，饥民可以去那里买粮。"

"农发"是农业发展市场公司的简称，它在市场上低价出售国营农场超产的玉米。村子附近到处都有农发的分店，我们可以用公道合理的价格在那里买上几公斤玉米。

"儿子，别让那些闲话影响你。"爸爸说，"情况再怎么恶化，我们都不会饿肚子的。"

但最不幸的情况还是发生了。九月末的一天下午，爸爸回到家后和妈妈说了会儿悄悄话。他刚刚在交易中心参加了反对阵营的马拉维国会党召开的集会。国会党员是马拉维前总统班达的支持者。参加集会的有好几百人，反对党首领站在讲坛上，用扩音器慷慨激昂地发表着演说。一些穆卢齐总统的爪牙——这伙人自称"青年民主人士"——企图阻止集会，但附近村庄的农民们守在讲坛周围，确保了发言的顺利进行。

这些人带来了几条非常可怕的消息：几个月前，穆卢齐总统的手下为了赚取利润已经把国营农场的余粮全给出售了。大多数余粮通过卡车跨越边境被运送到肯尼亚。让人无法接受的是，卖粮所得的几百万克瓦查也人间蒸发了，政府里没人为此事承担责任。

"他们说粮仓里再没有余粮了。"爸爸说，"今年对我们大家来说都是个灾难。"

"我们只有依靠上帝了。"妈妈说。

实际情况是这样的：前一年的洪涝灾害带给马拉维的粮食短缺现象远比老百姓们预想的严重。一些国际组织，也就是国际货币基金组织和世界银行要求马拉维出售一些粮食储备偿还部分债务，不然我国的债务会越积越多。但政府里的人却把国库里的储备粮全卖了，没留下一星半点以面对可能出现的意外。没人知道这些粮食都去了哪里。有人说它们越过国境进入了肯尼亚和莫桑比克，另外一些人说这些粮食和往年一样被送去了农发，但被那里的贪官污吏私藏太久大多已霉坏变质，剩下的优质玉米被出售给与政府有关系的显赫世家——他们预见到了粮食短缺的情况，希望能从中渔利。他们要等到所有人都没有粮食之后再把这些存粮拿出去销售，借此获得高额利润。

爸爸的预判没有错。迎接我们的是一次前所未有的大灾难，但即便是他也无法预料情况会变得多糟糕。

十月的第一个星期，玉米的价格不出所料地从平时的一百五十克瓦查一桶上升到三百克瓦查一桶。玉米涨价以后，人们纷纷开始寻找其他替代食品。

一天晚饭前，我的肚子饿得咕咕直叫，于是到邻居穆瓦里家看看他的芒果树上有没有成熟的果子吃。走进他家院子的时候，穆瓦里和家人正准备坐下来吃东西。

"准备吃大餐了吧。"我说，"总算找到食物了，让我凑个热闹吧？"

说完这话以后，我突然发现他们吃的是炖芒果和炒南瓜叶。芒果颜色发绿，还没有熟，可能非常酸，照理说还不能食用。

"哪有什么大餐啊。"穆瓦里笑着说,"正如你看到的那样,我们拿芒果当希马吃。在这里你找不到食物的。"

走出院子以后,我看见一排我不认识的人在穆瓦里的田地里开沟挖渠。这些人是从邻村来的,那天聚集在吉尔伯特家门口的就是他们。收工时他们每人手上都有一捧作为报酬的青涩芒果。

几天后途经交易中心时,我看到一幅前所未见的景象:几个做生意的女人在路上铺了层塑料布,把嘎嘎放在上面出售。嘎嘎是玉米的种皮,在磨坊加工时它们从玉米粒上脱下来,然后被丢弃或是当作动物饲料出售。对我来说,嘎嘎是捕鸟最好的诱饵,它同时也是爷爷喜欢的卡查索酒的原料,有些女人甚至把它当柴烧。我听说生活艰苦的时候很多人会把嘎嘎当粮食吃,但它并没有食物所能提供的营养。我们平时用嘎嘎喂鸡,去买的时候还必须用铲子把它们从磨坊的地板上舀起来。

玉米的价格已经涨到了三百克瓦查一桶,嘎嘎的价格是一个月前的十倍,涨到了一百克瓦查一袋。尽管如此,市场里聚集的农民们还是手举金属桶一拥而上。

"退到后面去,我是第一个来的。"

"大家都这么饿,谁说得先来后到啊!"

市场里到处都在哄抢嘎嘎。一小时后我回到交易中心时，嘎嘎已被一抢而空。我感到一阵惊慌，像是半夜里突然被人摇醒一样，然后开始往家跑。

过去的几个月，妈妈总是和平时一样准备饭食，感觉与往日没有任何不同。每天早晨我和姐妹们都会喝上一碗玉米粥再出去干活儿，中饭和晚饭经常是希马、芥菜及扁豆。十三岁的我食量大增，总会把盘子里的食物堆得满满的。我知道今年的收成不好，也听说了反对党散布的消息，但我总把它们看成是与己无关的事。

"再给一点嘛，"晚饭时我总会这样说，"对，再给我加一点。"

目睹了交易中心的嘎嘎争夺战以后，我突然意识到灾难近在眼前，一种巨大的恐惧感油然而生。我一路跑回家，肚子上像被人打了一般难受极了。我在储藏室门前停下脚步，肚子也一下收紧了：五袋玉米现在只剩下两袋。这两袋玉米又能管什么用呢？

我看着这两袋玉米，估算着它们能维持的时日。两袋可以放满六大桶。一桶可以供我家吃十二顿，六桶相当于七十二顿。也就是说剩下的玉米只够我们吃二十四天了。然后我又计算出，距离下一个收获季节还有二百一十天。至少再过一百二十天，才能吃到不会让人生病的玉米穗。

还有二百一十天才能收获下一批谷物，可我们还没来得及撒种呢。即便撒下了种，我们也不能保证风调雨顺、肥料充足。远水解不了近渴，不到一个月我们就要断粮了，我不知道一个月之后我们该怎么办。从那以后妈妈从磨坊带回来的玉米粉粗糙又夹杂着许多嘎嘎。很多人开始把嘎嘎和玉米芯一起磨，只为多获得一点点粮食。

几天后，我看见爸爸把家里的羊赶到市场上去卖。和许多马拉维人一样，家畜是我家唯一的财产，现在我们却必须用它们换粮吃。烧烤摊的摊主突然变得有权有势起来，可以随心所欲地压低家畜的价格。我们家一只名为曼哈拉拉的公山羊是我的最爱，它会让我抓着羊角玩摔跤，有时为了逗乐大家甚至会在坎巴身后追个不停。

"爸爸，你为什么要卖掉这些山羊？它们是我的宝贝。"

"一星期前一头山羊还能卖五百克瓦查，现在只能卖四百，再等下去连四百都没人要了。很抱歉，但我必须把它们卖了。"

爸爸用长绳绑住曼哈拉拉和其他山羊的前腿。当他牵着绳子朝前走时，它们蹒跚着脚步，咩咩直叫。曼哈拉拉回头看着我，似乎在向我求援。甚至连坎巴都开始哀号狂吠，为山羊求情。可我必须让它们走，我又能做什么呢？家里人必须得吃上饭。

十一月一到，我和往年一样四点起床外出耕地。一天早晨，当我待在院子里等妈妈端出玉米粥给我喝时，爸爸在黑暗中出现了。

"今天没法拉了。"他说。

"什么？"

"我们得节衣缩食，家里的食物必须省着吃。"

家里的玉米不足两袋，因此明天以及之后的早晨我都不会有粥喝了。早饭是第一个减掉的，我不知道爸爸妈妈接下来会采取何种行动。但我没有抱怨，也没多说废话，扛起锄头就去地里和乔弗里会合。碰见他以后，我马上把没有吃早饭的事告诉了他。

"怎么会发生这种事？太让人难以置信了。"

"你们家今天才开始不吃早饭吗？"他问，"我们家两星期前就开始不吃了。我早已经习惯了。"

凌晨四点时的气温还很低，我尚有力气开垦土地。昨天晚上吃的那点希马一定还没被消化掉，所以肚子还没饿得咕咕叫。但过了七点我的胃就开始难受，一阵阵紧缩地疼，炽烈的阳光似乎把我的力气全给吸走了。我脱下衬衫包住头，但增添的这点重量使我更觉疲劳。要不是爸爸从旁督促，也许我早就躺在地上不干了。

"把这些地整整好。"

"我饿了，浑身一点力气都没有。"

"儿子，我们要为明年着想，拼了命也要把活儿干好！"

我低头看了看：我堆的田埂既狭窄又不平整，像是有条蜿蜒的蛇在地里爬过似的。而在田地另一头，堂哥却在喘着粗气，挥汗如雨地劳作着。

"乔弗里先生，"我对他说，"今天你帮我堆埂，明天我帮你堆埂，你看这笔交易能做吗？"

他没有抬头看我。"让我考虑考虑，"他气喘吁吁地说，"但昨天你好像也这么说来着。"

我试图通过开玩笑让乔弗里打起精神，因为这阵子我一直在为他担心。约翰伯伯死后，乔弗里就和以前不一样了。他很容易忘事，和别人说话时也会长时间在原地愣神。不管我告诉他的事重不重要，他都完全置之不理。有时他甚至会在自己房间里一连躺好几天，不和任何人说话。他的身体似乎不太好，最近去过村里的诊所，医生说他患上了贫血症。后来我才知道他家减去的不仅仅是早餐。村里的粮食储备越来越少了。

"我只是跟你开个玩笑罢了。"我朝他嚷着，"老哥，你的气色看上去差极了，你也许应该好好歇息一下。别干得那么累，要注意劳逸结合啊！"

"我别无选择，"他挥着锄头说，"你很清楚我家的情况。"

他家的情况的确很不妙。由于自然灾害的影响，一个多月后的新学期乔弗里无法回到学校上学。他妈妈勉强为他凑齐了学费，但却更需要他和耶利米下地劳作。我不希望乔弗里知道我很清楚他们家的情况，因此和往常一样和他聊着家常。

"马上我坎宽巴就能进入理想的初中了。"我说，"我要穿着制服长裤在校园里昂首阔步。"

"等着瞧吧，"乔弗里说，"我们早想好法子对付你了。"

"如果我进了卡松古或查亚巴更好的寄宿学校你们就找不到我了。"

"我们会找到你，我们自有办法。"

"你们根本伤害不了我！"

"那你就等着瞧吧！"

改变的并不只有乔弗里。灾害来临以后，坎巴的行动似乎比以往迟缓了许多。开始我没有注意到这一点，因为苏格拉底叔叔把它带回家时它已经是条老狗了。它把激情四射的青春岁月全都献给了卡松古的烟草园。乡下的生活条件比城里艰苦得多，我只能每天晚饭后分点给它吃，但这点食物肯定是远远不够的。

坎巴的动作日益迟缓，地里的老鼠也开始不拿它当回事。

它跑得也比以前慢，垃圾堆里的残羹冷炙往往被更年轻的狗抢走。它的身材日渐消瘦，睡的时间也比以往更长。它不再追逐小鸡，大部分时间都躲在我房间的阴凉处睡觉。

有天晚上我把希马揉成一团扔给它，它判断错了落点，希马不偏不倚正好砸到它的头上。

"老家伙，你到底怎么了？"我打趣道。它低下头，把希马囫囵吞下肚。有些事情并未改变。

每天早晨我和乔弗里在地里干完活儿回来，总会在路上碰到许多找零活儿的陌生人，他们来自恩奇斯、穆吞玛，以及深山里的一些小村落。许多人扛着锄头，手里提着放有烧锅和换洗衣物的布袋子。

以前妈妈会把我们家种的玉米带到磨坊自己磨。她总会在家里储藏许多玉米粉，所以我们总是不愁没粮食。不过随着粮食存储减少，人们开始在市场上购买一公斤和半公斤一袋的玉米粉吃。大家把这种只能装下一人口粮的蓝色塑料袋包装的玉米粉称为"随身包"，其名取自刚刚在我们这里流行起来的"随身听"。随身包是给城里人吃的，农家可负担不起。

现在芒果已经下市了，所以许多人打工是为了换一把木薯叶或番薯叶。木薯和番薯是块茎植物，叶片可以像菠菜和油菜那样煮来吃，茎晒干后可以磨成粉。木薯在非洲其他地方常被当作主食，尤其是刚果这种中非国家。但在马拉维，木薯就像嘎嘎，希马充足的时候没人吃它们。

"哪里有可以换得随身包或木薯的零活儿干？"路边的陌生人哭求着。

大多数人想在我们这里的种植园谋一份零工。他们不知道种植园的大部分雇工现在也已经没了饭碗，正在市场上找活儿干。

"请问二十四号种植园怎么走？"这些外来人问。

"朋友，别费心了，"在路边闲荡的人告诉他们，"在那里找不到活儿干。我很清楚情况，我就是那里的雇工。"

饥肠辘辘的雇工路过市场时，经常在生意人的窗户底下闻到炖鸡和希马的香味。那些有钱人似乎不知道这里的大多数人都在饿肚子。大多数农民只能靠卖家畜来维持生计，因此有钱人不用花多少钱就能买小鸡吃。

男人们外出寻找工作的时候，他们的妻儿往往会去吉尔伯特家讨饭吃。每天早晨都有四十来个人聚集在村长家门口。八月灾害加重以后，陆续有几百人去那里讨过粮。大部分人从吉尔伯特妈妈那里得到随身包后才离开，还有些人到他家时已经累得无法前进了。他们在树下摆上毛毯，领得随身包后马上做希马吃，恢复些许体力后才踏上归家的路程。有些人干脆瘫倒在路边，必须有人照顾才行。桉树林里到处放置着吉尔伯特家的寝具。

这个时候，穆卢齐总统正忙着以平素的派头在全国各地巡游，捐点小钱显示自己的英明伟大。所到之处的市政厅都会举行盛大的招待会，会上充斥着歌舞和军事检阅，还有大量的食物。总统每到一个地方都会给当地的穷人派发一点玉米粉和钱，确保这些人在下次选举时都投他的票。

一九九九年总统全国巡游时曾在温比小学做过短暂停留。地方上安排了民族舞和古勒·万库鲁的表演，每个表演者能得到五十克瓦查。当地官员排着整齐的队伍等待总统的发言。这是我第一次近距离和穆卢齐总统接触。他的头全秃了，身材又矮又胖。当他站起身走向讲坛时，两条短腿显得和肥硕的身材极不协调。

他的演讲不过是老调重弹。"学校破败如此，我非常愧疚。我们应当把这里推倒重修，造出坚固而令人骄傲的房子来！教师的宿舍也有必要重新规划，学生需要新课桌和新书本！"

围观的群众自然为此雀跃不已。但总统却没让人买来新课桌，他不过是让工匠砍下桉树林里的树做了一些。即便如此，学校也没有获得足够的课桌。教师们的宿舍没得到翻修，教室也没多大改变，总统只是让人给校舍涂了层新漆，在屋顶上加了层铁皮而已。

这就是那位在竞选中号称要给每个马拉维人送一双新鞋的总统。可以想见，穆卢齐总统获得选票、宣布在竞选中获胜以后，每个人都开始问："我们的新鞋在哪里？"总统却在电台里如此表述了一番："女士们先生们，我看上去是个疯子吗？我怎么会知道每个马拉维人的鞋子尺寸？我从来没说要给所有马拉维人发鞋。"我们的总统就是这样一个"有趣"的家伙。

民众对玉米存粮丢失一事积怨颇深，可政府却没在电台里发表任何公告。对于日益严重的饥荒，政府也没有出台任何措施。因此当穆卢齐总统宣布要去卡松古任命新的地方长官时，附近的许多村长都请求吉尔伯特的爸爸代表他们站出来。吉尔伯特的爸爸和总统一样都是穆斯林，他可以利用这个优势说上些话。

"你的口才很好，又和他信仰相同。"村长们游说着，"你一定要说服他拯救我们。"

集会那天，几千民众站在太阳底下，都想知道总统对这场粮食危机会如何表态。但他们自始至终也没有听到总统说起这个问题，集会上只有没完没了的歌舞和持续几小时之久的演讲。总统在演讲中不断向民众表明自己有多么伟大，如何批准我们这个地区有的新发展规划，比如说在某些村落修建了一些新厕所、挖了几口水井之类的。

穆卢齐总统当时还是"南部非洲发展共同体"的主席，那是南部非洲十五个国家组成的经济联盟。他就任期间这些国家战火不断，安哥拉、布隆迪和苏丹发生了旷日持久的战乱。超过八十万图西族人死于卢旺达的种族灭绝纷争，这一纷争甚至蔓延到了民主刚果，进而掀起了一场战争。穆卢齐总统为此把刚果和卢旺达两个国家的领导人召集到布兰太尔，试图缓解他们之间的矛盾。既然他有能力解决非洲其他地方的矛盾，为什么不能解决自己国家的种种问题呢？

又一小时的歌舞过后，终于轮到吉尔伯特的爸爸上台发言了。他离开总统正前方的那排座位，站在讲坛上对着人群讲话。

"尊敬的总统阁下，"他转身看了看总统，毕恭毕敬地开始发言，"祝贺您在马拉维所取得的成就，也祝贺您对整个非洲大陆所作的贡献。我们听说了您在刚果问题上的杰出表现，为您取得的成功感到欣慰。我们为有您这样的总统而自豪。但在此我要声明一点，马拉维同样在进行一场战争，一场与饥饿缠斗的战争。"

接着他请求总统暂停对厕所及水井的投资，把有限的资金用在购买谷物上。（没东西吃的话，厕所还有什么用呢？）

人群中爆发出雷鸣般的掌声。下一个演讲者只能在台上干站着，等掌声平息。人群过了好一会儿才安静下来，但是后面的演讲者只是一个劲地为总统歌功颂德，人群又开始聒噪起来。

"快下去，我们不要听你演讲！"他们大声呼喊着。

"温比村长道出了我们的心声！"

"愚蠢的政客！在希马面前没有政治可言！"

之后不久，总统起身演讲。几个穿着体面的官员走到吉尔伯特的爸爸面前，表示要换个地方和他谈谈。村长知道总统乐善好施的好名声，喜滋滋地跟着去了。他想，他们一定会给我们发些钱，我的演讲起作用了。

六个男人把村长带到讲坛附近的房子里，然后他们恶狠狠地看着村长。

"你怎么敢这样胡说八道呢？"领头的男人恼怒地说。

温比村长还没来得及说话，他们已经把他推翻在地，用棍棒不断击打。几分钟后，这帮暴徒把流血不止的村长留在泥泞里扬长而去，村长的朋友过了半天才找到他。他们提议把村长送到医院去，但村长拒绝了他们的好意，害怕暴徒会去医院杀他。吉尔伯特回家时发现他爸爸躺在沙发上一动不动。入夜以后，村长胸口、肚子和手臂上布满了青肿和瘀伤。

村长一连在床上躺了好几个星期，试图尽快从病痛中恢复过来。他溜到卡松古各地的诊所，不让总统的爪牙得知他的去处。尽管做过许多次诊疗，但他从没把结果告诉过别人。村长担心穆卢齐的手下会发现他的行踪，从而对他不利，所以只能保持沉默。

这起事件在我心头留下了一层浓厚的阴影。村长像父亲一样保护着我们这方水土，代表我们和其他地区的人打交道。得知他被打的消息后，全村的人都觉得自己被侵犯了，安全再不能得到保障。如果连我们的领导人都只能得到这样的待遇，那么随着灾难的继续，真不知道我们该怎样活下去。

6

十二月云层密布，乌黑得像石油似的，村庄上空聚积了几天的雨终于落了下来。各地的农民纷纷抖擞起精神，为来年的好收成播撒种子。但也有不少人忙着寻找食物，没工夫去地里播种。我们还算幸运，种了几亩玉米。我们还设法种下了半亩烟草，几个月后这些作物将成为我们家的救命稻草。

每天在地里劳作的时候，路旁总有不少步履艰难、找零活儿干的人，他们的衣服上全是雨水和泥泞。玉米价格在逐日提升，打零工挣来的钱却日渐减少。昨天工作三小时就能挣得一袋玉米粉，今天却需要六小时才能得到。

零工和他们的家人继续聚集在村长家门口讨饭吃。他们知道村长家里有多余的粮食，因为他家的玉米地不仅面积大，而且施了很多肥。由于村长受伤，吉尔伯特开始帮着妈妈在后门外为饥民们分发法拉。一个饥民离开以后，马上就会有另一个冒出来。

"行行好，"他们会这样说，"能给碗粥吗？"

"又来了一个，"吉尔伯特说，"这人的情况比刚才那个还要糟。"

每天这些人离开吉尔伯特家以后，都会往我们家这边走。我常常会在脑海中想象着和爸爸一起走在他们身旁，低头在地上寻找食物的场景。这样的日子恐怕就快到了。回到家以后，我发现家里的玉米确实已经快吃光了。

前一天妈妈磨光了家里的最后一桶玉米，这也就意味着家里的粮食只够吃十二顿饭了。妈妈走了以后，我打开谷仓的门，偷偷往里面瞄了两眼，看见空麻袋像等待清洗的脏衣服似的堆在屋子的角落里。我努力想回忆起储藏室里堆满粮食的盛景。那时生活安逸，心头也没有对未来的恐惧，而现在我连回忆过往的精神都打不起来。

那天晚上，爸爸把我们叫到客厅集合。

"根据现在的情况，"他说，"我们家从今往后每天只能吃一顿饭了。只有这样我们才能安然度过这场灾害。"

我和姐妹们都知道爸爸的意思，但仍然七嘴八舌地争论着有没有更好的点子。

"如果每天只能吃一顿，那我们应该把这顿饭放在什么时候呢?"安妮问。

"放在早上比较好。"埃萨说。

"放在中午吃!"多丽丝争辩道。

"都给我闭嘴!"爸爸最后下了结论,"接下来我们每天只吃一顿晚饭。白天饿一点还不要紧,但空着肚子绝对没有办法睡觉。从明天开始,我们每天就只吃一顿晚饭。"

从接下来的一天开始,我们只有在晚上才能吃到东西。爸爸再一次把众人聚集在客厅,这是我们全家第一次围坐在一起吃饭。

在我们的切瓦文化中——至少在我们村——女儿从不和爸爸一起吃饭,儿子也不和妈妈同席就餐。和异性长辈在一起吃饭被认为是不礼貌的(万一在妈妈面前放屁怎么办)。从我记事开始,我就和爸爸、叔伯们在一起吃饭,妈妈则在另一个房间给妹妹们喂饭。

在我们的文化中,生活中要遵守许多祖先立下来的规矩。不像美国,这里女儿不可以和爸爸拥抱,儿子也不可以和妈妈相拥。如果村子里发生了这样的事,村民会惊诧地问:"他们的道德究竟到哪里去了?"孩子必须尊敬异性长辈。比如我把妹妹叫过来,递给她一百克瓦查,然后对她说:"快跑去店里买些面包回来。"她会屈下膝恭恭敬敬地把钱拿走,我们这里的规矩就是这样。

那天晚上，我和爸爸第一次与姐妹们一起坐在客厅的地板上吃饭。加了煤油的尼多奶粉罐在桌子的另一边闪着火光，黑色的油烟在湿重的空气中盘旋上升。妈妈依照惯例端来一盆温水和一个大水罐让我们洗手。妹妹多丽丝依次走到每个人面前，把水盆放在我们双手下方，然后提起水罐往我们手上浇一些水。洗完手后，妈妈拿出一只大碗，揭开了上面的盖子。

"慢着点吃。"说完她和我们一起坐到地板上。

和平时堆积如山的希马不同，这天碗里只放了一坨灰色的面团——这怎么看都不像食物。旁边的碗里放了几把芥菜叶。不久食物的香味飘来，我们拿起大碗依次把面团往下传，每个人像母鸡啄食似的在面团上挖一点。我们甚至都没有用盘子。估算起来，每人大约吃了七八口。很快我们就安静地吃完了希马，并为有东西可以嚼感到快慰。

但爸爸妈妈却丝毫没有高兴的样子。事实上，以前我从来没见他们如此害怕过。要知道，在我们家弹尽粮绝前一星期的十一月二十二日，妈妈又给家里添了个女娃娃。

我们的文化要求我们尊敬长辈，同时也禁止我们随便提问题，尤其是关于身体的。这几个月来我注意到妈妈的身材日渐臃肿，但我一个字都不敢说。在我们村，谈论女人怀孕是件犯忌的事，大伙把这看作公开的秘密，只有丈夫和孕妇的妈妈可以过问。如果孩子被人听到在谈论这种事，理所当然会被狠揍一顿。怀孕是别人家的家务事，没什么好谈的，有人甚至觉得这种谈论会使女人受到巫术的控制。许多怀孕的女人在生产前都不敢出门。孩子们往往会问大人，他们的弟弟妹妹是从哪里来的，这时大人总会对他们说："所有孩子都是从诊所里买回来的。"

当爸爸妈妈把新生的女婴从诊所里带回来时，妹妹们都高兴得合不拢嘴。她们以为自己和这个女婴一样，也是从诊所里买来的呢！但爸爸妈妈却愁眉不展，连应付妹妹们幼稚提问的工夫都没有。一连几天，他们都没有心思为新生儿起名字。

在医疗条件较差的村子里，婴儿常因营养不良、疟疾或腹泻而早夭。饥荒蔓延时这种情况就越发严重了。因为这个原因，父母给新生儿起的名字常与当时的忧患或家长的担心有关。这的确让人感到悲伤，但在马拉维你经常可以碰到西姆哈利萨（我就要死了）、马拉扎尼（把我杀了吧）、马里罗（葬礼）、曼达（墓碑）或是菲兰突尼（快杀我）这样的名字——他们的命运显然要比他们的名字好得多。很多人都像我爸爸的哥哥一样在成年后改了名。爷爷奶奶给他取名齐曼戈，那是"自杀"的意思。他后来改名为穆萨维尔，意思是"永生不忘"。

虽然父母承受着巨大的压力，但我的这个妹妹还是健康地出生了，体重五斤五两。不知是妹妹平安降生的原因，还是怀着对顺利度过饥荒的美好愿望，父母为她取名为蒂娅敏，意为"感谢上帝"。

还剩半桶玉米的时候，我知道我们马上就要加入饥民的队伍，到附近四处乱转寻找工作了。我们需要遇到某种奇迹，至少得找到一个好办法才能转危为安。第二天早晨，爸爸宣布了一个绝妙的构想：他打算赔上身家性命，来一次比巫术更冒险的赌博。

"我们把剩下的食物都卖了吧。"他说。

当天上午，妈妈把剩下的玉米粉与大豆和一点点糖掺杂在一起，制成吉古姆甜饼到市场上出售。爸爸希望经营点小生意，利用食物短缺的现状赚些钱来维生——如果还有得赚的话。

甜饼的香味一整天都弥漫在庭院里，家里的每个房间都香喷喷的，甚至在远处的田野里也闻得到。一些路人停下脚步，仿佛在期待着什么，或许只是想吸入一点香气。甚至连鸟儿也变得勇敢起来，它们不再像以前那样畏首畏尾，而是驻足庭院，哼唱着哀婉的曲调。香气像精灵一样钻入我的身体，潜进我的空肚子，尽情舒展着四肢。这简直太折磨人了。妈妈平时会让我用手指把锅底上的面糊打扫干净。孩子们都很喜欢这些面糊，并亲切地称之为"瓦普西"，意思是"残余的锅底"。妈妈洗锅或是拿瓦普西喂鸡的时候，我们会出现在院子里，朝妈妈嚷着："妈妈，还有瓦普西吗？"但这次与以往不同，妈妈已经把锅里的瓦普西全都认认真真地刮下来，似乎还用海绵把锅擦了一遍。没有瓦普西，只有一口干干净净的空锅。

晚上爸爸用破桌子和铁皮打了个简陋的货摊，然后和妈妈一起把货摊摆到了伊庞加理发店的门口。第二天早晨货摊就开张迎客了，每个甜饼卖三个克瓦查。甜饼分量十足，填得饱肚子，而且比面包和随身包便宜。如果你只有一点钱，买不起一袋玉米粉的话，那就只能买甜饼充饥。大多数时候，妈妈的甜饼不到二十分钟就销售一空。

玉米短缺以后，交易中心的生意人就开始跨越国境，去坦桑尼亚购买成吨的玉米然后带回国销售。其中有个曼戈齐先生是爸爸的老朋友，爸爸用妈妈卖甜饼的钱从他那里换来一桶玉米。妈妈把玉米带到磨坊磨成粉，一半留作家用，其余的烘制甜饼拿出去卖。我们每天都这样用一部分粮食维持家里的基本需要，然后出售剩余的粮食赚钱。这至少可以让我们每天晚上就着南瓜叶吃到点希马。这点食物当然起不了什么作用，但总比饿肚子要强得多。

"只要还能做生意，我们就能度过这场灾害，"爸爸这样说道，"我们可以靠赚来的利润活下去。"

不久后的一个星期天早晨，妈妈回家准备做饼时发现了一桩奇怪的事。两个骑车来的年轻人正在我们家的院子里和姐姐安妮说话。妈妈以前从来没见过这两个人，因为姐妹们不经允许是不能和男孩说话的，所以妈妈决定上前一探究竟。

"妈妈，这两位是穆吞玛私立学校的老师，"安妮说，"他们是顺道过来见朋友的。"

安妮问妈妈是否可以陪他们一起去。安妮就读的初中就在那所学校的正对面，妈妈以为他们是认识的，于是不假思索地答应了。她觉得不会出什么事，干完活儿以后又返回了交易中心。当时爸爸正巧在附近的庄园里探访朋友。因为那天是星期天，家里的其他孩子全去市场玩了，只留下九岁的多丽丝看家。

那天下午妈妈回到家后，发现晚饭的准备工作一丁点儿都没有做。

"为什么没有生火？"她问多丽丝，"你姐姐人呢？"

"她和那两个男人一起走了。"

"难道她还没回来吗？"

多丽丝只是耸了耸肩。

晚上爸爸回来以后，问妈妈安妮去哪里了，妈妈说她也不知道。她不想把两个男孩的事告诉爸爸，并暗自希望安妮能马上回家。晚饭后安妮迟迟没有回来，爸爸继续追问起她的事来。这次他看上去非常生气。

"我的女儿在哪里？"

"我不知道。"

"你当然知道，你是她妈妈呀。赶快把她的去向告诉我……"

"别逼我，我真不知道。"

妈妈越发忧虑起来，她拿出手电筒，开始在村里各处寻找安妮的下落。她问了邻居和从市场回来的人，但没有任何人见过安妮。几小时后妈妈流着泪回到家，再一次找来多丽丝问话。

"你看见什么了？他们去哪里了？"

惊慌未定的多丽丝只好把真相告诉了妈妈。和两个男人一起离开之前，安妮把自己的东西打了个包。她告诉多丽丝不要把这事告诉任何人。

妈妈冲进安妮的房间，发现她的衣物和书包全都不见了，只留下学校里的制服和几本书。后来妈妈发现有张字条从妹妹蒂娅敏的尿布里露了出来，上面用齐切瓦语写了两行字：

"我跟老师结婚了。我很安全,不必为我担心。"

爸爸走进姐姐的房间,妈妈把安妮留的字条大声念了出来。爸爸得知真相后都快气疯了。

"那个男人是谁?"

"我不知道。"

"告诉我他是谁,我这就去找他。"

"我不知道他是谁。"

爸爸在院子里焦急得直跺脚,鼻孔像愤怒的公牛那样一张一合。我不敢离开自己的房间,生怕他会因为我碰巧出现而拿鞭子抽我。

"你在撒谎!你一定把她给藏起来了!我的女儿在哪里?快去把我的女儿找回来。你肯定知道她在哪里。"

"我告诉你了我不知道!"妈妈委屈地说。

安妮通过了初二的期末考,正准备升入初三就读。父母一直以她为傲,不断把她的事拿出来向亲戚和市场里的人炫耀。爸爸经常把姐妹们叫在一起,语重心长地对她们说:"我看见有个女孩在城里的银行上班,你们和她差不了多少。"爸爸妈妈都没能从小学毕业,他们不会说英语,认识的字也没有几个,只知道数字和做买卖时通常会用到的术语。但他们却希望自己的孩子能多学点东西,这就是爸爸不顾饥荒和种种苦难攒钱让安妮继续读书的原因。没想到末了安妮连招呼都没打就和男人私奔了。

"我失去了女儿和所有的钱!"爸爸哀叹道,"安妮这个傻丫头,我一定会把她找回来的。"

但爸爸心里很清楚,这时说什么都晚了。他知道安妮那天晚上必定和情人一起过了夜。即便他们的计划失败,最终没能结合,安妮也已经弄脏了自己的身子,让坎宽巴家蒙了羞。她不能再住在家里,这让爸爸的心都碎了。

安妮嫁的是个名叫迈克的老师。他们几个月前在穆吞玛相识,很快就坠入了爱河。事实上,前一天迈克就偷偷来过我家,对我姐姐说:"我想把你从这里接走,我不想让你再住在这个村子里了。"同行的朋友只是个幌子,帮他们先把包带走,这样万一有人看到他俩就不会产生怀疑了。他们在三十四号庄园的朋友家过了一夜,第二天早晨就去了迈克双亲在恩奇斯的家。

在马拉维婚事一般是这样办的:如果女孩和一个男孩相爱,她就会让他来家中与她的家人见面。接下来的几个周末,男方会连续到女方家造访。如果进展顺利,男方觉得自己已经被女方家人接纳的话,就会向女孩求婚。女孩会这么回答他:"好吧,但我要先和舅舅谈谈。"女孩会把男方求婚的事告诉妈妈,而妈妈则转告女孩的爸爸,让他再去同舅舅商量。女方的舅舅会把男方的叔叔单独找出来谈一次,决定聘礼的数量——通常是钱，多的甚至能达到十万克瓦查，但也有可能是耕牛之类的家畜。女方的舅舅代表女方家谈判也能得到一笔"说合费"。这些事必须在婚礼之前全部办完。

除了聘礼以外，男方家还必须为婚礼以及之后的婚宴埋单：所有的酒水、食物和车马费都必须计在男方头上。如果男方比较有地位的话，这笔开销往往会相当大。这也是为什么马拉维还有不少男青年至今未婚的原因。

安妮的未婚夫迈克一样也没干。安妮消失三星期以后，爸爸从迈克的双亲那里收到封信，通知我们安妮已经和迈克结婚了，新婚夫妇准备在恩奇斯定居下来。信里还写到了提交聘礼的方法，只有区区几百克瓦查，而最后收到的只有其中的一半。一年多以后，我们才再一次听到了安妮的消息。

姐姐走后，爸爸的精神一下子消沉了。他不再像以前那样乐观向上，而是整天灰头土脸地坐在家里。庭院里再也听不见爸爸的笑声，似乎大风刮走了我们家的一间屋子似的。他变得比平日更加沉默寡言，这对饥饿面前急需鼓起勇气的我们一家来说实在算不得什么好消息。我们都对安妮的出走感到失望，但她的离开对我们来说也意味着能多吃点粮食。安妮离开以后，晚餐时我们每个人都添了一口饭。

一星期以后，妈妈在交易中心做完生意回家的路上看见一辆载重三十吨的卡车从身边开过，车上盖着一层厚厚的防水布。路旁的生意人说卡车里装的全是玉米，正在去往查马马的农发公司。妈妈回家后马上把这件事告诉了大家，之后又把我单独喊到一边。

"明天你去查马马跑一趟，越早出发越好。"

查马马离我家有十五公里，我自然不高兴地抱怨了几句。

"你确定里面是玉米而不是农药吗，如果不是玉米……"

"小子，这是和大人说话的态度吗？叫你去就去。"

如果妈妈的判断没错的话，这对我们来说的确是天大的好消息。玉米已经到了八百克瓦查一桶，在接下来的几个月里势必还要涨。如果能在农发买到比较便宜的玉米，我们家的负担无疑会减轻许多。

第二天早晨我五点就醒了，然后便骑上自行车朝查马马飞驰而去。我绕近路想快一点到达，但已经晚了。路上密密麻麻的人都在朝同一个方向赶，手里都提着空面粉袋。

"你们是去查马马的吗？"我问。

"嗯。"他们简单地应了一声。

农发位于查马马交易市场的中心地带，在一条石子路上，周围全是店铺。农发的建筑和那些店铺一样，都是白色的，只是窗框上刷了蓝漆。房子前面拦着道铁丝网，四周环绕着几座平时堆放谷物的粮仓。

到了那里，我简直不敢相信自己的眼睛。买粮的队伍从农发一直排到公路上，至少有一个足球场一圈那么长。男人排一队，女人排一队，两支队伍每分钟都在变长。我把自行车靠在铁丝网边，站到了队伍的最后。

清晨六点十五分，天色依然有点灰蒙蒙的。气温虽然很低，但天气还算不错，排队的人看上去气色都还行。不久后毒辣的日头升起来，我马上感受到了饥饿带来的毁灭性打击。周围的人都显得虚弱无力，似乎没睡够一样。他们面颊凹陷，皮肤皱巴巴的，炽烈的阳光照得他们完全睁不开眼睛。几周来他们没吃什么东西，农发成了他们最后一根救命稻草。如果在这里再买不到食物，他们也许就没救了。随着空气的越发闷热，他们像太阳底下的盆栽植物一样渐渐枯萎。

我前面的老人似乎没办法保持清醒。他的呼吸沉重，双手像患了风寒一样颤抖着。队伍向前挪出一步以后，他再没有力气跟上，一下子瘫倒在地。让人感到恐怖的是，排队的人群根本不理会他，纷纷从他身上跨过去。另一支队伍里的婴儿因为饥饿而痛哭流涕，他拉着妈妈的衣角索要早餐。如果要问那天我对查马马印象最深的是什么，无疑是那孩子的哭闹声。

过了一段时间后，人们开始出售自己在队列中的位置。这些人身上没有钱，但他们凌晨三点就来排队了。接近农发公司的房子时，他们会转身对后面的人说："我出去一下，帮我看着位置。"然后走到队伍的最后面。他们找到因为饥饿而颤抖得最厉害的或是眼神最黯淡无光的人，跟他商量道："我只要十分钟就能排到门口了，你可以站在我的位置上，只要出门时分我点玉米就行。"对方多半会欣然接受他的提议。这种事每天都在发生。

那天妈妈一早就烤好了甜饼让我带上，但我在路上就把它吃下了肚。排了几个小时的队后，我又累又饿，步子都迈不开。其他人身上散发的热量像火盆一样炙烤着我，他们的气味也越来越不好闻。我的头似乎变成了乔伯球，无助地在风中摇曳，飘向太阳，甚至连每根手指都在冒汗。

离门越来越近时，排队的人越来越不耐烦，开始推搡前面的人。他们连一分钟都不愿意再等了。有人从背后使劲推我，我只能死命地拽住前面的人才不至于跌倒。后面的人纷纷开始往前冲，千方百计地往队伍的前面钻，像老鼠拼命钻进门缝一样抢占有利位置。

"自觉点，别乱插队！"前面的人喊着，饥饿使他们几乎发不出声音来。

"鸡一叫我们就起来了！一整天我们都待在这里！"

但人们还是争先恐后地向前冲。大家都知道，仅有的一车玉米很快就会被大伙分完。插队的人越多，队伍里的恐慌气氛就越浓烈。

两条队伍都朝农发前门涌去。后面的人像潮水一般把我往前推，我只能死死地贴住前面的人。我完全无法呼吸，拼命站稳双脚，因为我知道一跌下去就很难爬得起来了。我把身体侧过去些，希望能呼吸到一点新鲜空气，但这时意想不到的情况发生了：站在我后面的男子一个趔趄跌在地上，引发了一串连锁反应。四个人像叠罗汉似的压在他头上，胳膊肘和膝盖发出一阵巨大的撞击声。缺口出现后，排在他们后面的人纷纷往前拥，很快就填补了他们的空缺。

当人群再次把我吞没时，一件奇异的事发生了。周围突然安静下来，吵闹和婴儿的啼哭声刹那间完全消失。我也不再像先前那般害怕了，于是从挤作一团的脸蛋、手指和牙齿间朝外看，这才知道自己已经到达了成功的彼岸。农发梦幻般地出现在我面前，离我只有区区几米远。一条浅水沟像护城河似的围绕着这幢房子，但在我看来它却像宽广幽深的约旦河那样难以逾越。我仿佛登上了群山之巅，热切地眺望着"应许之地"①。只要跨过浅水沟我就可以到达那片富饶的土地了。

接下来的二十分钟里我又经历了几番令人烦躁的推推搡

———————————————
① 《圣经》中记载的"流奶与蜜之地"迦南，指约旦河以西地区。

操，接着眼前豁然开朗：我终于走进了那幢看似遥不可及的房子。农发的办公室安静祥和，空气也一下子清新了许多。前方突然出现了一座高及腰部的玉米山，这些玉米比我几个月来看见的粮食总和还要多。这番景象实在太令人陶醉了。

我才踏进门，身后刚刚站着的地方突然吵闹了起来。两个工作人员走到屋外的群众面前，对他们喊话。"女士们先生们，"其中一个说，"非常抱歉，我们只剩下十袋玉米了……"

没等他说完，我刚才避开的骚乱转瞬间演化成了一场大战。男人们用拳头挤出一条道来。有个女人跌倒在地，很快就消失在人堆里。另一个男人被拽倒了，人们纷纷从他身上踩过去。门边几个抱小孩的妇女闪到一边，害怕被人群踩踏。这些女人们在太阳升起的时候就已经在这儿了，但为了躲避这场骚乱她们失去了队伍中的前排位置。最后我看到她们什么都没捞着就回去了，不知道她们能不能挨过这个月。

我转过身不去看外面的骚乱，这才注意到已经排到我了。我口袋里有四百克瓦查，这些钱足够买二十五公斤玉米，而这也是规定买粮的上限。但走到柜台前，营业员却告诉我只能买二十公斤，价钱却和二十五公斤一样。

"你到底想要多少？"营业员问。

"那就二十公斤吧。"

他给了我一张票，然后向取粮的方向指了指。在柜台的另一边，工作人员正在用金属桶舀玉米。他们肌肉发达，看着很健康，和外面那些面黄肌瘦的难民完全不一样。帮我舀粮的工人试图欺骗我。他把玉米舀进金属桶，然后迅雷不及掩耳地把桶扔上磅秤，故意让指针不断摆动。没等指针停稳他就把桶从磅秤上提下来，将里面的玉米倒进我带去的袋子里。

"下一个！"

"等等！不能这样……"

"如果你不接受这种方式的话，你完全可以把玉米留在这里！后面还有很多人在排队呢。下一个！"

我毫无办法，只得把票交给他然后抓起玉米向门外跑去，像是刚抢劫了这个地方似的。尽管被他们占了便宜，我还是像中了大奖似的兴奋不已。但走出房子以后，我的兴奋刹那间变成了恐惧。

一个男人冲过来，朝着我直吼："我出五百克瓦查买你的玉米。"

另一个人推了我一把："孩子，我出六百。"

我假装没有听到他们的话，拖着袋子朝自行车飞奔过去，然后踏上自行车一溜烟跑了。如果逗留在那里，可能会有人狠揍我一顿后抢走我的玉米。上了公路后，我没命地踩着自行车踏板向前奔驰。一段日子以后，我听说马拉维其他地方的农发营业处发生了大规模的骚乱，许多婴儿从妈妈背上掉下来，遭踩踏而死。

爸爸妈妈和妹妹们像迎接从战场上返回的英雄一样欢迎我。我看上去一定相当累，身上的衣服松松垮垮，满身泥泞。我把玉米袋扔上爸爸的磅秤，明白自己确实吃亏了：袋子里只装了十五公斤玉米。但至少下个星期我们家不愁没有粮食吃了。

我从查马马回家后不久，人们开始把自己的家当都拿出来卖。

有天早晨下着大雨，我站在门廊上，看见一队人像蚂蚁似的向前进发。这些人里有我们村的，也有邻村的。妇女们头顶大盆，里面放着锅碗瓢盆和水桶之类的厨房杂物。有人甚至连日常穿的衣服也放了进去。有个男人在腋窝下夹了两只小鸡。山羊被藤蔓捆住了脚，一边蹚着泥泞一边咩咩地哭叫。男人们把沙发和桌椅板凳扛在肩背上，家具的重量压得他们抬不起头来。这些人已经饿得没力气走路了，每走几米就要休息一会儿。但没过多久他们又必须重新把重物扛起，继续朝前赶路。

坎巴趴在我脚旁的地上，慵懒地用尾巴拍打着在门廊上避暑的苍蝇。这些天来它变得越来越瘦了：每天一顿饭的制度没有把坎巴包括在内，有时我饿得把本来要分给它的那份口粮也给吃了。我对它心怀愧疚，所以大部分时候都尽量避开它。但这天早晨它找到了我，于是我们一起百无聊赖地观察着路上无精打采的饥民。

他们似乎要赶到什么地方去，到那里后可以把这些家用品卸下来换些食物。他们似乎对瓢泼大雨不以为意，哪怕衣衫被浸透了也没有什么关系。

等雨势慢慢平缓下来后，我跟在那些人后面踏着泥泞的道路向交易中心走去。雨季似乎对女人没有什么影响，做买卖的女人终日躲在大伞底下，丝毫不会淋湿。可这天交易中心的木制摊位里一个人也没有，公路旁的许多商店也关着门，不过我们这里并没变成一座空城。待雨小了点，做买卖的女人和大多数人一样上街四处寻找食物。生意可以暂时不做，活命成了眼下的头等大事。

变卖家产的人通常会在地上铺块防水布，向路人展示自己的物品。但现在他们改变了售卖的方式，在路上逢人就问："大爷大娘，我有些东西要卖。你看这台收音机怎么样？随便开个价就卖给你。"

扛家具的人无法挤到遮阳篷下躲雨，雨水打湿了他们背上的桌椅和沙发。但尽管这样，他们还在尽力推销这些湿了的家具。

"沾点水没事的。"说话的男人一脸憨态,"这是实木家具,不会被雨淋坏。这把椅子肯定能陪你到老。你身上有多少钱?换什么都行,家里的孩子需要吃饭。"

一些像爸爸的朋友曼戈齐那样的生意人会买下几样东西,日后再让他们赎回去。但大多数人都身无分文,只能爱莫能助地耸肩摇头。

人群把少数几家出售进口玉米的摊位围得水泄不通。进口玉米的价格令人咋舌,这些摊主在人们眼里都变成了投机倒把的罪犯。

"你们这群小偷!"人们愤怒地高声呼喊着。

"这价格是谁定的?"

"家里的孩子都被你们这帮家伙害死了。"

不久以后人们开始把家里的铁皮屋顶拆下来卖,茅草屋顶就卖不了几个钱了。

"如果我都快死了,还要屋顶做什么呢?"出售屋顶的男人似乎在为自己辩解。

交易中心的一个生意人因为试图卖他那一双年幼的女儿而被逮捕了。买家事先通知警方,那个生意人在交易时被抓个正着。为了生存,许多人被逼入绝境。

十二月的雨水使路边的野草飞速生长。人们因为身体虚弱,又都在外觅食,所以谁都没工夫修剪它们。高高的草丛成了小偷潜伏的理想之地，女人们离开磨坊后常会被藏在里面的人打劫。一天早晨我从磨坊回家，看见有个女人孤零零地站在路边哭泣——她刚被人打劫了。

"孩子都还在家等着呢，"她哭喊着，"我该怎么办啊？"

几个女人走来，试图让她平静下来。

"我们知道你的情况很难。"她们对被抢的女人说，"下次换你丈夫来吧。"

"哪还有什么下次？"女人回答说，"也许再没有下次了。"

饥荒的阴影笼罩在每个马拉维人的头上，形势变得越发险恶。

磨坊主不再用扫帚清扫地上的碎玉米，因为饥民们把磨坊的地板清理得非常干净。十二月初，磨坊里挤满了争抢玉米碎屑的人。人群会先让出条道，让拎着提桶来磨玉米粉的妇女通过。磨粉机启动以后，一股白色的粉末会从机器的出口撒到提桶里。候在一旁的老人、妇女和儿童目不转睛地盯着那个出粉口，机器一停他们就拥到出粉口旁边的地板上，没多久就把那里弄得一干二净。老太太会把拐杖伸进出粉口，敲钟似的敲打着磨粉机的内壁，然后把飘出的玉米粉收集起来。

这番景象到十二月中旬就看不到了，那时已没有什么人能弄到玉米，更不要提到磨坊磨玉米粉了。磨坊一下子冷清下来，只有磨粉机和几个父母双亡或被父母遗弃的孩子还留在那里。

圣诞节是我最喜欢的节日，但这年的圣诞节不同以往。年景好的时候，我们会去路那头的天主教堂参加圣诞会演，看约瑟、马利亚和年幼的耶稣如何逃脱手持木剑和 AK-47 的希律王①士兵追捕。（这个版本没有紧扣《圣经》来演，但非常好笑。）

从教堂出来以后，我们会把每年雨季都到我们这里来的飞蚁烤来吃。晚上飞蚁聚集在交易中心的灯光下，而后掉在地上脱去白色的翅膀。孩子天黑后不能出门，所以妹妹们会在屋后点起篝火，用水盆接住跌落的飞蚁，然后把淹死的飞蚁蘸上盐放在平底锅里烤熟。烤飞蚁的味道像极了美味的干洋葱，搭配希马味道更佳。如果再配上扁豆和南瓜叶，那真说得上是此生无憾了。

圣诞节早晨家里不吃法拉，而是松软潮湿的棕色面包。如果有余钱的话，家里还会买蓝带黄油、食用糖和奶粉。我会用几片面包做成一个黄油三明治，然后冲一杯奶茶美美地吃上一顿。面包、黄油就着醇香浓厚的奶茶，再没有比这更

①罗马帝国在耶路撒冷的代理王，《圣经》记载他听闻耶稣降生，便下令大量杀死伯利恒及其周围地区的婴儿。

为绝妙的搭配了。

马拉维人对肉类的渴望在圣诞节期间尤为强烈，一年没沾荤腥，马拉维人希望在这段时间好歹吃上一口肉。因此圣诞节那天午饭后，爸爸总会杀一只鸡。圣诞节的鸡不是和希马一起吃的，配得上鸡肉的只有米饭。马拉维人一到圣诞节，就会想到香喷喷的米饭。

二○○一年的圣诞节更像是个惩罚。节前的那一星期，我们家的鸡全都染上了鸡瘟。它们奄奄一息，什么东西都不吃，最后除了一只小母鸡外全死了。天主教堂取消了圣诞汇演，甚至连份声明也没出。不过圣诞节那天也没人出现在教堂，大家都饿得没有力气，还搞什么活动呢？我的妹妹们也提不起精神捉飞蚁了。

圣诞节早晨的餐桌上既没有新鲜面包和蓝带黄油，也没有兑了糖和牛奶的茶。晚饭时吃不上鸡，更别提香喷喷的大米了。事实上，那天我们根本没有早饭。起床以后我刷了刷牙，听见妹妹房间的收音机里传来《平安夜》的歌声。歌曲播放完后，收音机里传来主持人活力满满的声音："希望收音机前的听众朋友们都能过上欢快祥和的圣诞节。"

"说得轻巧，在布兰太尔为政府工作当然饿不着你。"说着我抓起锄头向地里走去。我不想听见任何与圣诞节有关的事情。

中午时分妈妈让我们吃上了午餐，但其实不过是平时的希马和一小勺南瓜叶而已。妈妈想尽一切办法在圣诞节那天让我们多吃了一顿，但我丝毫感觉不到过节的气氛。吃完最后一口以后，我还是感觉饿得够呛。

干完地里的活儿后，我去找乔弗里玩，没想到心情却更加沮丧了。我走进乔弗里的房间，发现他无精打采地坐在床边，一副落寞的模样。十一月他妈妈磨完最后一桶玉米后，乔弗里和大多数饥民一样整天站在路边找活儿干。他还算幸运，在沼泽边的一个生意人那里找到了拔草和犁地的工作。看得出他仍然没有摆脱贫血症的困扰，身体一天比一天虚弱。

"老哥，"我对乔弗里说，"我好些日子没看到你了。野草把你家的地占满了，你快去除除吧。"

"我整天都在忙着打零工。"他说，"起初我还在考虑下个月的粮食在哪里，后来我只能惦记下星期吃什么，最近更是吃了上顿没下顿。如果连下顿饭都没有着落的话，我还有什么闲心拔自家地里的野草呢？"

我希望帮他一把，但我又能做什么呢？我好些日子没去见吉尔伯特了，于是便朝他家走去。路上的情况凄惨异常。往年圣诞节时你能看见人们在路边载歌载舞，村民们穿着最好的衣服有说有笑地朝交易中心行进。但今天我只看见几个垂着头、步履缓慢的饥民，他们甚至连声招呼都没和我打。

到吉尔伯特家的时候，大约有五十个受灾的村民站在他家门外的桉树林中。炊烟使吉尔伯特家笼罩在一片灰色之中，站在门口的便是吉尔伯特。

"圣诞快乐，你还好吗？"我问。

"今年的圣诞节有什么好过的。"他摇摇头，沮丧地说。

来的路上我琢磨着，温比村长一定有美味的鸡肉和米饭。但吉尔伯特说他家也已经吃不上这样的美食，不断上门的乞讨者已经把他家的存粮掏空了。

"兄弟，我家也只有希马和扁豆了。"他看上去非常失望。

"你爸爸怎么样？"我问。

"他感觉好的时候会出来见见人，"他说，"但大多数时候他都躺在床上和猫一起听广播。"

微风吹来一股难闻的气味，我不禁噘起了嘴。

"那是什么味道？"我问。

"等在那里的人已经顾不上去厕所排泄了，他们直接在桉树底下解决。走路的时候看着点。"

"好吧，我知道了。"

吉尔伯特忙着对付饥民，乔弗里身体不好还在打零工，我只能去未婚男孩之家找查里蒂堂哥。我敲了敲门，查里蒂把我让进了屋。他在锅底下生起了一小团火，他的大胖子朋友米泽克此时并不在房里。

"今天是圣诞节，"他说，"我还粒米未进呢！"

"是啊！"我说，"我也快饿得撑不下去了。"

我们两个开始琢磨起获取食物的方法来。芒果都被采完了，即使溜进果园也偷不到。市场里的生意人片刻不敢和他们的玉米分开，我们也没有饿到趴在店门外的地上捡玉米粒吃的程度——至少现在还没有。

"我们需要吃肉，"查里蒂说，"圣诞节没吃到肉我绝不睡觉。"

有个名叫詹姆斯的家伙在烤肉摊旁经营曼伊纳摊位。"曼伊纳"是牛羊头和蹄上的肉，和猪头肉没什么差别。屠夫把牛羊的头颅切成三四份，然后把它们和牛羊的腿，以及蹄一起投入沸水中。你可以在曼伊纳吃到柔嫩的腿肉，也可以吃到煮烂的大脑和舌头。牛脸上的肉也非常美味。

我和查里蒂一同做起白日梦来。

"詹姆斯也许会在圣诞节分我们些肉吃，他有时候可大方呢！"

"别傻了！"查里蒂说，"他可从没这样干过。"

他思忖了一会儿，然后说："但他会把皮扔掉。"

"你连皮也吃？"我不禁皱起眉头。

"为什么不？皮又有什么吃不得的呢？上面不是也有很多肉吗？"

"你说得对，我们就去找些皮来吃吧。"我说。

饥饿使我们的思维也变得混乱起来。

走向詹姆斯的曼伊纳摊位时，我们发现烤肉摊的生意和平时一样忙。尽管饥荒依旧在延续，但有钱的生意人却仍旧在烤肉摊上大快朵颐。肉还没来得及吞下去，就又把手里的薯条塞进嘴里。一群村民围在肉摊四周看那些生意人吃肉。他们目不转睛地注视着食客们的手部动作，只见他们把油腻腻的肉在盐里蘸了蘸，然后一口吞下肚。看着他们吃得津津有味的样子，我的舌头产生了一种咸咸的烧灼感。

詹姆斯的曼伊纳摊位在稍远的地方，他像往常那样站在一口盛满沸水的大锅旁。走到近处，我发现沸水里漂着美味的羊头和牛腿肉。我担心禁不住诱惑，真想掉头就走。

"詹姆斯，"查里蒂说，"我和威廉想为村里的孩子们做一面圣诞节敲的鼓。你可以分给我一些皮吗？"

詹姆斯抬起头。"这个点子不错。"他回过身，朝地上的一堆杂物点了点头。皮被放在黑色的塑料袋上，表面爬满了苍蝇。

"我有块山羊皮，"他说，"我本打算把它扔掉的，你们拿去用吧。"

查里蒂飞快把羊皮塞进包里，然后把包交给我。我还能依稀感受到羊皮的热量。

"多谢，"查里蒂说，"孩子们会感谢你的。"

"他们当然应该谢我。"

"我们怎样处理这张羊皮？"

"这好办，"他说，"把它当猪肉就成。"

回到俱乐部后，我点着一片桉树皮引燃火堆，接着又加了几根树枝，因为平时助燃的玉米秆早就用完了。火烧旺以后，我和查里蒂扯着羊皮的四个角，把它在火苗上展开。羊皮上的毛很快就被烤得发黑。烤焦的皮散发出一股臭气，但这时却好像美妙的肉味。羊毛变得卷曲焦黑以后，我们用小刀将其刮下。我们反复刮了好几道，直到羊皮上一点毛都不剩才停下手来。

我们把羊皮切成小块丢进沸水里煮。查里蒂甚至让我溜进妈妈的厨房偷点苏打粉来。

"女人常用苏打粉让扁豆煮得更快，"他说，"这种方法对羊皮应该也适用。"

我们让羊皮煮了两个小时，然后在里面加了更多的水、盐和苏打粉。又过了三个小时，沸水表面浮起了一层白色的泡沫。查里蒂把刀伸进泡沫中搜寻了一番，插起一块热气腾腾的皮。皮呈灰白色，表面滑溜溜的。查里蒂吹了几口气，然后把它塞进嘴里。他费劲地咀嚼着，双颚努力一张一合，最后把皮咕噜一声吞进肚子里。

"好不好吃？"我的口水情不自禁地流了下来。

"有点硬。"他说，"但我们弄不到柴火了，就这样将就一下吧。"

我们把羊皮舀出锅，它们又滑又硬，仿佛上了层滚烫的胶似的。我用手抓着一块皮放进嘴里，然后深吸一口气，热气立刻钻进了肺里。我嚼了又嚼，汁液从我的嘴边流出，把嘴唇都粘在一起了。每嚼一下，我的嘴唇就重重地咂一次。

"圣诞快乐。"我费劲地挤出几个字来。

这时门口突然传来一阵抓挠声，然后是几声呜咽，我推开门发现是坎巴。它一定是在我的房间里闻到了肉香，循着香味一路找过来的。它蜷缩着身子，显得非常疲惫，但尾巴却晃动得和以往一样快。见到它我觉得非常开心。

"分点肉给它。"查里蒂对我喊，"说到底我们吃的就是狗粮啊！"

"好吧。"我应了声，然后转身看着坎巴，"小子，给你弄点肉吃，一定饿坏了吧。"

我扔出一块滑溜的羊皮。出乎意料的是，坎巴纵身一跃，在空中截下了那块皮，仿佛又恢复了平日的精气神。

"好样的！"我夸赞道。

坎巴把皮一股脑儿吞进了肚子，然后舔着嘴唇还想再要一块。我回屋里又拿出两大块羊皮。吃完后坎巴似乎恢复了元气，它兴奋地眨了眨眼，又对我摇了摇尾巴。作为圣诞节的特别优待，查里蒂甚至让坎巴进了屋子。

我没有算自己到底吃了多少块皮，总之嚼了大约半个小时以后，我和查里蒂终于选择了放弃。我们的下巴累得实在嚼不动了。家里饿着肚子的爸妈和姐妹们还梦想着能在圣诞节吃上点肉，我真想把锅里剩下的那几大片羊皮带回家跟他们分享，但最终没敢提这个要求。俱乐部里的事绝对不能让外人知道，这是未婚男孩之家的铁律。这些皮只能留到第二天再吃了。

下午太阳落山以后，我们围坐在余烬未了的火堆旁，肚子里那种暖洋洋的感觉使我们欣慰异常。这些羊皮让我们得到了一丝过圣诞节的满足感。

7

接下来的那个星期，家里的收音机带给我一条比圣诞礼物更让人振奋的好消息。

"国家考试委员会公布了今年八年级考试的成绩。"播音员宣布道，"可前往考场查询考试成绩。"

"分数出来了，"我兴高采烈地对妈妈说，"我可以去查分了。"

跃过小道上的水塘和土坑，我一路小跑冲到了温比小学。我信心很足，心里掂量着各种各样的可能性。我会去卡松古还是查亚巴的寄宿制中学呢？因为我决意要成为一名科学家，还得是有杰出贡献的，那我就必须进这两所之一。那里有不错的老师，还有图书馆、实验室——总之具备所有能帮我达成梦想的条件。我不在乎被分配到两所中的哪一所，谁需要我，我就去谁那里。

成绩单贴在教学楼的外墙上，几个同学已经先我一步赶到了那里。我果断地拨开他们，走到成绩单前。每所中学下方都列出了录取学生的姓名。我一眼就看到了"卡松古中学"几个大字，然而下方却没有我的名字。我把视线移到"查亚巴中学"那里，手指依次滑过卡兰波、卡利姆、马卡拉尼等名字，但末了还是没看到自己的。

别慌，我告诫自己，一定是什么地方弄错了……

我又查了遍名单，却还是没有找到自己的名字。

"坎宽巴，你的名字在这儿呢。"站在我后面的男孩说。他叫米切尔，在我们学校算是成绩好的学生。"你被卡查科洛中学录取了。"

我的名字的确标在卡查科洛中学下面。那是个社区学校，也就是村一级的学校，在全地区六所中学中是最差的。政府拨款永远不会落到这种学校头上。怎么会发生这种事？我百思不得其解。

考试成绩公布在旁边一块公告栏上。找到名字以后，我马上看到了自己的成绩。

数学：C

自然科学：C

英语：C

齐切瓦语：B

社会科学：D

我的心一沉，想象着到五公里开外的卡查科洛中学读书的情形。学校坐落于一个大烟草种植园附近，通往那里的路上净是泥巴和各种讨厌的小虫。学校旁边有道非常大的堤坝，我和吉尔伯特、乔弗里经常去那里钓鱼。

"祝贺你，"米切尔不怀好意地微笑着，"你被分到了大坝中学。一切顺利的话，你或许能成为一个好渔夫呢。"

"两年后我肯定可以拿到初中毕业证书，"我不甘示弱地回答道，"那时我会转入一所比较好的高中。你会在卡松古看到我的，别笑得太早。"

"祝你好运。"说完他笑着走开了。

我暗自下了决心，两年后一定要考上理想的高中。我会好好学习，顺利通过初中毕业考试，让他们见识一下我的能耐。卡松古和查亚巴两所中学的老师会跪在地上求我去他们那里读书。去卡查科洛中学也不无好处：吉尔伯特也被分到了那里（他的成绩也很差）。想到我俩还能一起走着去上学，我觉得非常开心。这时离开学已经不到两星期了。

在连日不断的雨水中，新年悄悄地向我们走来。玉米种子得到了充分的浇灌，长势非常喜人。过了不久，深绿色的玉米秆便已长到爸爸小腿那么高。雨水使我们有机会把烟草作物从沼泽移植到地里，它们在那里长得也很不错。

雨水使森林也重新焕发出生气。花朵盛开，林木茂盛，到处一片欣欣向荣的景象，空气也变得清甜起来。但远水解不了近渴，因为眼下我们还是没什么东西可吃。

雨季是昆虫产卵繁殖的季节。厕所里到处都是不时从茅坑里飞出的绿头肥苍蝇。厕所外面的情况也很糟，人们无法躲避苍蝇的纠缠。站定时苍蝇会盘踞在你的胳臂和腿上，说话时它们甚至会飞到你脸上。人们无论走到哪里都在打苍蝇。

大量的蚊子扑打着带有疟疾病菌的翅膀在村里横行，蟑螂也比往年肥硕得多。晚上暴雨过后，山里的上百万只青蛙也叫了起来，有的低声呜咽，有的则发出巨大水滴从天而降的声音："噗噜……噗噜……噗噜。"雨季是泥泞和昆虫的季节，只有壁虎和蜘蛛才得以饱餐一顿。

对挣扎求生的人来说，雨水只会带来更多的麻烦。即便再没有人请得起零工，饥民们仍然提着包裹和锄头走在路上寻找少得可怜的工作机会，被雨淋得浑身湿透也在所不惜。

玉米的价格已经上升到一千克瓦查一桶，找零活儿的和其他大多数人只能以嘎嘎为食。当嘎嘎的存量也日渐减少的时候，生意人们开始把锯屑掺进去。黄色的锯屑混杂在灰色的嘎嘎中，直到人们吃坏肚子才会被发觉。许多人聚集在仍在出售嘎嘎的店铺前讨个公道。

"我把钱都用光了，只吃到一肚子木屑！"他们大声吼着。

"我家的孩子全生病了！"

"你们都不是人！"

他们只能抱怨两句。因为口袋里没钱，他们没有能力采取任何实质性的行动。

妈妈每天在家花几个小时烘烤甜饼。她将玉米粉加水做成糊，然后把一团糊放进锅里。她重复着这个过程，直到烤完一百个甜饼才告一段落。她把烤熟的饼放在一个大盆子里，接着在上面蒙上一层布。出门前她会带上一大桶水和几个杯子，吃完甜饼后再喝杯水，饥民们就不会觉得那么饿了。每天晚上妈妈回家时，我们总是会抢着从她手上接过盆子。说是帮她的忙，其实是想瞧瞧今晚她又带回来多少玉米粉。

妈妈的大多数顾客是卖光了家产的农民或以三倍利息借高利贷的贫民。但规矩就是如此，如果不想付这么高的利息，也许你只能拿你们家的盘子或房顶去找这些人换钱了。大多数人都借高利贷，因为他们早已经家徒四壁，没什么东西可卖了。

交易中心的局势一天比一天紧张。人们喜欢围在曼戈齐先生那样稍微有点良心的生意人的摊位前抱怨几句。但这些人最多也只是抱怨抱怨而已，他们已经没有力气做更过火的事了。

"这是我们赖以生存的食物啊，"饥民们吵闹着，"为什么要开这么高的价？"

"坦桑尼亚的生意人把玉米的价格提高了一倍。"曼戈齐先生只能据实以告，"如果单方面降价的话，明天我也没钱买粮食了。"

有天下午妈妈和往日一样来到市场。她刚摆好摊位，一伙狂徒便气势汹汹地冲上前来拿东西。

"给我两个！"有个女人叫嚣道。

"给我三个！"跟在后面的男人也不甘示弱。

突如其来的喧嚣让妈妈愣在那里，没有注意到一旁的人趁乱抓走了好几块甜饼。其他人虽然声称要买，但抓过饼以后就飞奔着离开了。有个男人甚至坐到妈妈身边大言不惭地说："给我三个就好。"说着便从盆子里抓过三个甜饼，三下五除二地吞进了肚子。

"九克瓦查。"妈妈问他要钱。

"我一个子儿也没有。"他回答说。

晚上妈妈回家时头发蓬乱、满脸愁容，似乎累得够呛。

"妈妈,你一定累坏了吧。"我接过盆子朝里瞄了一眼,里面只有薄薄一层玉米粉。

"我的东西几乎全被人抢光了。"她说,"今晚大家就饿肚子吧。"

妈妈没得说错,这天晚上我们的确没什么东西吃。

随着玉米价格的持续上涨,爸爸妈妈只好减少玉米的购买量。这意味着妈妈再也做不了那么多甜饼去卖了,而我们每个人的食粮也随之缩减。本来每天晚上我们还有五口希马可吃,现在只剩四口了。

"吃希马的时候,嘴里别忘了含口水。"妈妈叮嘱我们,"这样能让胃好受些。"

尽管我们家的大多数孩子都很自觉,只吃分配给自己的那点希马,但七岁的罗斯妹妹可不管这套:她总是趁大家不注意,抓起一大块希马就放进嘴里。

"嘿,你给我慢一点。"比罗斯大两岁的多丽丝训斥道,"妈妈,她把大的那块拿走了!"

"你们应该吃得快一点才对。"罗斯毫不示弱。

全家人都瘦了不少,比蒂娅敏稍大的罗斯和梅莱斯更是如此。她们不幸继承了妈妈的娇小身材,因而饥饿的影响在她们身上更明显:她俩面黄肌瘦,一看就知道是饿过头了。我、埃萨,以及多丽丝和爸爸一样高大,还比较禁饿,但那时我

165

已经用布做了条腰带不让裤子往下掉。我必须发挥聪明才智，帮家里人把接下来的几星期熬过去。

爸爸妈妈从来不因为罗斯争抢食物而训斥她，但多丽丝很快就受不了了。几星期来她的妄想症越来越严重，害怕晚餐时吃不到食物而父母又不肯站在她那一边。结果，吃饭成了一件充满压力和焦虑的事。

有天晚上家里人围坐在一盆希马四周，罗斯像往常一样走过来抓了一大块。她还没来得及把希马塞进嘴，多丽丝便一跃而上，狠狠地揍她的脸。

"妈妈救我！"罗斯哭喊着。

"别闹了！"妈妈把她们拽开，但这似乎已经耗尽了她最后那点体力，"坐下来给我好好吃饭，我没力气管你们的事了。"

那天晚上我们再一次饿着肚子上床睡觉，指间依然留有食物的香味。我洗了好几遍手，但这股味道仍然挥之不去。

国内的饥荒越来越严重，但政府却一直保持沉默。我们每天都想收听关于饥荒的新闻，但广播里什么都没说。普莱斯农庄粒米未剩，他们的员工也在乞讨，政府控制的农发公司也同样在闹粮荒。马拉维人民似乎走上了一条无可救药的灭亡之路。饥荒催生了恐惧和疑虑，谣言也随之产生。

"政府把我们的玉米都卖光了。"人们都在传着,"他们还卖掉了什么?"

"在马拉维毫无安全可言。"

"他们有什么瞒着我们的?"

农民们认为政府已经快扛不住了,纷纷前往设在卡松古的银行提取他们最后的那点积蓄。一天早晨下着大雨,爸爸和其他几个农民搭了辆便车进城取钱。到达银行的时候,取钱的队伍已经延伸到银行门外的街面上。一百来号人排了一整天队,他们粒米未进,有的只是愤怒和恐惧。走进银行以后,忙不过来的银行职员又让他们等待了更长时间。面对这种情况,农民们终于发出了暴动的威胁。

"把钱还给我们!"他们叫嚷着,"你们到底有什么瞒着我们的?"

最后爸爸终于把家里剩的大约一千克瓦查取了出来。他用这些钱买了桶玉米,第二天磨成粉后制成了甜饼。接下来的一个星期我们又有盼头了。

虽然饥荒仍然在延续,但生活中也不乏好事:一月中旬我就要去卡查科洛中学报到了。几星期来我一直在盼望着这个日子的到来,想象着自己穿上衬衫长裤、和吉尔伯特一起像男子汉一样步入未来的场景。升学的念想使我暂时忘却了目前的窘境。从某种意义上来说，在学校饿肚子比在家里饿肚子要好过一点。

制服是横亘在我面前的唯一难题。我有条黑裤子，但爸爸妈妈没钱给我买学校的白衬衫。没办法，妈妈只好让我到交易中心的二手成衣铺买件旧的回来。

"只要是白色的，旧的新的又有什么关系呢？"妈妈说。

我总共只有两件衬衫，学校开学前我只能穿着它们。没多久它们就弄脏了，可家里已经没有肥皂了。月初时我们曾经买了块便宜的马鲁瓦含碱肥皂，但早就用光了。我们用热水和庞哥温树的树枝清洗身体，但靠它们却无法把衬衫弄白。

有天早晨我把家里用拖拉机轮胎改制成的洗衣盆放在门外，在里面加满热水，把衬衫泡在里面直到水冷却，然后用庞哥温树的树枝反复摩擦。但衬衫并没有如我所愿亮白如新，腋下仍然有许多黄色的斑点，领子也依然是灰色的。我该怎么办呢？

开学那天，我碰巧和吉尔伯特在路上相遇，于是便和他小聊了一会儿。

"吉尔伯特，啵？"

"啵！"

"酷毙了吧？"

"确实酷毙了！"

"朋友，我们等待已久的这一天终于来临了。"

"是啊，我已经迫不及待了。"

"准备好被高年级的人捉弄了吗？"

"是的。你觉得谁会首先对我们发难？"

"这我可不知道，但我已经制订了计划。如果有高年级的男孩接近我们，他又没那么健壮，我们可以给他来个先发制人。"

"这主意真不错！这样我们就不会受欺负了。"

"是啊，就这么办。"

"我们俩谁先出手？"

"你先。"

到卡查科洛中学的四十分钟路程里，我要翻山越岭，穿越大片的玉米地，经过以前捕鸟的那块沼泽地。学校坐落在山谷中，周围都是繁茂的烟草田。一台巨大的柴油拖拉机正在烟草田里翻土，几个还有活儿可干的幸运儿正在太阳底下汗流浃背地工作着。

进了学校以后，学生们集中在桉树围绕的操场里召开了开学后的第一次晨会。校长菲利先生（和先前那个有魔力的雇工不是同一个人）站在我们面前，说他看到这么多张青春阳光、充满朝气的脸是多么快乐。

"在卡查科洛中学，"他说，"你们可以学到许多造福马拉维人民、使这个国家繁荣昌盛的知识。"

我们的确是一群棒小子。我们渴望充分汲取养分，因为激动而不断地扭动着。那时我以为自己正经历着生命中最伟大的一天，脸上情不自禁地露出了微笑。

"但我要提醒你们，"接着他话锋一转，"我们和其他学校一样，也有自己的校规校纪。你们必须穿着得体的制服，而且不准迟到，否则惩罚很快就会降临到你们头上。"

晨会结束以后，我和吉尔伯特一起向教室走去。经过校长身边时，菲利先生拍了下我的肩膀。

"你叫什么名字？"他问。

"威廉·崔维尔·坎宽巴。"我紧张得说不出话来。

"威廉，"校长说，"我得提醒你一句，你的制服不太合适。"

他一定注意到了我腋下的污渍。我想赶快离开操场找个地方躲起来，但菲利先生却指着我的脚点评起来。

"学校里不准穿拖鞋，"他说，"学生必须穿皮鞋或运动鞋来上课。你得回家把鞋换了再来。"

我低头看了看脚上的夹脚拖鞋。这双鞋也曾齐整如新过，但现在其中一只的橡胶鞋底已经开裂，我不得不用钩针和一小段线绳把它缝起来。家里没有什么鞋了，我必须赶快想出个办法来。

"校长先生，要在平时我可以回家换双鞋，"我说，"但今天下着雨，回温比村还得跨过两条河。河里的泥会把我的新皮鞋弄脏的，妈妈绝饶不了我。"

校长皱着眉头考虑了一会儿。我暗暗祈祷，希望他能放过我。

"好吧，"他说，"暂时先放过你，雨停了以后一定把鞋换好哦。"

爸爸妈妈没钱给我买动辄几百克瓦查的课本。即便在不闹饥荒的时候，大多数学生也买不起课本，只好几个人合用一本。小学时我经常和其他几位同学挤在一把椅子上，希望别人不会比我读得更快。好在吉尔伯特买了一套课本，并同意和我一起看，而且我们的阅读速度差不多。

温比小学的条件非常糟，因为人满为患，学生们必须到教室外的大树底下学习。即便能挤进教室，下雨时漏的水也能把你淋个透心凉。三年级的教室少了整整一面墙。厕所不仅味道难闻，而且地上的板条也被白蚁蛀空了，非常危险。一天下午，班上有个叫安吉拉的同学一不留神掉进了粪坑，好几个小时后人们才听到她的呼救声。之后我们再也没见她来上过学。

我原本希望中学的条件能比小学好一些，但显然我们没那么幸运。我和吉尔伯特走进教室以后，我们的班主任坦博先生便让我们在地板上坐下——看来政府没有拨钱给学校买桌椅。从教室的设施来看，这里也已经有很长时间没整修了。地板中央有个巨大的洞，像是被炮弹炸过一般。

新开的历史课让我们了解到中国、埃及，以及美索不达米亚地区的早期历史。我们不光学到了这些国家的成文史，也对它们的口述史有了一定的了解。另外，我们还认识了一些远古的书写形式。数学分代数和几何两科，代数非常难，研究空间和角度的几何却是我喜欢的科目。我记得交易中心的建筑工们就经常使用这样的术语。

有天下午坦博先生在地理课上拿出了一张世界地图，我们马上找到了非洲大陆所处的位置。

"你们能在上面找到马拉维吗？"他问。

"我找到了，马拉维在这里！"

我们指着地图上马拉维所处的位置，这时我才发觉马拉维与地球的总面积相比实在太微不足道了。想到一辈子只能在这片狭长的土地上度过，我不禁悲从心来。看着地图上的马拉维——棕色的道路在绿色的国土上纵横交错，马拉维湖像颗璀璨的宝石点缀其中，你也许不会想到那里住着一千一百万马拉维人。就在那一刻，其中的大多数人正处在饿死的边缘。

先前我以为上课时挨饿的感觉会比种地时好受些。但真正开学以后我才发现，事实并非如此。坐在教室里我的肚子饿得咕咕叫，胃像是纠结在了一起，搅得脑子片刻不得安宁。我根本没法集中注意力好好听课。开学的第一个星期，同学们还热情高涨，发言非常踊跃。但仅仅两星期之后，饥饿就把大伙摧垮了，整个学校逐渐静默下来。第一个星期每天放学前在坦博先生问"好了，有什么问题吗"后还有十几双手举起来，现在没人举手了。大多数人只想赶快回家找东西吃。同学们越来越瘦，有几个索性不来上学了。因为家里没有肥皂，大伙的脸变得越来越干燥灰暗，好像在泥里打过滚似的。原本大伙喜欢在下课时谈谈足球之类的，后来话题逐渐集中到如何对付饥饿上。

"昨天我看见有人在吃玉米秆。"有个男孩说，"那东西一点都不甜，吃下去准会得病的。"

"先生们，过些日子再见，"另一个男孩说，"明天我不来上课。我想我再也走不动路了。"

一切都成了浮云。二月的第一天，菲利先生在晨会上宣布道："我们都清楚国家面临的困境，这里的师生同样深受其害。"他接着说，"你们当中的大多数人还没交这学期的学费。虽然我知道大家有困难，但拖欠的学费必须在明天放学前交齐。"

我的心咯噔一下，因为我知道爸爸还没替我交学费。我知道他会怎么说，因此最近几星期一直避开这个话题。学费一千两百克瓦查，一年交三次。走回家的时候，我一直在埋怨自己太过乐观，不该整天兴高采烈像个没事人似的。不知道为什么爸爸妈妈在明知付不出学费的情况下还让我来报到。

　　"该怎么办才好？"我问吉尔伯特，"回去以后家里肯定要乱了。"

　　"压力别太大，好吗？"吉尔伯特安慰我，"走一步看一步吧，情况会好起来的。"

　　回家以后，我在地里找到了爸爸。

　　"明天要把学费带去，一共是一千两百克瓦查。"我说，"明天一定要交到学校去，菲利先生可不是开玩笑的。"

　　爸爸像看着储藏室里的空布袋一样看着眼前的田野，似乎想从中找到答案。接着他令人恐惧地看了我一眼。

　　"儿子，你知道家里是怎么个情形，"他说，"我们现在已经一无所有了。"

　　我只看见爸爸的嘴皮在动，脑子里却充斥着菲利校长在我们放学时所说的话："不交学费就别来上学了。"

　　"我很抱歉。"爸爸说，"不过别担心，明年的情形一定会好转的。"

我知道爸爸很难过，但这同我的哀伤相比根本算不了什么。第二天早晨，也许仅仅是为了折磨自己，我又在平时起床的时间醒来了。我站在路口，等着吉尔伯特。不知为什么我甚至穿上了黑裤子和白衬衫，可我其实什么地方都去不了。

　　不久吉尔伯特就出现在了路口："威廉，怎么了？你不准备去上学了吗？"

　　我想哭，但忍住了。"我不能去上学了，"我说，"我们家付不起学费。"

　　"威廉，这真是太不幸了。"吉尔伯特看上去相当失望，我的心情略微好受一些。"说不定你爸妈马上能赚到钱的。"

　　"也许吧，"我说，"吉尔伯特，我们只能以后再见面了。"

　　我觉得心力交瘁，只好去乔弗里家找他诉诉苦。几星期以前，乔弗里交上了好运。一个暴风雨的夜里，雷电劈倒了乔弗里家房子后面的桉树，第二天早晨乔弗里用砍刀把树干劈成了柴火。他在路上四处兜售，用三十克瓦查一块的价格把这些柴火全都卖了出去，挣来的钱够他家过几星期了。我们一直各忙各的，已经有好几星期没见面，我非常想找他好好聊上一聊。

　　进屋时乔弗里正在穿衣服。看到他以后，我突然停下了脚步。他的衣服很不合身，像是从别人那里借来的一样。他的眼窝凹陷，眼神灰暗，眼白却像精灵一样出奇地白。原先魁梧的他是个不好惹的家伙，现在却瘦得皮包骨头。这一切都发生在转瞬之间。

"你为什么没去上学？"他问，"你不是被卡查科洛中学录取了吗？"

"我没钱付学费，"我说，"今天起他们不让我去上学了。"

"真遗憾，看来我们俩都没什么希望了。"

"确实如此。"

他低头看着地板，然后不由自主地摇了摇头。

"希望上帝能给我们指出一条明路。"

离开乔弗里家以后我还在不断地自怨自艾，为什么是我？似乎自己是世界上唯一遭此劫难的人。那天下午放学以后，吉尔伯特顺道来了我家一趟，带来一个令人吃惊的消息。

"今天没几个人来上课，"他说，"大多数人和你一样没钱付学费。"

七十个学生只剩下二十个。

我的问题似乎没自己想象的那么严重，因为饥荒是席卷整个马拉维的问题。我决定相信父亲的话：饥荒过后一切都会恢复正常的，只要挨过去就好。但乔弗里说的也对，光想着明天该怎么过已经够难的了。

一月末的时候村里的嘎嘎也吃完了，原本依靠嘎嘎生存的人们转而吃起了南瓜叶。真正的饥荒开始了，马拉维成了一个饿殍遍野的国度。

灾难就像课本里写的埃及饥荒一样迅雷不及掩耳地降临在我们身上，而且没有停歇的意思。人们的身体在一夜之间变成各式各样的可怕形状。成千上万的人像动物似的匍匐在地，寻找着可以吃的东西。远离了亲人和家庭以后，他们慢慢走向死亡。

不久前扛着家当前往交易中心的人步履蹒跚地经过我们家。他们眼窝深陷，眼神游移。饥饿以两种方式摧残着人们的身体。有些人日渐消瘦，看上去像"活骷髅"。他们的脖子又细又长，像是在河边觅食的鸵鸟，我真担心他们的脖子承受不了头颅的重量。另一些人则患上了营养不良症，这是血液里缺少蛋白质导致的。虽然这些人饿得快不行了，他们的腹部和手脚却像吸满了血的虱子一样肿了起来。

饥饿的人群走过我家的时候像已经死了一样默不作声，但还是想方设法寻找着食物。他们搜寻着每一寸道路和田野，把香蕉皮和丢弃的玉米芯塞进嘴里。我家附近总有不少人挖香蕉树的根，然后把它们像木薯一样煮来吃。还有些人挖其他植物的根，甚至连路边的野草也不放过，把它们磨成粉食用。另外一些人则打起了政府发放的基本组合包的主意：他们先把种子外壳上粉红色和绿色的杀虫剂刮掉，然后吃种子。

但你不可能把种子上的杀虫剂去除干净，许多人因此呕吐、腹泻，身体也变得更加虚弱。雪上加霜的是，把种子吃掉以后，来年他们就没什么可种的了。

每天都有饥民在我家门前停下脚步，乞求爸爸给他们点吃的。我远远地看见他们，心里不住地嘀咕：那些家伙看上去挺壮的，看来过得不错啊。等他们走到我家门口时，我才意识到那是他们身上的水肿在作怪。

饥民们看见我家的一间房上盖着张铁皮，就认为我们很有钱——其实这铁皮屋顶不过是用石头压住的。到我家门前时，有些人甚至已经走了三四十里路。

"能不能给块饼干？让我干什么都行。"他们的赤脚已经肿到连拖鞋都穿不进去了，"我已经六天没吃东西了，能不能给我一小块希马？"

"我这里什么东西也没有，"爸爸只能这么说，"我也只能靠随身包养活家人。"

"来口粥也行。"他们乞求道。

"说没有就是没有。"

仍然有不少人留在我家的院子里过夜。土地和柴火都湿漉漉的，没法点起篝火。夜里下雨的时候，饥民们会蜷缩在我家门廊上瑟瑟发抖。天亮以后他们就全都不见了，显然踏上了一段新的旅程。

几天后的一个晚上我们坐在屋外吃晚饭，这时一个男人向我们走了过来。他浑身是泥，身材极瘦（我简直不能想象这么瘦的人如何能撑到今天），牙齿从嘴里突出来，头发全掉光了。他连声招呼都没打，就一屁股坐在我们旁边。更让人吃惊的还在后面：坐下以后，他马上把脏手伸进盛希马的盘子，从上面扯下一块放进嘴里。我们目瞪口呆地坐在那里，看着他闭上眼睛咀嚼着希马。他回味了好一阵子，似乎非常满意。食物下肚以后，他转过身看了爸爸一眼。

　　"还有别的吗？"

　　"对不起，这是我们全家的晚餐。"爸爸说。

　　"好吧，谢谢你们。"这家伙说完便起身扬长而去。

　　仍有不少人从四面八方赶到我们这里，他们像被火把驱赶的野兽似的集中在交易中心。面容憔悴、脸庞凹陷的妇女们坐在一边，低声祷告着，不过她们的眼中并没有泪花。全国人民都生活在水深火热之中，但并没有掀起多大的抗议浪潮，他们实在是饿得闹不动了。交易中心各处都是肚子肿胀、头发呈奇怪的黄铜色的孩子，他们蜷缩在铺子旁，巴望着能讨到些食物。少数几个生意人仍然在泥里铺了防水布卖粮食，但东西却比以往少得多。这些货物的价格比金子还贵，似乎比天上的星星月亮还要珍稀。防水布旁总是围着许多人，但大多数人只能默默地看着，好像身处梦境一般。剩下些力气的人还在求爷爷告奶奶似的乞讨着食物。

"大爷，给我一小碟玉米粉好吗？"他们见人便求，"只要一小碟玉米粉就好。家里的孩子等着吃饭呢。"

"我不能起这个头，不然的话……"生意人欲言又止。

那些人会在货摊边逡巡。一看到玉米粒落在地上，他们便像饿虎似的扑倒在地，把玉米粒连同石子、泥块一起塞进嘴里。有个男人不停地在人群中走来走去，嘴里一直念叨着："行行好吧，我是个孤儿，父亲刚死。"这人看上去四十来岁。

每个人都有不同的际遇，人人都有自己的难处。

"据说有个人整天都在寻找食物。"一个农夫说，"有天早晨他决定在大树底下打个盹，但从此再也没有醒来。"

"有天我正在煮随身包里的东西，"另一个人说，"有个我不认识的人走过来要我分点吃的给他。但还没等希马做好，他就倒在地上死了。"

许多几天没吃饭的人一见到食物便贪婪地把它们往嘴里塞，结果被活活噎死。一个女人在路上跨过两个仍然紧握着锄头的死人。还有些全身水肿的人用刀割破皮肤，想减轻些痛楚，但几天后却因感染而死。

贝尼·贝尼的下场也很凄惨。他是村里的疯子，平日的行为常惹得我们捧腹大笑。他会目露凶光，跑到交易中心的货摊旁，抢走那里的蛋糕和汽水。没人会把被他抢走的东西夺回来，因为他那两只手实在太脏了。疯子总要靠好心人来照顾，但这种好心人自己也已经食不果腹。贝尼·贝尼最后饿死在了教堂里。

在民不聊生、哀鸿遍野的日子里，政府的电台却传来总统大人去伦敦进行国事访问的消息。总统回国后，一位电台记者问他对蔓延全国的饥荒作何感想。我们聚集在收音机旁，想知道总统究竟会如何答复。

记者的提问大致是这样的："尊敬的总统阁下，全国各地都有因食物短缺而死人的事。你准备怎样解决？"

总统对这个荒唐的问题嗤之以鼻。他说他小时候也在农村长大，人们经常因肺结核、霍乱、疟疾和腹泻而死，却从来没有人饿死过。

"在这个国家，没有人会饿死。"他郑重其事地对众人说。

报道结束以后，爸爸摇摇头转身便走。

"爸爸，他怎么能这样说呢？"我问。

"有些人确实眼瞎，"爸爸回答道，"但这个人故意视而不见。"

那天下午，世界在我面前清晰一些。虽然我仍然在为政府不对饥荒采取点措施而感到困惑不已，但同时我也明白了一个事实：当下我们只能靠自己，没有人会伸手拉你一把。

8

　　电台里的那则新闻播出后，妈妈带着少得可怜的玉米粉回家做晚饭，我们和平时一样吃得很少。我坐在地板上吃饭时朝走廊望了一眼，发现坎巴正在客厅门口。它低垂着头，眼窝深陷，一副无精打采的样子。它的肋骨像刀锋一样抵着皮肤。从院子到房间的这段路程已使它筋疲力尽。

　　它快饿死了。

　　它最后吃的"大餐"就是我圣诞节那天丢给它的那些皮。羊皮使它增加了一点力气，甚至长出了些肉，但从那之后它就几乎再没吃过东西了。我回想着两星期以来我喂过它几次（每次只是一小口希马），最多不超过五次。其实根本不用算，每次喂食的日子我都在心里记着呢。看到它站在门口，我的心像针扎一样难受。今晚我又没什么东西可以给它了。

"对不起，朋友，"我说，"没东西可以分给你吃。"

我很快就吃完了妈妈分给我的那点希马，然后便起身走向门外的走廊。我跨过坎巴走回自己的房间，关上门便上床睡觉。

第二天早晨我很早就被饿醒了。我的意识模糊，但肚子却在实实在在地抗议。饥饿感扩张到四肢，以及身体其他部位的每一个空隙，像只巨大的气球一样浮上了我的大脑。到了早晨的某个钟点，这只气球终于炸开，提醒我应该进食了。但家里除了空气外什么都没有，只剩下无尽的痛苦。我深深地吸了几口气想把肚子填饱，不过这种方法当然起不了什么作用。我像只被压扁的牙膏壳一样瘦弱。躺在床上，我听着雨水穿过屋顶的茅草，打在茅草下面的塑料板上。黑暗中，雨水又从塑料板之间的缝隙滴落下来。

必须找点东西吃，我在心里默念着。

第一道灰色的阳光透进窗户的时候，我还赖在床上不愿意起来。过了一会儿雨点击打房顶的声音渐小，我这才铆足力气起了床。下床穿上衣服后，我顺手抓过几样东西，然后走出了房间。我站在厨房门口，朝里面瞥了一眼：坎巴蜷缩在早已没了热气的火炉旁。我不知道它是否还在呼吸，也许人和动物都在做着相同的梦吧。

"坎巴，"我大喊一声，"我们出去打猎吧。"

听到打猎，坎巴像触电似的浑身一震。它仰起头，用尾巴反复拍打地板。我已经有一年多没让它跟着我一起打猎了。尽管身体虚弱，坎巴还是硬撑着站了起来，四条患上了关节炎的腿不住地颤抖，尾巴却拼命地摇晃。它已经作好了打猎的准备。

"我们出去弄些东西吃吧。"

没有玉米粒和嘎嘎做饵，我只能从妈妈生的火堆里抓了把灰放进糖袋。我和坎巴出了门，朝似乎永远被乌云笼罩的多瓦高地跑去。雨下个没完，坎巴拖着脚在泥泞里艰难前行，这段路似乎突然间长了两倍。我走在它前面，和它保持着几步的距离，嘴里哼着歌试图为自己打气。地里的玉米长势喜人，看来这场磨难再过一个月或者稍长时间就要结束了。我仰望天空，但天上一只鸟都没有。

到了设置陷阱的地方后，我把橡皮条固定在长木棒上，然后尽力往后拉，设置好触发机关。接着我在橡皮弹弓前的捕猎区里撒了把灰——这种诱饵实在太寒酸了。

"希望这把灰能把鸟引来。"

如果能捕到三只鸟，也许今天晚上我能睡个好觉，坎巴也能打起精神再坚持段时间——再过一个月就有救了。我抓起陷阱上的绳子，拉到索姆伯兹树后方将近二十米远的地方。这时坎巴突然瘫倒在地，差不多要睡着了。我趴在地上，耐心地等待着。

　　大约十五分钟之后，五只小鸟飞落在地，停在陷阱外围。坎巴突然把头抬起来，好像美梦成真了似的。看着鸟儿们慢慢向陷阱走去，我也不知不觉地做起了白日梦：

　　像电影慢镜头一般，橡皮条把鸟儿弹到石墙上，使它们齐齐毙命。我看见自己拔除羽毛、摘下鸟头，然后从腰间拿出小刀，在鸟的胸口下方切一道口子后挖出内脏。我把血淋淋的内脏抛向空中，坎巴纵身一跃用嘴接住。我笑着想称赞它，却找不出合适的言语。我用沼泽里的水洗掉手上的血迹，接着把鸟清洗干净。干完这些活儿以后，我把盐撒在尚有余温的鸟身上，让盐分渗入皮肤，使肉保持滑嫩。然后我在树后面生上一团火，火焰很快减弱成几朵小火苗。我把鸟身撕开，把鸟肉放在木炭上，很快听到烤熟的肉发出嗞嗞声。我沉醉在烤肉的香味中，好像成了世界上最幸福的人。而后我把鸟肉翻一面再烤，嘴里口水直流。

　　突然加快的心跳把我拉回到现实中，五只鸟正一步步朝陷阱靠近。坎巴失神地看着它们，似乎在想象着马上入口的美味。我抓紧绳索，肌肉不断地抖动着。让人失望的是，它们刚走进我的有效射程就意识到诱饵只是些柴灰，马上振翅飞走了。我遗憾地呼了口气，把绳索扔在旁边，累得一点都不想动。好像我还为此洒了几滴眼泪。

那天晚上，坎巴缩在我房间门口好好地睡了一觉，白天这一趟似乎把它整个掏空了。晚饭时我省下半块希马和几片南瓜叶，走到它躺着的地方。

"坎巴！"我叫醒它，"晚饭来了！"

"晚饭"是坎巴知道的另一个词。它睁开眼睛，摇了摇尾巴。我把食物朝它扔去，但它一点反应都没有。希马和南瓜叶扑通一声掉落在地。愣了一会儿后，它才撑起身体，把食物叼进嘴里。

两天后我再次给坎巴喂食，这次只带了几片南瓜叶。我走出厨房，把南瓜叶放在它的食盆里。看到我以后，坎巴一瘸一拐地走了过来。它还没把南瓜叶吞进肚子，就又全都吐了出来。我知道它的大限快到了。

"千万要再撑一个月啊，"我近乎祈求地说，"下个月我们就能吃上大餐了。"

第二天晚上，它又把吃进去的东西全给吐了。坎巴真的没救了。

第二天早晨，查里蒂和米泽克在去交易中心的路上拐到我家来看看。自从上次在未婚男孩之家一起吃捕来的鸟以后，我就再没见过米泽克。他原来是个胖小子，现在却也瘦成皮包骨了——他脸上的骨头清晰可见。看见坎巴时，他的声调稍微有些改变。

"坎巴怎么成了这样?"他低头看着坎巴,"简直太惨了!"

坎巴半睡半醒,皮肤和骨骼上都是苍蝇,但它也顾不上赶了。

"我不忍心再看下去了。"米泽克说。

不忍心看就别看,我心里想着,你关心我家的狗干什么?但我并没把这话说出口,而是赶紧改变了话题。

"你们俩准备干吗去?"我问。

"和平时一样去交易中心转转。"查里蒂说,"我们想找点零活儿干,但现在的活儿可不好找。"

我和查里蒂交谈的时候,米泽克一直没有说话。他眼睛一眨不眨地看着躺在地上的坎巴。

"为什么不让它脱离苦海呢?"米泽克突然发话了,"到房子后面用石头砸死它算了。"

我假装没听见他说的话。

"威廉,他说得对,"查里蒂说,"别再让坎巴痛苦下去了。把它带到沼泽地淹了吧,那里水位很高,它游不上来的。"

"伙计们,别那么急。"我说,"你们到底想说什么啊?"

"我们想告诉你,做男子汉的时间到了,"米泽克说,"快把可怜的坎巴杀了吧。"

我真想狠捆他的脸。"伙计们,坎巴没事。"我的声音渐渐低了下去。

"听着，"米泽克说，"如果你不是个男人，不忍心做这种事，我们可以帮你。我不想让坎巴再受这种苦了。"

"让它死比较好。"查里蒂压低了声音，"不必担心，我们明天路过这里时会把它带走，不会让它感受到痛苦的。"

我极力在脑海中搜索着与他们争辩的言辞，但却什么话都说不出来。米泽克瞪着我。

"这可由不得你。"他说。

米泽克和查里蒂走后，我觉得思维混乱、身体虚弱，两条腿像草一样根本站不住。我呆呆地看着睡着的坎巴，在它身旁坐下来。坎巴的皮肤上布满了苍蝇，它们在它身上起飞降落，忙乎个不停。半小时后坎巴睁开眼睛，发现我在注视着它，慢慢摆了摆尾巴算是打个招呼。它的眼神使我回忆起了我们一同外出打猎的那些日子，那时我们不用说话就能理解彼此的意思。那些难忘的时光真的回不来了吗？

明天米泽克和查里蒂来的时候我该怎么办？我不能让他们把坎巴带走。天黑之前我想了好多种对付他们的法子，最后终于作出了自己的决定。他们的说法不无道理，坎巴的境遇的确十分悲惨。但他们轻看我了，我可是个顶天立地的男子汉，坎巴的事我完全可以自己处理。

第二天早晨，查里蒂出现在我家院子里的时候我正在坎巴身边看它睡觉。他一进来，我的心便怦怦直跳。他看了看坎巴，然后朝我努了努下巴。他还没来得及说话，我突然从地上站了起来。

"我带它去。"我说。

"你这是什么意思？"

"我带它去森林，不用你们操心。"

他耸了耸肩，说道："用石块效果比较好。"

"对，我也这样想。"

查里蒂点了点头："你的决定非常正确。我们一起把它处理掉吧，事不宜迟。"

"好吧，就今天。"

那天下午查里蒂从交易中心回来以后，我们一起走到房间外的树荫下。坎巴仍旧一动不动地趴在那里。我硬着心肠，把自己当成另一个人。事实也是如此，我不再是坎巴的朋友威廉·坎宽巴了。

"坎巴！"我对它嚷着，"一起去打猎吧。"

它稍稍仰起了头。

"我让你快跟我走！"

它摇摇晃晃地从地上爬了起来，抖动身体赶走身上的苍蝇，然后一瘸一拐地朝我走了过来。我们花了平时几倍的时间才慢腾腾地走出院子。我在它身前几步的地方倒退着往后走，视线一直停留在它身上。

"伙计，快跟上，你完全做得到。"

我们沿着公路朝高地走去。太阳西斜，给附近的山顶披上了一层橘黄色的余晖。空气温暖干燥，正是适合打猎的好天气。我们走进坎巴熟悉的桉树丛中，树丛刚刚到我们头顶。此时查里蒂突然转过身来。

"这边走。"他说。

我的心暂时放了下来。坎巴艰难地跨过高高的野草和蔓生的树枝。

"坎巴，快跟上来。"我说。

我的喉头哽咽了，但硬是没让泪水流下来。查里蒂转身看了我一眼。

"别这么丧气，"他说，"只是条狗而已。"

"没错，只是条狗而已。"我应和着。

几分钟以后，我们在野草环绕的茂密树丛间停下了脚步，远处的山峦在枝丫间清晰可见。

"这地方不错，"查里蒂说，"没人会上这里来。"

我朝四周看了看，在这里依然能看见我家的房子。"离家太近了。"我不愿意在离家这么近的地方送走坎巴。

"这条狗不可能走得再远了。"

坎巴倒在索姆伯兹树下，正沉重地喘着粗气。

我还没来得及争辩，查里蒂已经从桑加树上剥下树皮揉成了一根长绳，接着又对折使它加粗一倍、更为牢固。我背过身，把注意力放在树丛上。

　　查里蒂的动作突然轻了，但我没回头去看他。

　　"把它绑在树上。"我说。

　　查里蒂将粗绳的一头绑在索姆伯兹树的树干上，然后用另一头绑住坎巴的前腿。

　　当我鼓起勇气转过身来的时候，看见可怜的坎巴躺在压弯的草丛里，肋骨从身体侧面突了出来。它喘着粗气，显得十分虚弱。查里蒂什么都没说便转身离我而去。看到我准备跟着他一起走，坎巴抬起头哭了起来。它已经没什么力气了，只能朝我轻轻地呜咽两声。它明白我要弃它不顾了。我没法狠下心，走了几步后还是回头看了它两眼。它凝视了我一会儿，然后慢慢低下了头。

　　"我做了件可怕的事。"我嘟哝着，脚步更快了。再这样下去我都要吐了。

　　"坎巴老了，"查里蒂安慰我，"无论怎样它都要死的。"

　　"我做了件没人性的事。"

　　回去以后，查里蒂缩回了未婚男孩之家，我则走进了自己的房间。进房间之前，我碰巧看到了鸡舍旁坎巴的食盆。我跑过去捡起来往地上狠狠一摔，食盆立即摔成几片。

坎巴只是条狗而已，我不断在心里提醒着自己。

那天晚上我很久都没有睡着，心里一直念着躺在山下的坎巴。如果在黑暗中对着那儿喊两句，或许它还能听见我的声音呢。

第二天我避开所有人，希望能独自待一整天。但我还是没能避开这件事。回家的时候，我正好碰见刚从我家出来的苏格拉底叔叔。

"坎巴在哪里？"他问，"我找了它半天，但一直没找到。"

"我也没看见它，"我搪塞道，"我也正琢磨这件事呢。"

"嗯，"他沉吟了一会儿，"希望别是那些野狗把它捉去吃了。如果真这样的话，我们很快就能找到它的尸骨的。"

我一整天都觉得恶心。那天晚上我试图将坎巴从脑海中赶出去，把注意力放在其他事上，但这根本行不通。我太饿了，无法专心致志地思考，最后还是把思绪转回坎巴身上。

第二天早晨，查里蒂到我房间来找我。

"我们去看看坎巴怎么样了。"他的精神看上去非常好。

"你这是什么意思？"

"我们去看看坎巴死了没有。"

我什么话都没说。

"我们带上几把锄头出门，大人会以为我们下地了呢。"他说，"我们可以顺便把它埋起来。"

我们提着锄头沿路向前。我心里十分纠结，一点都不想和查里蒂交谈。走下公路后进入了桉树林，草上积满了露水，我们的裤子全都被打湿了。过了几分钟，我们看见一团白色物体瘫在地上。我们继续朝前走了两步。

"它死了吗？"查里蒂问。

靠近以后，我看得更清楚了些。坎巴躺在昨天的那个地方，两眼大睁，头耷拉在前腿上。我喘着粗气，希望它还能动。但走到它身边我才发现，它的舌头完全从嘴里伸了出来，干燥得和白纸一样，一群蚂蚁在它的嘴里进进出出。

"坎巴死了。"我告诉查里蒂。

绳子没移动过，坎巴死前并未挣扎。我的脑海里浮现出一个可怕的想法：坎巴看见我离开时已经放弃了生存的意愿，这意味着杀害它的人是我。

查里蒂把绳子从树上解了下来。我头脑一片空白，只是一个劲地用锄头在地上挖坑。锄头所经之处冰冷、黑暗，这是我好几个月以来最艰难的时刻。

我和查里蒂一前一后，把前腿上仍绑着绳索的坎巴往我刚挖好的坑里挪。我们没费太大工夫便把它推了进去。

"坎巴，永别了，"我低叹一声，"你是我的好伙伴。"

我们用泥土填好坑，没留下任何标记，并且盖上了野草和树枝。回家以后，我和查里蒂没有把这件事告诉任何人。

这么多年来，没有人知道坎巴的遭遇，直到今天我才把它公之于众。

埋葬坎巴两周之后，霍乱疫情暴发。

十一月疫情在南部的姆万扎开始。那里的一个农民到离温比二十公里远的卡西亚参加葬礼，把瘟疫带到了我们这个地区。村子里几天之内便死了十几人，而整个地区染上的加起来有几百号人。

患上霍乱的人会死得很惨。先是胃疼恶心，然后身体开始发软。紧随而来的是剧烈的腹泻，排出无色无味的乳状液体。霍乱会使人丧失活力，让你虚弱得话都说不出来。如果得不到及时治疗，病人在六小时之内便会死去。在马拉维和非洲其他地方，每到雨季霍乱就会蔓延开来。许多村庄的厕所建造得非常简陋，溢出的粪水有时会污染附近供人饮用的溪流和水井。苍蝇从厕所里飞出来以后，还可能停留在人们的食物上。闹饥荒的时候，那些四处寻找食物的人也会变成病菌的携带者。在路上染上霍乱以后，他们只能倒在树林里苟延残喘一阵子。雨水、苍蝇、蟑螂会变成病菌的媒介，污染人们捡来食用的香蕉皮、块茎和玉米苞叶。

为了保护大家的安全，交易中心的诊所开始分发用来消毒饮用水的氯。一天下午，妈妈带回家一可乐瓶的氯。接下来的一个月里，我家的水似乎总带着一股金属味。我们还依照建议用扫帚柄和一片锡皮盖住茅坑。但当你走进厕所掀开茅坑盖以后，成群的苍蝇会从粪坑里蜂拥而出，绕着你的头飞来飞去。这情形就像《圣经》中记载的大灾难。一边如厕一边还要驱赶苍蝇，这是何等令人沮丧的事啊！如果粪坑旁有腹泻的痕迹，你还得担心一阵子呢。

每天都有感染霍乱的人从我家门前经过。他们的眼睛呈乳白色，皮肤因脱水而显得皱巴巴的。我会躲在树后看着他们，等他们接近以后才一路小跑逃回家里。他们前脚刚走，一队队的饥民又跟了上来。

人们会把死于霍乱的人泡进氯水，到了晚上才埋进天主教堂边的墓地里。这些工作通常由治疗他们的医生和护士来承担。为了加快速度，人们通常会把两具尸首放进同一个坑，然后草草地掩埋起来。没人知道温比村有多少人死于霍乱。又是饥荒又是霍乱，葬礼每天都在举行。

乔弗里的贫血症越来越严重。他的双腿肿得很厉害，轻轻一碰就会在水肿的皮肤上留下一道深深的印记，仿佛他的脚是泥捏的。

"有感觉吗？"我戳着他腿上肿起的部位问。

"没什么感觉。"他说。

他经常会感到头晕目眩，无法沿直线行走。一天下午我想把他带到屋外晒晒太阳，但他在门口便停下了脚步。"算了吧，我什么都看不见。"直到他的眼睛适应了外面的光线后我们才出了门。几个月以来，他家就靠一点点南瓜叶过活。我的堂哥乔弗里正慢慢走向死亡。

妈妈帮不上什么忙，只能把当天的一半伙食放在盆子里送到乔弗里家。

"只剩下这点玉米粉了，"妈妈说，"算不上多，但做点稀饭足够了。"

"太谢谢你了，"乔弗里的妈妈说，"你救了我们的命。"

"我只能做些力所能及的事，"妈妈说，"我也不能让自家人挨饿啊！"

几天以后爸爸的妹妹克里茜姑姑来到我们家，带来爷爷在院子里饿晕了的消息。

"这些天来他只能吃到些南瓜叶。"克里茜姑姑说，"哥哥，让我们一起为爸爸祈祷吧。"那天下午，妈妈又把我们的一半口粮送到了爷爷那里。

我们的体重都在迅速下降。我的骨头开始在胸前凸现，用作腰带的绳子也系不住了。我把裤腰上两个穿腰带的圈捏在一起，像止血带一样用树枝把它们绑起来。如果继续瘦下去，我只要把树枝再扎扎紧就行了。我的嘴巴永远是干的，胳臂瘦得像树枝，而且还无休止地疼。很快我发现捏拳头都成了件非常难的事。

一天下午我在地里拔草，这时我突然心跳加快、喘不过气，几乎晕厥过去。我想，这到底是怎么了？我害怕极了，慢慢下蹲，双膝跪在泥地上，直到心跳平复、呼吸正常以后才又站了起来。

晚上我在房间里点亮灯，呆呆地看着墙壁。没多久神志就开始恍惚了，仿佛进入了另一个世界。一只蜈蚣仿佛在我眼前的墙壁上爬行了好几个小时。我抓住一只飞到灯上的蜉蝣的翅膀，不解地问："你是如何存活下来的？你平时都吃些什么啊？"然后我把它放走，看着它像折翼的纸飞机一样盘旋着落到地面上。

任何魔法都无法助我们度过饥荒，饥饿对所有人来说一样残酷。

那段时间爸爸的体重掉得很厉害。他那魁伟的身躯像被晒干的水果一般，原先肌肉盘踞的地方现在只有尖利的骨骼。他的牙齿似乎变大了，身上的伤疤清晰可见。有天他告诉我他连院子另一边的东西都看不见了。和乔弗里一样，饥饿夺走了他的视力。

身材越瘦，爸爸似乎越爱称体重。他将一只称玉米的秤挂在一根从烟草棚带回来的绳子上。有天早晨，我看见他和平时一样站在那里称体重。他抓住挂钩，像一袋玉米或一包烟叶似的悬吊着，双眼紧盯着秤上的指针。过了一会儿，只听他嘴里咕哝着："哎，又掉了几斤……"

妈妈和平时一样站在边上看着爸爸称体重，但她拒绝为自己称，也不让家里的孩子称。和饥荒中的其他妇女一样，她把头巾解下来当腰带。她说这样可以抑制饥饿，防止心跳过快，并有助于呼吸。白天给最小的妹妹喂奶时，妈妈的双手总是不住地颤抖着。

到了晚上，她会用言语来减轻我们的心理负担。

"体重掉得这么厉害是因为你们一直在想着食物的事。"她对妹妹们说，"你们不知道压力过大会消耗能量吗？如果成天只想着饿肚子，你们只会更痛苦。"

"妈妈，我们不想全身水肿。"妹妹们哭诉着。

"那就想点好事吧。求你们了，就当是为了我也要往好处想啊！"

接着她拿出晚饭的希马，我们把它像梦一般手手相传。但可怜的三口希马实在起不了多大作用。

食物端上来时，爸爸找了个理由离开了饭桌。

"爸爸，你不吃饭吗？"

"我不饿，你们先吃吧。"

一天，爸爸坐在院子里跟我们说起一件非常怪异的事："有件事我怎么也琢磨不透，饿死的几乎都是男人。"

他的话乍听起来没什么依据，但却是事实。男人们负责出去寻找食物，把宝贵的精力全都耗尽了。霍乱男女都会得，但饥饿只吞噬男人。许多男人离开家以后就再也不回来了，他的妻儿老小只能自己想办法谋生。早晨离开家时，男人们告诉家人他们出去找食物，之后就消失得无影无踪。这是因为养活全家的责任压得他们透不过气，他们只能选择出走。寡妇和被遗弃的女人只能聚在村长家。吉尔伯特一直在照料这些女人，我好些天没有跟他打上照面。

爸爸从来没想过遗弃我们独自逃跑，他曾经这样对妈妈说："我的责任是照顾家人。要死我们也一起死，这是我的原则。我相信上帝会站在我这一边的。"

一星期以后，妹妹梅莱斯染上了疟疾。她整天躺在芦苇上昏睡，汗流浃背、周身颤抖，醒来后便会吐上好一阵子。她什么东西都吃不下，和我们一样，已经瘦得没有人形了。晚上她会因为四肢疼痛而哇哇乱叫。好几天高烧不退后，爸爸准备把她送到诊所去。但那里的医生拒绝为她治疗，因为村里的诊所已成了霍乱隔离区，不能接收别的病人。

妈妈会一连几小时坐在梅莱斯的床边，吟唱传统儿歌，并把湿布包在她的额头上。屋里只点着一盏煤油灯，整个晚上漆黑的门口都传来相同的话。

"别担心，别担心，病马上就会好的。"

但我们都在为梅莱斯担心。

"为梅莱斯祈祷吧，"妈妈说，"她病得很重。"

病愈之后的梅莱斯身上的肉几乎全没了，走在我们中间和鬼魂没什么两样。

二月中旬的时候，烟叶终于可以采摘了，爸爸让我和乔弗里帮他的忙。我们把油亮的黄色烟叶扎成拳头形状的一捆，然后用钩针和藤蔓把烟叶的茎连成一串。我们把烟叶晾在桉树枝和竹竿搭成的凉棚底下晒干。碰上潮湿的天气，风干的时间甚至需要七八个星期。我们饿得站都站不稳，把烟叶挂上竹竿要花好几个小时。恍惚中，风干的烟叶就像美食一样诱人。

"烟叶要是能吃就好了。"我对乔弗里说。

"是啊，如果烟叶能吃，我们现在一定已经饱饱的了。"

"等它们完全风干以后，生意人会排队把它们买走。到时候我们再也不用饿肚子了。"

"是啊。"

但形势并非如此。烟叶挂上凉棚一星期以后，爸爸去交易中心和烟草商谈价钱。他没法等拍卖会开始了，每天的晚饭才是摆在大家面前的首要大事。

"弟兄们，家里的生活就靠这点烟叶了，"爸爸哀求道，"只要开价合理就好。你们看一公斤二十克瓦查怎么样？"一袋随身包需要三十克瓦查。

生意人只是摇了摇头。"现在大伙的日子都很难，"他们说，"眼下一公斤十克瓦查都很难卖得出去。"

"能让我换上一个随身包就行，"爸爸说，"别让我沿街乞讨。这些烟叶晒得非常好，都是上等货。"

讨价还价以后，双方把价格定在十五克瓦查一公斤。在饥荒日益加剧的日子里，这笔交易显得非常亏。

"等烟叶成熟以后，我用一桶玉米跟你换九十公斤烟叶。"烟草商说。

爸爸的朋友曼戈齐先生开出的价钱同样很低。爸爸别无他法，只得接受。每星期他都试图多卖一点钱，但价格却一降再降。许多人挣扎到死连这样的机会都得不到。

这时我们家的玉米也已经长到爸爸胸口那么高了。玉米穗开始成形，露出红色的须，叶片和茎一起从深绿色褪成黄色。农民正在死亡的边缘苦苦挣扎，他们种植的玉米却长势喜人。

"再坚持二十天就好了。"我看着爸爸说。

"你说得没错。"

我们一同微笑，像抚摸摇篮里的宝宝似的抚摸着玉米叶，聆听它们在微风中吟唱的柔美歌谣。

算得没错的话，玉米再过二十天就可以吃了。我们亲切地称之为"多维"，这和美国人所说的"玉米棒"是一个意思。玉米粒柔软甘甜，给人一种天堂般的享受。站在二月的玉米地里，我理解了书中新大陆探险者的那种感受——在海洋中迷路的他们饥渴难耐，四周都是水却一点也喝不到。我做梦都在想着多维，盼望把苦日子赶紧熬过去。

二月底时广播一台说，在我们西南方向一百二十公里的姆奇尼，多维已经熟了。人们开始成群结队地前往那里，妈妈的弟弟阿里舅舅也在其中。他看到有的老人累倒在路边，却一个劲地对家人说："别管我，快往姆奇尼赶。"后来他听说这些人都死了。当地人拿起大刀长矛守卫着自己的土地，不让外地人接近他们的作物。偷窃行为异常猖獗，舅舅等在姆奇尼准备买几斤多维的时候，听说村外发生了骚乱，便连忙跑过去看个究竟。一群人抓住一个小偷并将其处死了。小偷的尸体横在草丛中，脖子被砍得露出了骨头。

饥荒持续了五个月之后，二月二十七日，收音机里播报了总统的声明。他告诉国民马拉维正面临着一场粮食危机。征询了阁僚的意见以后，他宣布全国处于"紧急状态"。像我之前说过的那样，总统大人是个有趣的家伙。

到了三月初，玉米秆已经长到了爸爸的肩膀。在这个阶段，玉米花会告诉你玉米的生长情况。黄色和红色的玉米须一旦干枯成褐色，你就可以检查多维了。我用力捏着苞叶，观察里面的果实有没有熟。如果一捏就破，说明离成熟还要有些日子。如果玉米粒结实坚韧，那就可以摘下来吃了。

那星期的每一天，我和乔弗里都会从烟草田偷偷地溜进玉米地里查看多维有没有熟。我们总是用暗号相互联络，不让妹妹们知道我们的去向，免得她们发现多维快熟了。

"乔弗里，"我说，"我们去烧黄蜂吧。"

"好，我这就和你一起走。"

我们在一行行玉米间来回走动，寻找快要成熟的玉米。

"快来看这棵，"我说，"三天以后就可以拿来吃了。"

"我们先准备好柴火，你看怎么样？"

"我看行，就这么办吧。"

有一天我们终于发现了一株已经成熟的玉米。我用手指挤压着果实，玉米粒坚韧异常。

"这个可以吃了。"我说。

"是的，"乔弗里检查着另一株玉米，"我这个也可以了。"

"我们期盼已久的日子终于来临了。"

"是啊，继续努力干吧！"

我跑过一行行玉米，摘下成熟的多维，爱惜地捧在手上。很快我的臂弯里就多了十五根玉米穗。我把最外层的苞叶去掉，把它们捆在一起后挂在身上。经过烟叶棚的时候，我抓过几根树枝留着用来生火。我们挂着一串玉米穗回到家，院子里立刻骚动起来。

"玉米熟了吗？"妹妹埃萨睁大了双眼，显得非常兴奋。

"熟了。"

"多维可以吃了！"她大声向众人宣布道。

我跑进厨房，迅速生起一团火。厨房里立刻白烟滚滚，我的眼泪止不住地往下流。但这算不了什么，我太高兴了。妹妹们挤进狭窄的厨房，为争夺地盘吵个不停。

"让我看看！"

"我先来的，你过会儿再进来！"

"都给我出去，"我朝她们吼着，"大家都吃得到。"

没等火焰完全熄灭，我就直接把几根玉米棒放到火堆上来回翻转。苞叶烤成棕黄色以后，我也来不及再烤另一面，就直接从火上拿了下来，手指都被灼伤了。剥开热气腾腾的苞叶后，我迫不及待地把玉米往嘴里塞。玉米粒饱满丰实，充满了幸福的气息。我慢慢地咀嚼着，心里升起了巨大的满足感。盼望已久的这一天终于来到了，每次吞咽都像在补偿生命中缺失的那一部分。吃完半边以后，我再把另半边放在火上烤，接着又拿起另一根玉米。

爸爸妈妈在我烤玉米的时候进了厨房。

"多维不会熟得这么快吧，"爸爸飞快地拿起一根烤熟的玉米棒，"让我先尝尝再说。"他扯开苞叶后一口咬下去，像我刚才那样品尝着美味的玉米粒。他的脸上很快就恢复了血色。这一关我们总算是挺过来了。

"多维可以吃了。"爸爸宣布道。

那天下午，我和乔弗里总共吃了三十多根玉米棒。

老天似乎总算开了眼，地里的第一批南瓜这时也已经熟了。一连好几个星期，我都在无微不至地照料着南瓜，期待它们长到合适的形状和颜色。经历了这么多天的等待以后，它们变得和人的头颅差不多大小，颜色橙黄晶亮。我们把南瓜切开，将瓜瓤、瓜子和瓜皮一起放在水里煮。妈妈会把热气腾腾的瓜瓤放在篮子里让我们吃。感谢上帝，胃里充满热气腾腾的食物真是太让人高兴了。乔弗里也在我家和我们一起分享南瓜和多维，他脚上的水肿没几天就消失了，脸上也绽放出久违的笑容。

三月对我和乔弗里来说像一场盛大的庆典。每天早晨下地耕作之前，我们都会捡几根玉米棒，在烟草棚里生火，吃一顿畅快如意的早餐。

"乔弗里先生，这是我的，那点给你。"

"好吧，把我的那份给我。"

记得耶稣给门徒讲过一个关于播种的故事。撒在路旁的种子很容易被劫掠损毁，岩石里的种子因为没有根很快就会死去，播在荆棘里的种子会被扼杀，只有肥沃土地里的种子才能得到足够的养分而茁壮成长。

"乔弗里先生，我们是肥沃土地里的种子，不像路边的种子那样被人随意践踏。"

"是啊，我们还活着。"

"乔弗里先生，你说得对，我们终究活下来了。"

一篮篮的多维和热南瓜像前来增援的军队一样营救我们于水火之中。交易中心的人开始有了笑容，言谈间流露出对未来的希望。收获时节到来之前我们的生活还没完全恢复正常，晚餐还只有希马可吃，但我们至少有了一个好的开始。

我四处观察着这个国家的情况，看看哪些人活了下来，活下来的人生活得怎样。多维成熟以后，人们开始把它们放在院子里晒，制成一种糖分更足的希马。人们大多恢复了元气，路人纷纷微笑着和我打招呼。几星期前饿着肚子在路边流离失所的人头顶包裹，背着孩子精力充沛地走在路上。因为饥荒的记忆仍然在我的脑海中，见到陌生人时我总以为会听到这样的话：零活儿？你那里有零活儿干吗……

但事实上人们总是兴高采烈地和我打招呼。

"你好吗？"

"我很好。"

"太好了，祝你出行顺利。"

"谢谢你的好意。"

"谢谢你。"

交易中心里，人们纷纷和周围的人握手道贺，仿佛大伙刚刚经历了一段漫长而艰辛的旅程。

"朋友，见到你真好，"他们会这样说，"很高兴能再次见到你。"

"我挺过来了。你这段时间是怎么过来的？"

"上帝站在我这一边。"

多维使我们生机勃发，但同时也引来了小偷。许多之前到温比找工作的农民因为没有自己的土地而吃不上多维和南瓜，只能靠偷窃过日子。守候在吉尔伯特家桉树林里的饥民们会趁夜里下雨偷几株成熟的多维。不到两星期的工夫，许多人家地里的熟玉米全都被采光了。我们家的地里也发生了同样的事。每天早晨走在田边地头时，到处都能看见绿色的玉米苞叶和啃得干干净净的玉米棒，似乎有支军队整晚都在地里大摆宴席。

交易中心马上就流传起可怕的复仇故事。一天，我听到几个男孩在谈论人们如何惩罚小偷。

"听说肯吉的农民在地里捉了几个偷多维的小贼，"有个男孩说，"你知道他们是怎样做的吗？他们用大刀把窃贼的胳膊砍了下来，嘴里还不断地问：'切长点还是切短点？'"

"太可怕了！怎么会有这种事？"

"我堂哥抓到了一个偷多维的小男孩。"吉尔伯特说，"他把一根拨火棍放在火里烧得火红发烫，然后让男孩抓牢棍子。男孩只能照办。"

这些复仇故事使我联想到了我们家地里的情况。晚上回家以后，我问爸爸该如何惩罚那些来我家行窃的小偷。

"我们能杀了他们吗？"我问，"至少得把警察叫来吧？"

爸爸对我摇了摇头。

"我们任何人都不能杀。"他告诉我，"叫警察有什么用呢？那些人也只会饿死在监狱里。儿子，他们都是饿得没办法才出来偷东西的，我们必须学会宽容。"

9

闹饥荒的时候，卡查科洛中学和温比小学的大部分学生都不去上课了。我不去学校以后，吉尔伯特还继续去读书，他告诉我学校里的学生一天比一天少。老师会在上午九点的时候点一次名，然后便到地里和交易中心寻找食物。二月以后，两所学校就都停课了。

多维和南瓜成熟后，我们这个地区开始慢慢恢复元气，这两所学校也都复课了。我家仍然付不起学费，因此我还不能去学校读书。离玉米收获的季节还有两个月，除了拔草以外地里也没什么活儿可干。

我开始在交易中心玩巴沃打发时间。后来有人教会了我国际象棋，我又开始成天在交易中心下棋。但这两种游戏我马上就玩腻了。我需要培养一种能让自己增加知识的爱好来提升自己，我太想念学校了。

我记得上一年有个叫"马拉维教师培训联盟"的组织在温比小学建立了一座小型图书馆，里面存放着美国政府捐赠的书籍。我觉得阅读也许是保持头脑灵活的唯一途径，于是决定去图书馆瞧一瞧。

图书馆在教员办公室旁的一个小房间内，我走进去后看见有个女人坐在桌子后面。"你是来借书的吗？"女人对我笑了笑。她是在温比小学教英语和社会科学的艾迪丝·西科洛。我对她点了点头，然后问道："这地方有什么规矩吗？"以前我从来没去过图书馆。

西科洛老师把我带到一块帘子后面，那里的三只高达天花板的书架上放满了书。屋子里有股我从没闻过的淡淡霉味。我做了次深呼吸，让这种味道沁入心田。接着西科洛老师向我介绍了借书规则，并带我参观了这里的所有藏书。我原以为这里除了初级读物和小学课本外什么都不会有。出乎意料的是，这里不光有美国出版的英语、历史和科学方面的教材，还有赞比亚和津巴布韦的中学课本。我甚至还在书架上找到了小说。

我一整天都在书架边翻看各种书籍，西科洛老师则在书桌前批改试卷。虽然书的种类很多，但那天下午我只借走了地理、社会科学和文法方面的书——同学们正在学校里上这几门课。这学期就快要结束了，我不想在下学期开学时落下太多。

我在前院的芒果树旁竖起一根用粗壮的桉树枝做成的长杆，然后用麻袋做了个吊床挂在大树和长杆之间。接下来的三个星期里，我开始了繁忙的自修课程，上午去图书馆阅览，下午在院子里的树荫下读书。

吉尔伯特向我伸出了友谊之手。每天放学后他都会来我家，把当天学到的知识传授给我。

"今天的地理课讲了些什么啊？"

"讲了气候的几种模式。"

"明天能把笔记给我看看吗？"

"当然可以。"

"谢谢你。过两天我就把你以前借我的笔记还给你，我已经快看完了。"

"没事，你尽管看吧。"

自学通常会非常困难。我的英语很差，大声朗读往往要耗费大量的时间和精力。一些阅读材料尤其难以理解，没有老师的帮助很难弄懂其中的意思。

"农学里的风化作用是什么意思？"我问吉尔伯特。

"是说雨水会分解岩石和土壤。"

"我懂了，谢谢你。"

一个周六，吉尔伯特在图书馆找到我，我们一起在书架上挑选着可能感兴趣的书。书架上一本中学四年级的《中学综合科学》吸引了我的注意。太棒了，我暗忖道，接着便不假思索地把书翻开。书上的许多照片和图表都通俗易懂。我看到癌细胞、疖疮，以及罹患恶性营养不良的儿童的照片，这些儿童看上去和不久前在乡间游走的饥民没什么两样。有张照片吸引了我，照片上一个穿着银色衣服的人正在月球表面行走。

"这是怎么回事？"我问吉尔伯特，"他干吗穿成这样？"

"那里似乎很冷。"他说。

又翻过几页，我看到一张马拉维南部夏尔河上恩库拉瀑布的照片。我听说过水力发电的事，但不知道它的工作原理。问过家里人和几乎所有交易中心的人之后，我才知道河水流到下游的马拉维电力供应有限公司后被转化成了电能，但其中的原理就没人答得上来了。

书中描绘了河水推动一种名为"涡轮"的巨大轮盘，从而产生电能的过程。这似乎和自行车摩擦发电器是一样的原理。我家的后面有块沼泽，雨大的时候那里会形成一个小瀑布。如果能弄到一个轮状物体的话，也许能依靠瀑布的力量让它转起来，那么我们这里就有电可用了。问题是除了雨季之外，沼泽里只是泥泞难行。即便是雨季，我也得弄根长长的电线才能把电引回家。光是这根电线就要花去一个农民一年的收入。

我和吉尔伯特还找到了一本名为《探究物理》的书。让我高兴的是，里面除了图片之外还多了些解释。这些带解释的图片大多出自英国。图片旁的文字回答了一些长期以来令我迷惑不解的问题，譬如汽油燃烧是如何驱动汽车前进的。有一张图片解释了汽车刹车的工作原理。我一直以为汽车是用类似自行车橡皮条这类的东西让轮胎停止转动的，但这本书却给出了完全不一样的答案。

"什么是真空刹车器？"我寻思着，"这本书我得借回去看看。"

"好啊，你借去吧。"

《探究物理》比《中学综合科学》难懂得多，里面到处是复杂拗口的长句。接下来的那个星期我一直在仔细研读着这本书，但首先我得查出每个词的解释才能弄清书中的意思。比如说，我对"图片十"上的内容很感兴趣，我就要研读文本，找到"图片十"的相关内容，理解清楚句子的意思。对于那些在齐切瓦语里找不到相应解释的词汇，我只能把它们抄下来向西科洛老师求教。

"您能帮我在词典上查一下'验电器'这个词吗？"

"好啊，"老师回答说，"还要查别的词吗？"

"还有'动能'和'二极管'。"

"你已经走到别的同学前面去了，他们还没学到这些。"

"我知道，但我很想学习这方面的知识。"

"继续努力吧，需要帮忙就再来找我。"

　　两个多星期以后我终于读到了最感兴趣的一章——关于磁铁的讨论。我知道收音机扬声器用到了磁铁。我曾经把扬声器里的磁铁拆下来，带到学校当玩具。在纸上放块金属薄片，磁铁隔着纸张就能移动它。深入研读后，我发现一种被称为"电磁铁"的特殊磁铁能产生电力。收音机里的简易马达就是靠电磁铁来发电的。

　　我还从书中学到了磁铁两极相斥的原理。如果你有两块磁铁，相同性质的一端会发生排斥，绝不会相吸。把其中一块翻过来，两者马上会吸在一起。这本书告诉我，任何一块磁铁都有南北两极，北极总会和南极相吸，相同的两极永远凑不到一起。因为地心是由液态铁构成的，整个地球就像一块巨大的磁铁，地球上的南极和北极相当于磁铁的两极。地球和普通磁铁一样具有磁场，这片磁场连接着地球两极，不断散发着磁力线。人类的肉眼是看不到磁力线的，事实上它们的形状和蝴蝶翅膀非常相像。不管你在地球上的什么地方，条形磁铁的一端永远会指向北极。这就是罗盘的工作原理，因为它的里面藏着一块微小的条形磁铁。有了罗盘，你就永远不会迷路。

书中还叙述了把日常用品制成磁铁的方法，钉子、电线和干电池都会产生磁场。当电源（比如说电池）的电力穿过电线时，就会在电线四周制造出天然磁场。如果电线缠绕在铁钉之类的良好导体上，磁场就会变得更强。

绕在钉子上的电线圈数越多，磁场的磁力越强。基于这个原理，电磁铁的用途很广。超大规模的电磁铁可以吸吊汽车和重金属块，小型电磁铁则广泛应用于我们的日常用品——比如收音机、家用电器和汽车交流发电机。

简易电动马达中的磁铁外面会缠上线圈。线圈和电池相连产生磁场时，就会与磁铁互相抵触。两个磁场的相互作用会让线圈转动起来，电风扇采用的就是这个原理：风扇叶片之所以会不断转动，就是因为里面有两个磁场在不断对抗。

书上说电能让线圈不断转动，反过来线圈转动同样能产生电。正如电能使线圈磁化，与磁铁的磁场相抵触的旋转线圈也能产生电力。如果把电线接在线圈上，很容易就能捕捉到电流的脉动。

这种被称为电磁感应的现象能产生出电流方向时刻变化的交流电，也就是我们通常所说的 AC。与交流电相对应的就是直流电 DC 了，电池里就是这种电。直流电从电池的正极通过电线，以及灯泡等用电设备回到电池的负极，形成一个完整的电路循环。

家里的大多数电器用的都是交流电，而民用交流电基本都是发电厂里的巨型线圈产生的。书里介绍的最常见的交流电发生器正是自行车上的摩擦发电器。

动能是由骑车人提供的。书中这样写道。原来是这样啊，长期困扰着我的问题终于得到了解释。物体的旋转能产生电力，自行车发电器和发电厂的大型发电机组都是这个原理。

我简直无法描述自己的兴奋程度。虽然书上有很多词看不懂，但图片表示的意思我还是很明白的。各种各样的符号——比如正负极、干电池、电路开关，以及表示电流方向的箭头——都标注得非常清晰，不需要过多的解释。通过这些图释，我理解了磁力和电磁感应的原理，也弄清了交流电和直流电的差别。似乎原本我就在脑海里为这些符号留下了位置，在书中看到它们后，它们就在我脑子里各归其位了。

这本书我借了一个月，每天都会看上好几个小时，以至于完全忽略了原本正在进行的自修。我似乎正在享用某种鲜美的食物，希望和所有遇到的人分享幸福的感受。

交易中心电影播放室里的那台电视机是黑白的，有些观众对此非常失望。

"把颜色调出来，"有人说，"我们要看彩色画面。"

"这是黑白电视，不可能有彩色图像。"电视机的主人说。

"这和彩电没什么不同，它们看上去都一样。"

"打断一下，"我插话道，"它们的确有很大的不同：彩电用了三根电子管和带荧光的屏幕。我那本书上就是这么写的。"

大约一个月以后学期结束，吉尔伯特终于有时间和我一起玩了。有天早晨我们去学校的图书馆打发时间。我们通常坐在椅子上读书，一待就是几个小时，但西科洛老师这天正好有急事要办。

"你们俩占用了我很长时间，"她说，"今天我有个约会，你们找到书就快走吧。"

"好的，我们找到书马上就走。"

之所以要花那么长时间是因为这些书并没有按照一定的次序排列。架子上的书不是按字母也不是按书名或作者排序的，这意味着我们必须把书名都看过之后才能找到自己喜欢的那本。我和吉尔伯特在书架上翻看着，想从中找本好书，这时我的脑海里突然浮现出前几天读书时碰到的一个生词。

"吉尔伯特，'grape'①是什么意思？"

_____

①意为葡萄。

"嗯，"他沉吟了半晌，"我从来没听说过这个词，去词典上查查看吧。"

英文词典放在书架的最底部，但我从来没蹲到那里去找过书。这回我没有问西科洛老师，而是倾下身子从书架的最下面抓过一本词典。拿出来以后，我注意到有一本书藏在书架深处，被其他书遮盖着。那是什么？我心想。抽出来一看，发现这是本名为《利用能源》的美国教科书——就是这本书改变了我的生活。

书的封面上画着一排风车——当时我并不认识"风车"这个单词，只是看到白色的高塔上面装了三片庞大的风扇叶片，样子和我们小时候玩的旋转风车差不多。我和乔弗里在交易中心捡起人们丢弃的瓶子，把塑料瓶身切割成风扇叶片的形状，然后用钉子把叶片钉在木棍上。风一吹，叶片就会随之转动。这根本不算什么，只是个幼稚的玩具而已。

玩具根本不能和这本书上用来发电的大风车相提并论。这些雄壮的机械高耸云霄，威力十足，似乎连照片也跟着动了起来。我打开书本，开始阅读上面的文字。

生活中到处都有能量，书上这样写道，有时我们需要在利用能量之前把它转换成另一种形式。该怎样转换能量呢？想知道的话，就翻开本书继续读下去吧。

我于是翻开书继续往下读。

如果敌军进攻你的城镇，使你损失惨重，而你需要一位英雄来挽回局势，你不会想到把一位科学家拉上前线吧。但公元前二一四年罗马舰队攻击希腊的叙拉古时，拯救这座城市的就不是一位将军。

　　书中提到了阿基米德的"死亡光线"——他不过是用许多面镜子把太阳光反射到敌舰上而已。眨眼工夫，这些船着火下沉了。这个例子说明阳光能产生巨大的能量。

　　和太阳一样，风车同样能产生出巨大的能量。

　　书中写道：欧洲和中东的人很久以前就开始用风车产生的能量抽水和研磨谷物。建造了足够的风车以后，它们可以像大型发电机的电力机组那样发电。

　　突然间，所有这些知识都被串联了起来。和小时候的玩具风车一样，风车的叶片被风驱动起来。我突然想到了摩电灯，想到了许多年前那个晚上拼命踩着邻居的自行车听收音机的情景。当时我心里一直在想：什么东西可以帮我转动踏板，让我一直跳舞呢？

　　动能是由骑车人产生的。书中这样说道。没错，就是这样，我暗忖着，骑车人起到了风的作用！

　　风可以带动风车上的叶片，转动线圈中的磁铁来产生电力。把电线连到线圈上就能给灯泡之类的小电器通上电流。大致说来，只要有风车就能产生电。只要有了电，就再也不需要让人窒息、熏得眼睛睁不开的煤油灯了。只要有了电，晚上我就可以读书，再不用像绝大多数马拉维人那样，晚上七点就早早去睡了。

更重要的是，风车可以转动水泵，汲水灌溉。对于刚刚走出饥荒的我们来说（当时全国很多地方的饥荒仍在延续），水泵似乎必不可少。如果在浅井上装上水泵，那我们家一年就能收获两次。在其他马拉维人饿肚子的十二月和一月，我们还能收获第二茬玉米。这也意味着再也不用去沼泽地提水浇灌庄稼了，水泵不仅能减轻劳力，还能帮我们节省大量时间。有了风车和水泵，妈妈就可以一年四季在我们家的菜园里种上西红柿、马铃薯、卷心菜、芥菜和扁豆了。这些菜不仅可以自己吃，还能拿到市场上卖。

再不会吃不上早餐，再不会上不起学。有了风车以后，我们会从黑暗和饥饿中解脱出来。风力资源是上天赐予马拉维的少有几样资源之一，树梢从早到晚都会被大风吹动。风车不仅意味着能量，更意味着把村民们从饥饿和绝望中解脱出来。

站在书架前浏览着书上的内容，我暗下决心，一定要造一架自己的风车。我从来没造过如此大型的机械，但既然书的封面上有这么一架，那么它一定是人造出来的。这么一想，我深信自己也能成功。

我的脑海中不止一次出现过想要建造的风车的形象。但在造这么大的风车之前，我决定先做个小点的模型。从书上的图片来看，我知道造风车至少需要叶片、转轴和转子，另外还需要电线和叶片转动以后能产生电能的发电机。

　　我和乔弗里小时候做风车玩具用的是普通水瓶，这次我们需要更牢固的东西。我曾经见过妹妹梅莱斯和罗斯把空的爽身粉罐子当板球打，于是我便回家把罐子拿了过来。它的形状和装人造黄油的圆桶差不多，盖子很紧，正是我需要的。我没有把盖子打开，而是用弓形锯截下罐底，把罐身切成四片，最后加工成长条状的叶片。

　　我在爽身粉罐的盖子中央钻了个洞，然后钉在搭建烟叶棚剩下的竹竿上。我把竹竿竖在厨房旁边的泥地上。但由于叶片太短，风车几乎纹丝不动，看来我需要把它们加长。

　　公共浴室的地板上经常积满了水，因此装了聚氯乙烯管排水。几年前克里茜姑姑家后面的一间公用浴室倒塌了，村民们在旧址旁草草建立了一间新的。我知道瓦砾下还埋着那些管子，挖了二十分钟左右终于挖出了一根。我从上面锯下很长的一段，然后从上到下劈成两半。

　　我把妈妈在厨房里生的火烧旺，然后把聚氯乙烯管拿到炭上烤。不一会儿聚氯乙烯管开始发黑变形，像浸湿的香蕉皮一样容易弯曲。在塑料冷却之前，我把它放在地上用铁片压平。接着我用锯子锯出四块叶片，每块大约二十厘米长。

没有钻头，我必须自己做一个。我先在火上加热一根长钉，接着把长钉的一半扎进玉米棒，做出钻头的手柄。接着我把钉子继续放在火上烤，直到它变得通红才拿下来。我用烧红的钉子在塑料叶片上钻洞，然后用铁丝把叶片穿在一起。没有老虎钳，我只好把两根自行车辐条弄弯，固定叶片上的铁丝。这时妈妈突然出现在我身后。

"怎么把厨房搞成这样？"她问，"快把这些玩具弄出去。"

我试图向她解释风车和发电的事，但她看到的却只是竹竿上的几块塑料片而已。

"小孩做的事都比这有意义。"她说，"快下地帮你爸爸干活儿去。"

"我正在造东西。"

"你这造的是什么？"

"将来会有用的。"

"我来告诉你'将来'要用什么东西！"

跟妈妈真是什么也解释不通。我现在需要一个类似自行车摩擦发电器的东西，但我不知道哪里才能找到。

接下来的两天我一直在琢磨怎样才能弄到发电器。当然我可以买一个，但哪儿来的钱呢？交易中心五金店的老板多德有一个这样的发电器，饥荒前它在他那里放了好几个月。发电器用塑料包着，银光闪闪地挂在货架上，看上去非常漂亮。我赶忙跑到交易中心，不出所料，发电器还安安静静地挂在那里。多德戴着穆斯林圆顶帽，穿着长衫站在我和发电器之间。我拐着弯地向他提出了请求。

"多德先生，这天气真不错。"

"是啊，天气不错。"

"家里人都还好吧？"

"谢谢你，他们都挺好。"

"您身后的发电器要多少钱？"

"五百克瓦查。"

"这个价钱还算公道，可惜我身上没有这么多钱。"

他笑了。"你知道这里的规矩，筹到钱再来买。别愁买不到，如果被人买走了我会再订一个的。"

我可以打零工来赚些钱。那时年轻人去批发店为卡车卸货每天能赚到一百克瓦查，所以我就去了那里。干满一星期以后，我就能赚到五百克瓦查了。于是我去了批发店，在店外从早晨一直站到下午，阳光灼人，我又没带水。快到黄昏的时候，店主出门看到了我。

"你为什么站在这里？"

"等着为卡车卸货。"

"除了星期一，卡车每天都来。"

那天正好是星期一。

那天晚上回家以后，我想到了另一个主意：造大的风车需要五金店那种发电器，我可以到时候再去打工赚钱。模型用到的发电器要小得多，我知道去哪里可以弄到。

我走到乔弗里家，发现他正待在自己的房间里。

"大哥，你还记得我们把国际牌卡式录音机放哪里了吗？"

"在家里，怎么了？"

"我想用里面的马达发电。"

"发电？"

"是啊，我想做架风车。"

每次我和吉尔伯特去图书馆看书的时候，乔弗里总是忙着在地里干活儿，他对图书馆没什么兴趣。

"我们去图书馆了，"临走时我们往往会跟他打声招呼，"一起去吗？"

"你们去吧，"他会这样说，"那纯粹是浪费时间。"

我把风车发电的事告诉他，并把已有的成果拿给他看。他的看法似乎产生了一点变化。

"太棒了，你是怎么想到这个主意的？"

"从图书馆里的书上看来的。"

我们用自行车辐条改成的平头螺丝刀旋开录音机外壳的螺丝，然后把它们放到一边。卸下卡座以后，我找到了后面的录音机马达。它的长度是我食指的一半，外形和普通五号电池差不多。一块小金属片从马达上伸出来，和吊着薄橡胶带的铜质滑轮连在一起。

我小心翼翼地把马达从录音机里取出来，然后用铁丝把马达绑在竹竿上，使铜质滑轮和爽身粉罐的盖子像两个齿轮一样紧紧咬合在一起。转动起来以后，我发现盖子和滑轮咬不紧，需要在中间增加一些摩擦力。

"我们得去弄点橡胶。"

"哪里有呢？"

"我不知道。"

"鞋跟上的橡胶可以用吗？"

拖鞋上的橡胶太轻太软也不够牢固，不然事情就好办了，毕竟每个人都穿拖鞋。我们需要的是乔弗里提到的橡胶，就是许多马拉维妇女穿的平底胶鞋上的那种。但这种橡胶并不好找，因为有家公司会走村串巷收集它们然后加工出新的平底胶鞋。每双旧鞋可以换到半公斤盐，大多数妇女都愿意做这样的交易。但既然这种橡胶是建造风车的绝佳材料，我决心一定要把它弄到手。

我和乔弗里花了一整天在他家、我家、克里茜姑姑家和苏格拉底叔叔家寻找合适的鞋子。在芒果皮、花生壳和香蕉皮里翻找了好几个小时以后，乔弗里终于在垃圾堆里找到一只平底胶鞋——独一无二的一只。

"太好了！我们成功了！"

这双鞋不知在垃圾堆里掩埋了多久，已经从黑色变成了灰色，上面蒙着厚厚的灰尘和淤泥。

"伙计，干得漂亮！"我大声称赞道。

我用铁片做的小刀将橡胶切成"O"形，把它像帽子一样套在马达的铜质滑轮上。我用了一个多小时才加工好橡胶。滑轮加上橡胶套后，便能和爽身粉盖子步调一致地旋转了。

下一步要看马达能不能产生出电流。我让乔弗里用手转动叶片，自己则拿起马达的两根电线，伸出舌头舔了舔。

"感觉到什么了吗？"乔弗里问。

"有点痒。"我回答道。

"太好了。"

如果不把爸爸的收音机拿来，手边唯一能用的就只有乔弗里的松下牌收音机了。下地劳作时乔弗里总会带着它，他喜欢听比利·卡旺达唱的歌。我常常看到他在玉米地里随着卡旺达的歌声翩然起舞。

我拿稳竹竿和叶片，乔弗里则打开松下收音机的后盖，取出电池。没有了电池，我们必须把电线连接到电池槽的正负两极。根据书中学到的知识，我得出了这样的结论：因为收音机用的是电池，所以它的马达产生的是直流电。与之相反，几个月前爸爸朋友的那个自行车摩擦发电器产生的是交流电，现在只有与收音机的交流电插孔相连接才能通电。

　　"怎么知道哪头是正极，哪头是负极呢?"乔弗里问。

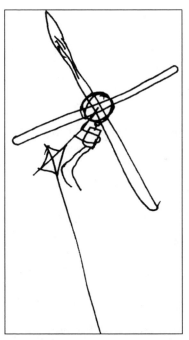

我和乔弗里制作的第一架收音机试验风车，它的成功激励我制作更大的风车。

"连上电线以后如果收音机能放出音乐，那你就插对了。"

"好吧，我这就动手。"

他把电线伸进电池槽，弯了两下，以便它们和正负两极相连。

"现在我们做什么？"他问。

"等风吹过来呗。"

话刚说完风就来了。滑轮在叶片的带动下转了起来，收音机开始吱吱作响。没多久，音乐声便从收音机里传了出来。

广播二台当时播放的是我最喜欢的组合"黑色传教士"演唱的歌曲。他们舒缓地唱着："我们和摩西一样……被上帝选中了……"

我一蹦三尺，差点把电线扯掉了。

"朋友，你听见了吗？"我尖叫道，"我们做到了！风车真的能发电！"

"终于做到了！"乔弗里欢呼道。

"现在我们可以做大点的风车了，发出超强的电力！"

"说干就干！"

有了这次成功的铺垫，我计划造出一架更大的风车来。

我的脑海中已经有了比较完整的风车模型，所以不需要将它在纸上描绘出来。想象中的是一架比之前大得多的风车，但仍然用聚氯乙烯管做叶片。转子要用坚固的扁平金属盘。转轴则用自行车上使齿轮、曲柄和踏板得以联动的轴承架。我计划将整个齿盘连同后轮从自行车上拆下来以减小体积。叶片和轴承架相连，起到原本踏板的作用。风来了以后，叶片、齿盘和链条能够带动后轮，进而产生电流。

我不知道自信是从哪里来的，总之就是对这个方案有着十足的信心。我手头没有造风车的材料，也没钱去买，只好参照之前用收音机做试验的方式——自力更生，自己寻找。

此后一个月，我每天很早起床，像寻宝一样搜寻着风车部件。必须找牢固的金属，最佳的搜寻地点是与卡查科洛中学隔着一道公路的二十四号种植园。种植园的旧车库和废品堆放场里到处都是机器零件，以及汽车和拖拉机上拆下的车壳，大多已经生锈了。升入中学前我和吉尔伯特听说中学里的小霸王比小学还厉害，所以去那里找过可以练举重的东西，希望把自己的肌肉练得和我们眼中的大英雄杨斯一样健壮——他是美国电影《血点》中的人物，那是我们当时百看不厌的一部。

"你可以像杨斯一样把那块金属举起来吗？"我用尽全力，试图把一个锈迹斑斑的引擎从地上举起来。

"当然可以，你先站一边去。"吉尔伯特说。

我们一连好几天在种植园里练习举重，但随之而来的饥荒打碎了我们锻炼肌肉的梦想。

现在我故地重游，为建新风车寻找零件。我徒步走了好久才走到种植园。那里的景象自饥荒发生以后便没有改观过，横生的野草慢慢褪成浅黄色，但玉米却生长得翠绿高大。收获季节一到我们的问题就能得到解决，至少今年没人会再饿肚子了。

走到学校后我直接向种植园走去，进去之后便直奔废品堆放场。这里简直太棒了！制订好明确的计划以后，我才意识到眼前有何等丰富的宝藏。想要的东西基本上都可以在这里找到：旧水泵、有我半个身体那么大的轮胎圈、过滤器、犁和各种不同的管子。

从几辆大型游览车上拆下的车身底盘已经被太阳晒得发白，两台废弃拖拉机上的蓝色烤漆也早已经脱落。拖拉机上的轮胎和发动机不知被谁拿走了，只剩下中间生锈的齿轮箱。好在方向盘、换挡操纵杆和脚刹车依然完好无损。方向盘上的小按钮控制离合器，旁边有根油门控制杆，仪表盘上的玻璃全都碎了。所有这一切都被高高的草丛掩盖着。

我挖到金矿了，我在心里暗想着。废品堆放场里非常安静，周围一个人都没有，简直太棒了！

第一天下午，我在废品堆放场的草丛里找到了一只大型的拖拉机风扇。将它用作风车转子再理想不过了，可以直接把塑料叶片和风扇的金属叶片固定在一起。稍晚些时候，我还在拖拉机上找到了一只巨大的缓冲器。我把它对准发动机敲了一阵，让外壳掉落下来，里面的活塞焊接在风扇上正好可以形成一个完美的风扇轴。

我需要某种滚珠轴承来连接缓冲器和轴承架以减小摩擦力。为了找到大小合适的轴承，我拿一段绳子测量了缓冲器末端的长度，然后与废品堆放场里所有的废弃轮轴比对，看看哪个轴承刚好可以用上。经过三天的比对，我终于在一台花生研磨机上找到了合适的轴承。

我找到一个生锈的螺旋弹簧，用它把轴承敲松。这项工作费了整整一天时间，因为我必须异常小心，以免把轴承敲碎。几小时之后，没有间歇的敲击动作使我的手上起了泡，然后化脓流血。为了忍住疼痛继续工作，我把自己想象成将手埋进滚烫沙土、使它们像生铁一样硬的杨斯。这种心理战看似荒诞不经，但我最后还是成功了。而且我的细心得到了回报，轴承丝毫没有损坏。

之前提到过，废品堆放场正对着卡查科洛中学，辍学后我依然对那里念念不忘。学校里现在空无一人，几星期后第二学期马上就要开学了。透过教室的窗户，我想象着自己坐在课桌前发奋读书的情形。

家里收获的烟草仍在棚里进行干燥。经历过饥荒以后，我特别希望晒干的烟草能在拍卖会上卖个好价钱。这样不仅可以还清欠款，还能帮我付清学费，我也不会为辍学而感到屈辱了。这次再回学校，我会作好充分准备。

"各位小心点，"我自豪地说，"你们的对手坎宽巴马上就要回来了。"

10

　　新学期来临之前，爸爸没有提到因为交不起学费我必须辍学的事。有天下午，他甚至给我钱让我买了狮子牌练习簿和两支铅笔。妈妈也买了一大块马鲁瓦肥皂。开学前几天，我把当洗衣盆用的轮胎拿出来，用力地搓洗制服，直到上面的黄渍完全去除才歇手。在我看来，这样才说明生活已经走上正轨。每过七八分钟我就会想想学校的事，可以想见，接下来的三星期对我来说是何等漫长。

　　开学前的那个晚上，我紧张得一夜没睡着觉，躺在床上聆听白蚁侵蚀屋顶的声音。想到明天早起不是去耕地，我的心情便好了起来。我迫不及待地想穿上制服，跑到学校和朋友们见面。但与此同时我又有些担心：如果我自学得不够，同学们都跑在我前面了该怎么办？他们会让我抄笔记吗？在饥荒已经结束的情况下，那些大孩子会掉过头来欺负我们吗？谁又经受住了饥荒的侵袭呢？

第二天一早看到树丛里走出来的吉尔伯特，我打心眼里感到高兴。

"吉尔伯特，啵？"

"啵！"

"酷毙了吧？"

"确实酷毙了！"

"我看起来怎么样？"

"看起来很不错！朋友，欢迎回来，和你一起走路上学真是太好了！"

"谢谢你，吉尔伯特，我也非常开心！"

和朋友们在学校重聚真是太开心了，我们有说有笑，像平时一样玩起各种游戏。大多数人的脸庞还和我一样，因为饥饿而略显消瘦。这种状况要到真正收获时才会有所改变，但至少大伙的健康情况都有了明显的改善。

不过还是有几位同学没来。

"二年级的约瑟怎么没来？"休息时我向一些同学询问道，"就是浅肤色短头发的那个家伙，我真想他。"

"你没听说吗？他死了。"

饥荒还饿死了其他一些同学。但他们都是别的班的，我一个也不认识。

正像我担心的那样，我几乎在所有科目上都比别人落下了一截：地理、农学、社会科学都是如此。同学们已经学了曲线图、变量和生物图谱，但我对这些知识都还一窍不通。前两个星期我学得非常累，我拼尽全力抄写可以借到的所有笔记，试图跟上课程的进度。但辍学了大半年，要跟上简直太难了。

大约十天以后，就是交学费的最后期限，我的心又开始扑通扑通跳个不停。事情和往常不太一样，爸爸知道马上要交学费了，却对这件事只字未提。我担心爸爸难堪，也不敢在他面前提起。某天下午，我们在地里随意谈起了学校的事：

"在学校里过得怎么样？"

"还行，只是功课落下了一大截。过些时候我一定能赶上他们。"

"努力点，你一定能做到。"

这段对话和普通的父子谈话没有什么两样，但每天上学时我还是会紧张得心惊肉跳。第二个星期快结束时，我们在空教室里开了个晨会，菲利先生穿着线衫打着领带点了名。

"这个学期的学费必须在下星期一放学之前交上来，"他说，"上学期没交的也得同时补上。"

事情就是这样。即便上学期没上过什么课，如果想继续就读，我就必须补交上学期的学费。两个学期总共是两千克瓦查左右。我从没料到会发生这种情况，爸爸自然也没有。严重的饥荒刚刚过去，我们家怎么可能拿得出这些钱呢？书多半是读不下去了。

我并没有回家向爸爸要钱，而是珍惜在接下来两星期里免费读书的机会。

我必须好好计划自己的行动。星期一和星期五，菲利先生会在同一个教室召开晨会。宣读完已缴费同学的名单以后，他会对他们说："你们可以去上课了。"教室里的人必须出示收据才能去上课，而留下来的只会觉得颜面扫地、无地自容。

两年前乔弗里也经历过这样的时刻，因此我早已经想好应对之策。第一次早点名时，我和吉尔伯特像往常一样走到学校。但在别的孩子去开晨会时，我却溜进了操场一旁的厕所。我蹲在坑位上，从小窗户向外窥视。当所有人都回教室上课以后，我才像做错事的小猫一样偷偷摸摸地混入人群中。

我低着头躲在教室后面的角落里听课，害怕被老师捉住，所以从来不敢向老师提问。只要保持沉默，我想我就能继续听课。班主任坦博老师一定很清楚我的把戏，他还记得我上学期没交学费时用的小伎俩。

有些学生因为没有收据而被学校赶了出去，躲进厕所看来快要行不通了。每到早晨我都会一阵胃疼，厉害时差点准备对爸爸以实相告。和吉尔伯特一起走路上学时，我们经常会拿我的那点小伎俩开玩笑。

"朋友，早上好。今天你又要撞大运了。"

"是啊，只要不是最后一次就好。"

"把头低下，别发声。"

"就这么办。"

大约两星期之后，我还是被老师发现了。那天早上坦博老师在班上大声宣读了没交学费者的名单，我正是这时被捉住的。当第二次念到我的名字时，我站起身向门口走去。

"伙计们，我交过学费了……只是忘了把收据带过来而已。"我说，"别担心，我去去就回……"

一走出校门我的泪水便夺眶而出。回到家后，我把这事告诉了爸爸。

"我早就料到会发生这种事，"爸爸说，"这一刻终究还是来了。"

爸爸没有断然拒绝，他去见坦博老师为我求情。几星期后我家的烟草就要晒干了，拍卖的钱除一部分还给赊我们玉米种子的生意人外，剩下的可以付清拖欠的学费。

"马上就会有钱了，"爸爸乞求道，"让他待几星期吧。"

坦博老师和其他几位老师商量了一下，同意让我在学校再待上三星期。到那时，爸爸卖烟草的钱就可以到手了。

这三星期简直和赢得大奖一样奇妙！我不必再偷偷摸摸地躲在教室后面，每天早晨也不会习惯性地胃疼了。我可以放心在学校上课，提出各种各样想不明白的问题。老师讲笑话时，我也可以尽情地大笑了。

"你们觉得奇不奇妙？"

"太奇妙了！"每当老师讲到我以前从没接触过的知识点时，我总会大声说，"原来是这么回事啊！"

其他学生惊奇地看着我，但我对这样的目光毫不在乎。

"过去几星期他一直十分安静，"同学们面面相觑，"现在却好像完全变了个人，这到底是怎么了？"

三个星期快结束的时候，家里的烟草完全晒干了，在太阳底下呈现浅黄色。这时我家便热闹了起来：债主接连不断地上门讨债，指望把欠款早点拿到手。

"我来提五十公斤烟草。"一个债主说。

"根据我们早前达成的协议，你应该给我二十公斤烟草吧？"另一个债主问。

当最后一个债主用自行车驮走我们家的烟草后，烟草棚里只剩下六十五公斤烟草了。爸爸把它们放上小货车运到利隆圭的烟草拍卖市场，在那里一公斤烟草可以卖上八十美分，但六十五公斤烟草里只有五十公斤能达到拍卖的等级。去除运输费和税金（大约百分之七），爸爸带回家的只有两千克瓦查。这些钱刚够付我的学费，但家里还要买食用油、盐和肥皂等必需的日用品，更要留点生病时用得上的救命钱。这样一来，我的学费又凑不齐了。

爸爸试图再次和坦博老师协商，但菲利校长已经下了不准我踏入校门的禁令。教育部长会到各个学校视察，确认所有上课的学生都已按时缴费。

"如果被抓住了，"坦博老师说，"有些老师也许会就此丢掉饭碗。"

爸爸回来的时候我正坐在院子里的椅子上。他眼神焦虑，面色煞白，似乎刚跟魔鬼厮杀过一般。看到他脸上的表情，我就知道一切都完了。

"我已经尽了力，"爸爸说，"但饥荒夺走了家里的所有东西。你只能哀叹生不逢时。"

他俯下身子看着我。"请你原谅我，儿子，你爸爸已经拼尽了老命。"

我不敢直视爸爸的眼睛。"没事，"我说，"我理解你。"

像姐姐安妮那样的女儿，爸爸可以指望她嫁的丈夫给她提供吃穿，甚至帮她完成学业。但男孩子就完全不一样了，我的学费必须由爸爸独自承担。那天晚上他把没法帮我凑齐学费的事告诉了妈妈。"拖累你们了，我连威廉的学费都付不起。"他说。

我不能因为饥荒和目前的处境而责怪爸爸。但接下来的那星期，我一直没敢和爸爸对视，怕在他身上看到将来的我。

但我最大的担忧还是成为了现实：我会像普通的马拉维农民一样在地里辛劳终身。身材消瘦，浑身脏兮兮的，双手和兽皮一样粗糙，脚上没有鞋穿。我爱爸爸，也很敬重他，但我不希望像他那样终老一生。如果做个农民，那我就无法掌控自己的命运，而是受雨水及肥料和种子的价格摆布。在上帝的意旨下，我会和每个马拉维人一样靠栽种玉米苟且一生，最多再种上一点烟草。风调雨顺的年份，我或许可以出售剩余的粮食，给自己买药或买双新鞋。但我很清楚，大多数时候收获的那点玉米能让一家饱足就很不错了。这一切看来是命中注定的。想到这些我不禁一阵心慌，但又能怎么办？我什么都干不了，只有无可奈何地接受。

我没有时间伤悲。玉米已经熟了，爸爸需要人手帮他收割。我确信自己再也无法返回学校了，只能带着沮丧的心情走进玉米地，仿佛把自己投入了监狱。但与此同时，天啊，我们终于收获了粮食。

收获总是美好的，这时我总会想起前几个月的情形：伴着厕所里的蜘蛛和田野里的鬣狗，在凌晨四点起床播种、开沟挖渠，在太阳底下挥汗如雨。我们带着欢快的心情终日收割，晚上吃得饱饱的，像狮子那样美美地睡上一觉。收获总能让你回想起之前的牺牲。

马拉维人这两年遭受的苦难，完全比得上以色列人当年回归迦南地遇到的困厄①。上帝终于让我们摆脱了困苦，把这些年长得最好的玉米赏赐给我们。

一连两个星期我们都没有停歇。一个人拿着大刀在玉米地里来回走，把长长的玉米秆砍倒在地。另一个人跟在他后面，每收集五到十根玉米秆就把它们拢在一起放在田埂上。这个步骤完成以后，我们会把小堆的玉米秆拢成被我们称为"姆库维"的大堆，立在田垄之间的姆库维可以防止白蚁和田鼠偷吃玉米。

月末的时候，我们堆起四座巨大的姆库维——以前我们从来没砍下过如此之多的玉米秆。我和爸爸站在一起，欣喜地看着这一年的收成。

"太不可思议了。"我说。

"是啊。"爸爸说，"虽然我们吃掉了那么多多维，今年的收成依旧很好。看这些玉米长得多好！"

"的确不错。"

---

①据《圣经》记载，作为埃及人奴隶的以色列人经过四十年的艰苦跋涉，才得以进入迦南地，建立独立自主的国家。

我们把玉米从玉米秆上掰下来，堆成一座小山，然后用牛车把它们拖回家。我们把玉米当报酬，送给借我们牛以及卖给我们杀虫剂的人。接下来的几星期，我们一整天坐在院子里，把玉米粒从玉米棒上剥下，收进麻袋。这时我们会有心情听听收音机或是聊聊天气。生活又回复到了正常状态。

　　储藏室里重新又堆满了谷物，沉甸甸的麻袋依墙而立，从地上一直堆到天花板，甚至把门口也给堵住了。菜园里的大豆也熟了，这意味着我们的三餐都有了着落。饥荒时期失去的体重又慢慢地恢复了。

　　"孩子他爸，"妈妈说，"前段时间你真是瘦得不行。"

　　"孩子他妈，你不也一样。"爸爸开玩笑说，"我只是有些为威廉担心，真怕一阵强风把他从地里卷走。"

　　我们都被这样的玩笑逗乐了。只有在年景好的时候才能意识到饥荒年份的辛苦。

　　收获季节结束以后，我又能回到废品堆放场为风车寻找材料了。通常我会在草里发现一只零件，捡起来看看，心里寻思着，这可以派上什么用场呢？接着又会找到更吸引我的东西。有一天我找到了一辆四轮车的差速器。用螺丝刀撬开以后，我在里面发现了大量的黑色润滑油。我把润滑油装进塑料袋以便日后使用。我还找到了开口销和纠缠在一起的铁丝，另外还有些也许永远都用不到的东西，比如刹车踏板、变速杆，以及汽车引擎的机轴。我把这些东西全都带回了家。

我觉得自己非常幸运，因为风车上的很大一部分组件是在家里找到的。爸爸有辆破自行车，他没有把它丢弃在屋外，而是靠在了客厅的墙壁上。这辆车没有把手，轮子也只剩一只，车架和废物堆放场里的那些东西一样锈迹斑斑。我几次想把它送去好好修一修，但爸爸总是一成不变地回答我："我们家没钱。"

决定向爸爸提出借用自行车的那天，我请他坐在椅子上后把自己的计划原原本本地告诉了他。我说，牢固的车架当风车的支架再合适不过了，足以抵挡强烈的阵风。风推动叶片就好像人踩着踏板，叶片带动转轮和齿盘，然后链条就能转动轮胎，让发电机发电。

"这可是我们梦寐以求的电啊！"我咧嘴大笑，"有了电你就可以用水泵抽水了！"

爸爸摇了摇头说："儿子，别把家里的自行车也拆坏了。我已经被你弄没了好几只收音机，这辆老爷车将来还能派上用场呢。"

我虽然心里不服，嘴上却什么也没说。这车还能派什么用场？"只要有了电，你还需要骑七公里去买煤油吗？"我用了相当长时间才说服爸爸放弃那台收音机，光是软磨硬泡就用了整整一个小时。我向他解释着发电的过程，几乎把收音机马达做的小风车又重新组装了一遍。

"我有个计划，"我说，"就让我试试好了。想想看，风车造好以后我们晚上就能用电灯照明了。我们还可以用水泵抽水，一年还能收获两季。我们再也不用挨饿了。"

他考虑了一会儿，最后终于和我达成妥协。"好吧，"他说，"也许你说得有道理，可别把事情弄糟了啊！"

我很高兴终于弄到了那辆旧自行车。我把它带到自己房间，和其他零部件一起靠在墙边。有了这些东西，我的房间变成了另一个废品堆放场。这些用来造风车的零件都放在房间的一边——包括缓冲器、拖拉机风扇和轴承，按形状大小分成两堆。房间的其他地方则放着不知道有没有用的大小零件：房间四角、床两边和门后面到处是大小不一的金属块和机器零件，说不上什么时候能派上用场。

我不让妹妹们清扫我的房间，生怕她们不懂这些宝贝的价值，把重要的东西弄没了。

"至少得让我们打扫地板。"埃萨争辩着。

"算了吧，"我朝她大吼，"任何人都不准进来。可以进来的时候，我会叫你们的。"

不去废品堆放场的时候，我就在图书馆或吊床上读书。尽管爸爸还是不太了解我的风车，但他对没钱供我读书感到愧疚，于是不再逼我下地劳作。这让妹妹们非常嫉妒。

"为什么威廉留在家，而我们要出去干活儿呢?"多丽丝有一天终于忍不住发问了，"就因为他是男孩我们是女孩吗?他不出工的话，我们也不想出工。"

"威廉有个计划要实施。"爸爸说，"如果他真的是在浪费时间，到头来会证明的。你们管好自己的事就行了，快给我干活儿去!"

"好吧，爸爸。"话说到这个份上，她们只好乖乖地干活儿去了。

在爸爸的特别恩准下，上午和下午都成了我的学习时间。我一边制订造风车的计划，一边学习着《探究物理》中有关电的章节，了解电的特性，以及电是如何工作的。我复习了布线、并联电路和串联电路的区别，以及交流电和直流电的相关知识。那三本书我去图书馆续借了几次，有一天西科洛老师终于忍不住扬起了眉毛。

"威廉，你仍然在准备考试吗? 你在忙什么?"

"没什么，"我支吾过去，"只是在做一样东西罢了，以后会让你知道的。"

废品堆放场渐渐取代了学校在我心里的位置，每天我都能在那里学到新的东西。这里新奇的进口材料应有尽有，我经常会冥思苦想它们的实际用途。有样东西看上去像是旧的压缩机，但也说不定是颗地雷呢！我找到几台真的压缩机，摇晃几下听里面零件咯吱作响的声音，想把它们打开好琢磨工作原理。我时刻发挥着想象力。有时我会把自己设想成一个能干的技工，钻进野草丛中生锈的汽车和拖拉机下面，对假想中的顾客大声招呼着。

"发动！看看它会发出什么声音……踩油门，别怕用力！哇！哇！这次你踩得太重了！"

引擎声听上去不太对劲，我只好如实相告："看来这车得好好修一下了。修理费是很贵没错，但这就是生活。"

我又和往常一样向其他偷懒的技师喊话。

"菲利，今天你负责换机油！"

"是的，老板！"

另一个技师摇头晃脑地过来了，又有个新问题。

"坎宽巴先生,这辆车我们修不了。我们尝试过所有方法，但都不管用。你看怎么办?"

"发动给我看看。嗯……就这样……嗯……和我预料的一样，是喷油泵的问题。"

"先生，谢谢你。"

"快去换一个吧。"

我爬上生锈的拖拉机，脚踩发动按钮，假装驾驶它往前开。"别挡道……坎宽巴过来了，快给我让开！"

我用拖拉机耕田犁地，没一会儿就干完了得在大太阳底下挥舞好几天锄头才能干完的活儿。我多么希望废品堆放场里的这些拖拉机真能点火发动。如果真这样的话，我就要把一整座堆放场搬回家。

堆放场的发现让我心旷神怡，但这样的美梦并没有持续太久。对面校园里的学生很快就发现我在堆放场里敲铜击铁。如果我不注意，他们甚至能发现我在自言自语。当我带着风车零件走出堆放场时，他们会朝我怪叫："看啊，威廉又在淘废品了！"

起先我想对他们解释风车的事，但他们只是极尽嘲笑之能事："傻瓜，你只是在浪费时间而已，那些东西根本不能用。"

每当我想从他们眼皮子底下溜走时，总会有人从教室的窗户里看见我，然后朝我大喊："那个疯子又去抽昌巴了！"

"昌巴"在齐切瓦语里是大麻的意思。

幸好我还有少数几个支持者。但乔弗里接受穆萨维尔伯伯的邀请去齐普巴的玉米磨坊工作了，这意味着只有吉尔伯特不会嘲笑我。最后，我作了个决定。如果有人在校园里朝我喊："威廉，你在废品堆里干什么啊？"我就微笑着对他们说："没什么，只是过来玩玩而已。"

学生们把堆放场里的疯狂男孩的事告诉了他们的爸爸妈妈，我妈妈很快就在交易中心听到了风声。当我带着风车零件回到家时，她会瞪着眼对我大摇其头。一天她忧心忡忡地进了我的房间。

"你到底是怎么了？"她问，"你的朋友没一个像你这样。吉尔伯特家根本不会有这么多破东西。你自己好好看看，这和疯子的房间有什么两样？疯子才会捡那么多垃圾回来。"

那天晚上妈妈对爸爸说："再这样下去他连老婆都找不到，靠这些垃圾能养活老婆孩子吗？"

"让他去吧！"爸爸说，"我倒想看看他到底能鼓捣出什么东西来。"

接下来的几个星期，这些废旧物品像变魔术似的显露出它们的用途来。我逐渐意识到我们需要更多的聚氯乙烯管。我和吉尔伯特趁他爸爸不注意，把他们家浴室的排污管从地里挖了出来。管子里积了厚厚的淤泥，闻起来臭极了，我只得用手指把它们去除干净。

我把管子洗净弄干后带回，用弓形锯从中间锯成两半。接着我在厨房后面用野草生了一堆火，把管子放在火上烤。当软管起泡弯曲时，就将它弄出火堆并敲平。然后我将其切割成四块一米二长的叶片。我想立马把它们装在拖拉机风扇的转子上，但是我没有螺栓和螺帽，于是只好再去堆放场找合适的。让人为难的是，我只有一把很大的扳手，很多机器上的螺栓螺帽都卸不下来。于是我想了个办法，把自行车辐条插进扳手孔里，希望先把螺栓弄松。但因为锈蚀得太厉害，不仅大多数螺栓纹丝不动，我的扳手反倒险些弄坏。

这时吉尔伯特向我伸出了援助之手，他去多德先生的店里花五十克瓦查帮我买了一大包螺栓螺帽。我非常感谢他的帮助，可我还是没钱雇人焊接风车零件。但有一天我在交易中心撞上了大运，使事情突然出现了转机。

那天我正在玩巴沃，有个男人把卡车开进了交易中心。他是从卡桑古过来的，需要几个男孩帮他装木头。

"我会付二百克瓦查。"他说。

我连忙挥着手臂跑了过去。"我准备好了，让我干吧。"雇主让我和其他十来个男孩跳上后车厢干活儿。"打零工的，好好干啊！"没摊上活儿的人满心羡慕地看着我们。整个下午我都挥汗如雨地往卡车上装木头，我这辈子都没干活儿干得如此畅快过。

有了二百克瓦查，我就能请电焊工把缓冲器接到齿盘上，让它转动起来。我还要让他帮我在拖拉机风扇叶片上钻几个洞，然后把管子做成的叶片装上去。

古德森先生的店离伊庞加理发店不远，在交易中心的一间小草棚内。尽管我有钱雇他干活儿，但当我带着机器零件到他店里的时候，他却奚落了我一顿。

"你想让我把破缓冲器焊到一辆只剩一只轮子的自行车上吗？"他取笑道。几个在无花果树下玩巴沃的人偷听着我们的对话。

"看啊，那个疯子带着他那堆破烂玩意走过来了。我们都听说过他的事。"

"伊维，他不算是个男人……只是个喜欢玩具的懒孩子而已。他是米萨拉。"

"米萨拉"是疯子的意思。这样的词我已经听厌了。

"没错，"我毫不退缩，"我很懒，是个米萨拉，但我很清楚自己在做什么。你们马上就会看到的。"

他们还是想尽办法嘲笑我，我只好把脸转向古德森先生。

"先生，要你做的事很简单。"我说，"你只要帮我把缓冲器焊到自行车上就行了，但务必把它焊到正中位置。"

焊完以后，我把自行车带回房间靠在墙上。我完全理解外人为什么把它说成是疯子的创造：缓冲器像怪异的机器人手臂一样从齿盘上突出在外，两者的结合处由黑铁熔融而成。叶片立在自行车一旁，它们高挑美丽，白色的表面像烧过的棉花糖一样冒着泡。房间里还摆着几袋螺栓和螺帽，自行车链条上几大坨黑色的油摇摇欲坠。拖拉机风扇看上去像是马上要穿破黑暗的橘色星星。我非常想立刻把它们组装在一起。

即便有了这么伟大的设计，也还是缺了点什么，就是风车上那些至关重要的部件。大多数零件都已经有了，但唯独缺个发电机。到哪里才能找到这么贵重的东西啊？家里没什么钱，我也不敢让爸爸到多德先生的店里把发电机买来。

我心生一计，决定做个简易的交流发电机——根据从书上学到的知识，我知道只需磁铁、钉子和电线即可。但这些材料找起来并不那么容易。我找不到粗细正好的绝缘电线做电磁线圈。我考虑过打碎旧收音机，从它的马达上拆下段电线来。但收音机马达产生不了太强的电压，那些电线又太短太细了。

之后几星期我又回到废品堆放场，翻开生锈的汽车底盘和边缘腐蚀的钢板，在高高的草堆里搜寻着做发电机的材料。我希望找到某样以前错过的零件，也许是可以拆下来使用的电流发生器，哪怕是个自行车摩擦发电器也好啊！但这回运气没那么好了，可以利用的材料我一样都没找到。垃圾里寻宝的还不只我一个，交易中心的一些小伙子也意识到了马达的重要性，不过他们只想用里面的铜质线圈改造他们的玩具卡车而已。

有一天我走进堆放场，看见两三个年轻人正在那里。我朝他们打了个招呼："嗨，你们好啊！"他们竟然作鸟兽散地跑开了。我不知道他们为什么这样怕我。也许他们听说我是个抽大麻的疯子，怕我会伤他们的性命吧！我走到他们刚刚站着的地方，一只电线全被拔掉的马达像被窃贼拔了牙的大象一样静静地躺在那里。

没有发电机的话，我的风车计划也许永远都完成不了。每当看到别人车上的自行车摩擦发电器——很多已经坏了，还有些没连灯泡——我都会想：老天啊，这真是太浪费了，把它给我，我会告诉你该怎样用！这期间我看中过几个不错的发电器，但我不认识它们的主人，没勇气当街挡下他们。每天早晨醒来以后，我只能呆呆地看一会儿家里那堆废铜烂铁，然后去帮爸爸整地。到了晚上，房间里那些派不上用场的零件也不那么让我烦心了，因为黑暗这时已经吞噬了一切。

六月悄然过去。七月的一个星期五，我和吉尔伯特一起从交易中心走回家。

"你的风车怎么样啦？"他问。

"除了发电机，其他零件都备齐了。"我说，"有了发电机就马上可以动工。我想我的这个梦是永远实现不了了。"

"哦，真是太遗憾了。"

这时有个家伙正巧推着自行车和我们擦身而过。我从来没见过这个人，但他看上去和我们差不多年纪。我无意中低了下头，看见自行车轮胎上似曾相识地闪了道光。

"吉尔伯特，那就是自行车摩擦发电器。"

这次我没有腼腆地把人放走。我跑到男孩面前，问他能不能让我看看他的自行车。我弯下腰，用力转了踏板好几圈。踏板越转越快，用汽车灯泡改造的车前灯旋即亮了起来。

"太完美了。"

吉尔伯特转身看着男孩，问道："这只发电器多少钱？"

"吉尔伯特，别这样，"我说，"我没这么多……"

"到底要多少？"吉尔伯特不依不饶地问。

起初男孩一直不同意做这笔交易，但最终他还是选择了妥协——没人会在这种时候抵挡住金钱的诱惑。"连灯泡一起二百克瓦查。"他出了个价。

"爸爸给了我些零花钱，"吉尔伯特说，"这笔钱就用来买发电器好了。把风车造好是现在的头等大事！"

吉尔伯特的爸爸在饥荒期间把家里所有的粮食全都施舍了出去。因为身体的原因，他爸爸也干不了太多的活儿，我想他们家也没几个余钱了，何况吉尔伯特还帮我买了转子上的螺栓和螺帽。我看他把手伸进口袋，从里面拿出二百克瓦查——两张红色纸币——交给了那个男孩。我们费了好一番工夫把发电器和灯泡从自行车上拆了下来，最后我终于把它们稳稳当当地拿在了手里。

"吉尔伯特，我真不知道该怎么谢你。"我说，"太感谢你了，你是我这辈子最好的朋友。"

吉尔伯特回家以后，我把发电器带回房间和其他材料放在一起。这就像在一幅大拼图上放上最后一块拼板。这时恰好有一阵大风吹开房门，把风车零件拥入怀中，组装成一架完美的风车。风车叶片在红色的尘土中疯狂地转动着。也许这只是个美丽的梦而已，但它马上就要变成现实了！

11

第二天午饭以后，我把所有收集到的东西归拢在一起，把风扇、叶片、螺栓和发电器带出厨房，整齐地放在光秃秃的硬地上。

这片宽敞的开阔地带正好可以让我放开手脚组装风车，而且离作为实验室、储藏室和工作间的厨房和卧室都不算太远。这里的遮光性也很不错：午饭前太阳最毒辣的时候，厕所后面的金合欢树会投下一片巨大的阴影，让我能在凉爽的环境中干活。下午太阳转到西边，厨房边又会有很大一块阴凉地。另外，从马拉维湖越过山峦吹过来的东风也能畅通无阻地到达这里。开始安装风车的那天下午，多瓦高地被蓝天白云笼罩着，看起来十分静谧。

首先我必须将叶片和拖拉机风扇连在一起，于是我去厨房准备钻头。我把长钉插进用作把手的玉米棒，然后放入火中。长钉烧红以后，我用它在每块塑料叶片顶端钻了四个小洞，然后又在叶片中央钻了两个洞。这个加热钻头、钻洞、再加热钻头的过程足足用了三个小时。

我拿起自行车的小号扳手，用吉尔伯特买来的螺栓和螺帽把叶片和拖拉机风扇固定在一起。没有合适的垫片，于是我又去奥菲西酒馆外面捡了些瓶盖来代替。

"看啊，政府终于来清理路面了。"门口的一个醉鬼说。他的眼睛朝上翻着，似乎要把身体也向后仰。"孩子，给我买杯酒好吗？我可是个孤儿啊！"

"对不起，我现在很忙。"

搜集了十六个嘉士伯啤酒瓶盖之后，我摆脱醉鬼的纠缠，匆匆赶回了家。我将瓶盖敲平，把螺栓从它的中央穿了过去——螺栓和瓶盖衔接得刚刚好。接着我在每块叶片上绑上九十厘米长的竹竿作为支撑用的骨架。组装完毕以后，整套叶片装置的翼展超过了两米四。

为了把自行车架装上去，我把转子和叶片放在四块砖头上，就像垫高汽车以便修理一样，于是我可以轻松自如地在下面工作。现在最大的难题是把自行车架和叶片连在一起。自行车分量很重，又不容易保持平衡，而且齿盘上还有突出在外的缓冲器。我举起自行车，把它翻转过来，让缓冲器指向地面，然后把它塞进风扇和叶片中央的孔洞。自行车安装稳当以后，我钻到叶片装置下方，把开口销插进缓冲器的另一端，把它牢牢锁紧。

我把摩擦发电器装上自行车车架，使它的金属轮紧贴在自行车轮胎的内壁上。接着我把链条重新套在前后齿盘上，并确保它不会脱落。

这时已近黄昏，院子里空无一人。妹妹们忙着做家务，爸爸正在邻村出席葬礼。搭建风车的时候，我听见妈妈一边在厨房里准备晚饭，一边低声哼唱着小曲，时不时还会跟门边襁褓中的蒂娅敏说些什么。今天没有人开收音机，我享受着这难得的宁静和厨房里飘来的豌豆香味。我的工作没有受到任何打扰。

安装好摩擦发电器和链条以后，天已经黑到我无法继续工作了。我从井里提了桶水，烧热后用来洗澡，接着走进客厅吃晚饭。妹妹罗斯买东西回来，恰巧在厨房外遇到了我。她和另几个妹妹围在风车旁咯咯直笑。

"威廉，我们一整天没看到你，"罗斯说，"交易中心的人都在打听你的事呢。"

"我很忙，没时间搭理他们。"我说。

"我告诉他们你正在用金属搭建一个发电的东西。"

"差不多是这个意思。"我笑着说，"等着瞧吧，我会给你们和其他所有人一个惊喜。"

吃完晚饭，我筋疲力尽地走进房间，很快就睡着了。

第二天早晨天刚蒙蒙亮我就起床了，准备继续昨天没完成的工作。我需要想个办法移动这架巨大的风车，因此又拿了根长竹竿，用绳子将它系在车架一侧当把手用。

我计划建造一个巨大的木塔，把风车放在木塔顶端，但首先我得测试一下这个办法是否可行。我准备搭个临时木塔，于是找了段十五厘米宽的竹竿，将长铁钉加热后在竹竿顶端钻了个洞，然后把竹竿用力插进土里。

干活儿的时候，我瞧见乔弗里骑着车过来了。他从齐普巴放假回来便想着来见我。

"兄弟，你来得正是时候。"我说。

"你还在鼓捣风车吗？"

"是啊，基本上已经组装完成了。朋友，你能来真是太好了，帮我把车架举起来和竹竿绑在一起。"

我们用折弯的辐条把车轮固定住，使叶片不能转动，然后小心翼翼地提起风车。接着乔弗里用铁丝和轮胎橡胶把风车紧紧地系在竹竿上。

"看看啊，真是太厉害了！"他说。

我绕着风车走了一圈，像观察一头怪兽一样从不同的角度打量着它。

"太美了。"我说。

"真能用它发电吗？"他问。

"一定能。"

乔弗里把辐条从轮胎上解开，叶片便开始旋转起来。起初转得很慢，接着越转越快。没多久，转得飞快的叶片就把链条扯成两半，竹竿也差点折断了。

"坚持住！"我大喊着。我和乔弗里连忙扶住风车，才没使它掉在地上摔个稀巴烂。

幸好我钻的洞稍大了些，才使竹竿可以扭转，使风车转到背风的方向。叶片停止旋转以后，我花了两个小时才把链条修好。

测试的一部分目的是检验发电器能不能产生足够的电流，为此我把自行车摩擦发电器的电线塞进爸爸的国际牌收音机的交流电插孔里。这种收音机要用四节电池。风把叶片重新带动起来以后，音乐立刻从收音机里传了出来。我们成功了！但扬声器随即冒出一股黑烟，收音机差点着火。

"千万别坏了啊，这可是你爸爸的宝贝。"乔弗里四下张望着，生怕爸爸会冷不丁地出现在我们面前。

我兴奋得手舞足蹈。"乔弗里，你看到刚才那一幕了吗？"我问，"你看到风车发出的电了吗？"

我忘了摩擦发电器能发出十二伏的电，只能承受六伏的收音机会冒出火花来。另外，风车叶片的转速要比人踩自行车踏板的速度快得多，这导致了电压在短时间内达到峰值。我必须想个法子控制电压才行。

我在《探究物理》这本书中学习到许多电压方面的知识。幸运的是，这本书就在我的房间里（我是村里唯一借它的人）。我把书翻到十二伏交流电让两只灯泡发光的那幅图片，这和风车产生的电流相同。两只灯泡通过很长的电线与电源相连。一只灯泡特别亮，这是一种被称为变压器的东西增强了交流电电压的结果。较暗的另一只灯泡没有连上变压器，电压在通过电线传到灯泡的时候产生了能量损耗。

既然能量会在通过电线时发生损耗，这个原理也许对依靠小马达发电的收音机也起作用。我在那堆收音机废旧零件里翻出个旧马达，打开后把里面的线圈拿了出来。我解开长长的铜线，把它绕在木棒上，然后把铜线的两头分别与风车上的发电器以及收音机相连。这样一来，电压在传输的过程中就会减弱，听收音机时也不会有电压过强的问题了。

风车在屋后的竹竿上放了两天，家人们谁也没有注意到。我、乔弗里和吉尔伯特这两天一直在忙着造木塔。每天一大清早，我们就在我家门口会合，拿上斧头和大刀，走到乔弗里家后面的桉树林中。小时候被卖口香糖的商贩诅咒，以及接受沙巴尼施法的地方就在这里。现在我却要在这里砍下树来建造通向科学和创造的阶梯——这比迄今为止在这片土地上产生的所有魔法都有意思得多。

我们慢慢穿过树林，仔细打量着每棵树，最后选定了一棵六米高的大树。

"这棵树够高吗？"我一边问，心里一边盘算着，"它够结实吗？"

乔弗里和吉尔伯特不约而同地点了点头。

"那就用它吧。"

我们挥起斧子砍向大树。十几分钟过后，树干终于被我们砍倒在地，然后我们砍去树枝、剥去树皮。接着我们又这样砍倒了两棵树，直到下午才把树干清理干净。三点的时候，我们每人扛着一根树干回了家。

我们在我的卧室后挖了三个一米深的坑，彼此间距相等。为了防止白蚁的侵蚀，我们用黑色大塑料袋包住木杆底部，把它们深深地埋进洞里。乔弗里自愿用玉米磨坊赚来的钱买了一包钉子。我们把砍下的树枝横着钉在木杆上，一级级看起来就像阶梯。我们从离地一米二的地方开始往上钉，这样贪玩的孩子便爬不上去了。一级梯子钉完以后，我们就站上去用斧头柄钉上面一级。

太阳落山的时候，木塔终于造好了。塔身高达五米，而且异常坚固。但它的样子却并不好看。从近处看，木塔活像一头因喝多了啤酒而东倒西歪的长颈鹿。

"先生们，回去歇会儿吧，"我说，"明天我们还得把风车装上去呢。"

第二天七点，吉尔伯特和乔弗里准时出现在我家门口。

风车骨架重约八十斤，必须用绳子和滑轮才能把它吊到木塔上面。我没有足够坚固的绳子，只能用妈妈还算牢靠的晾衣绳替代。我们将晾衣绳从架子上拆下，一端绑在风车把手上。

我爬上木塔，将电线系在最上面的横梁上，另一端则掷给了吉尔伯特。乔弗里站在中间的横梁上，负责引导风车往上吊。我站在木塔顶端，恰好可以越过金合欢树的树梢看见田野和高地相交的地方。

"我这里准备好了，"我朝站在下面的吉尔伯特大声喊，"把它吊上来吧！"

他开始小心翼翼地拉绳子。风车的把手率先升空，接着整个骨架摇摇晃晃地升了上来。

"小心点。"

我们三个铆足了力气拉着绳子。

"伙计们，加把劲，"我狂喊着，"让我看看你们的肌肉是干什么用的。"

"我已经用尽全力了。"吉尔伯特拽着晾衣绳说。

"乔弗里，你的手可千万别打滑啊！"

"你把自己管好就行了，我心里有数。"他回答道。

我们一点一点把风车升上了木塔。每扯一下绳子，风车就会摇晃着攀升一点距离，有几次笨重的叶片撞在木塔上或叶片和横梁绕在一起，因此乔弗里必须用手把它们分开。

"别把叶片弄断了。"

"我知道！"

我们足足花了半个小时才让风车接近塔顶。当风车把手靠近时，我眼疾手快地一把抓住，然后朝吉尔伯特喊："把绳子绑上吧。"

吉尔伯特把绳子紧紧地绑在竹竿底部，风车便稳稳地挂在了空中。看到我抓稳了把手，乔弗里连忙爬上来和我一起将风车固定在木塔顶端。

前一天我们把从自行车上拆下的螺栓加热，在木塔顶端的杆子上钻了两个洞（用我自制的钉子钻头在直径二十厘米的木杆上打洞会花费更长时间）。我们还把自行车车架带到古德森先生的店里，让他用气焊枪在自行车横梁两侧也钻两个对称的小洞。

乔弗里从口袋里掏出螺栓、垫片和螺帽,我则抓稳风车,将车架和木塔上的洞眼对齐。风车的重量压得我透不过气来。

"利落点,风车实在太沉了!"我说。

"我正在加足马力干呢!再忍一会儿,马上就好。"

乔弗里把螺栓插进小洞,用扳手把它们固定好。风车完全装上以后,我们互相看了看,幸福地笑了。风车非常稳固,看上去简直棒极了。汗水从我的脸上流淌下来,轻风拂面阵阵凉爽。我迫不及待地想看到叶片在风中旋转的情形。

乔弗里爬下木塔,我则留在顶端,欣赏着周围的景致。向北我能看到交易中心的铁皮屋顶和公路旁的那两排茅草棚子。这时突然发生了一件奇怪的事。许多人从店里出来,朝我们这个方向进发。他们在市场看到了高高的木塔,都想来我家看个究竟。没几分钟,木塔下面就聚集了十来个人。我认出了几个戴圆帽穿长衫的生意人,其中一位名叫卡里诺。

"这是什么玩意?"他不屑地问。

因为齐切瓦语中没有"风车"这个词,我只能告诉他这是"风推动的转盘"。

"我们想用这个发电。"我告诉他。

"它究竟是干什么用的?"

"利用风能发电,我一会儿就演示给你看。"

"这完全不可能。"卡里诺笑着说,接着转身观察众人的

266

反应，"看起来像是个发射器，这算哪门子玩意啊？"

"往后退几步，看着吧！"

我从塔顶跳下来，跑回屋子取来最后一个部件。那天早晨我找来一根极粗的芦苇，把它割成二十五厘米长的一段，正好可以托住自行车小灯泡。接着我在灯泡底部缠了层铜线，铜线余下部分从中空的芦苇的另一头穿出来垂荡在外。这就是我的灯座。

我拿着芦苇和灯泡重新攀上木塔，把灯泡上的铜线和发电器的线绕在一起。这时木塔下聚集的人越来越多。我用眼角余光向下一扫，发现人们正兴致勃勃地谈论着我的风车。

"你们说他在干什么呢？"一个名叫班达的农民问。

"我家孩子提起过堆放场的这个疯子。"一个胖胖的男人说，"他妈妈太可怜了！"

朝远处望去，我看见爸妈和妹妹们正站在人群的后面，睁大了眼睛等待着。他们微张着嘴，紧张得好像比赛只剩最后几秒，而偏偏就在这时球传给了我。此时我的行动完全不假思索。为了这一刻，我已经准备好几个月了。

除了家里人以外，木塔下总共围着三十多个大人和几乎同样多的孩子，他们都在指着我。

"让我们看看这个男孩到底有多疯狂！"

"安静点！这将是一场非常棒的演出。"

阵风拍打着木塔上的横梁，风中夹杂着链条机油和熔化塑胶的味道。弯曲的辐条卡住了轮盘，使它动弹不得。但风车发出的呻吟声越来越大，似乎在央求我把它释放开来。

差不多该开始了，我想。

我抓住自行车辐条，把它从风车轮盘上扯下来。链条咬紧齿盘，风车轮盘开始转动起来。起先是咯吱咯吱慢慢地转，像是在放慢镜头电影一样。我实在忍不住了，我希望它转得快一点，越快越好。

快转啊，我祈祷着，我可丢不起这人。

叶片终于慢慢加快了转速。

继续转，我默念着，千万别停下啊。

这时一股强风打在我身上，叶片疯了似的加速旋转。塔身接连震了好几下，几乎要把我掀翻在地。我紧紧地贴住木头横档，叶片像高速螺旋桨一样在我脑袋后面转动着。我把灯泡放在胸前，等待着奇迹的发生。只见灯泡先是闪了一下，然后发出明亮而恒定的光芒。我激动万分，心脏差点没从胸口蹦出来。

"看啊，"有人在风车底下说，"他弄出了光！"

"他真是说到做到了。"

一群学校里的孩子拨开人群，想在风车下看得更仔细些。

"瞧它转得多快！"他们吵嚷着。

这道璀璨绚烂的光芒完全是我一手创造的，这是何等令人自豪的事啊！我高举双手尽情欢呼。我高声大笑，不久便头晕目眩起来。我一手把住横档，一手拿着发光的灯泡，看着木塔下面那一双双难以置信的眼睛。

　　"现在你们信了吧，风真能发电！"我对着塔下大嚷，"我早就告诉过你们了，我不是疯子！"

　　人群渐渐开始鼓起掌来。他们举起双手高声呼喊："好小子，干得漂亮！"

　　"威廉，你真的做到了！"

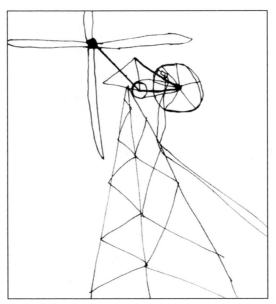

这是我的第一架大风车，高五米，用十二伏的自行车摩擦发电器启动，是我最为自豪的发明。

"我们的确怀疑过你，但现在我们完全相信你！"

"我成功了，"我对他们说，"我准备做架更大的，你们等着瞧吧！"

风车下的男男女女开始向我呼喊，提出各种各样的问题，但身后叶片的呼啸吞没了他们的声音。他们转而询问起吉尔伯特和乔弗里来，急于想知道有关风车的细节。被问题围绕的他们俩笑得都快合不拢嘴了。

我在塔顶站了大约三十分钟，把周围的一切尽收眼底——这里是欣赏风景的绝佳之所。最后灯泡实在太烫了，我只能把它留在风车顶端，自己则爬下了木塔。

黄昏时我用铁丝把灯泡拴在风车顶端的横梁上，然后离开了那里。我仍然沉浸在喜悦中不能自拔，急需消耗一些体力，于是跑去交易中心和众人一起庆祝。站在市场的货摊之间，可以看到位于山谷底部的灯泡仍然在阵阵微风中绽放着光芒。我站定在那里，眼睛片刻都没有离开过灯泡。

"那到底是什么东西啊？"边上有个抓着一麻袋西红柿的男人问，"转得像直升机螺旋桨一样。"

卖西红柿的摊主麦姬是妈妈的朋友，她说："那东西的主人正好在这里，为什么不直接问他呢？"

"真的吗？这怎么可能？"

我把风车发电的原理又向大伙解释了一遍。

"我还是不明白，"他说，"我需要实地见证一番。"

接下来一个月，每天大约有三十多人去我家后面见识风车发出的光芒。

"你是怎么做到的？"他们问。

"这是我看了许多书以后，费了番脑筋才做出来的。"我尽量不在众人面前显得过于得意。

大多数围观者是别的地方来我们村交易中心做买卖的生意人。对这些走街串巷的人来说，风车成了路边的标志。走过温比村的时候，他们必定要来这里看一看。还有许多人骑着行李架上绑着小鸡和玉米袋的自行车从邻村过来一探究竟。有时顶着面粉袋的女人会在我家门口停下脚步，和我妈妈闲聊一会儿。

"你运气真好，"有个女人说，"生了个能创造奇迹的儿子，你们家再也不用点煤油灯了。"

路过我家门口的男人们会找我爸爸攀谈。

"这是你儿子造的吗？"

"是的。"

"你儿子真聪明，他是怎么想到这个主意的？"

"他看了许多书，也许是从那些书里得到的启发吧。"

"学校教这个吗？"

"我家没钱给他读书，这都是他自己琢磨出来的。"

那个月我忙着清理土地，每天满心欢喜地从早忙到晚，为下一个生长季节作好准备。如果在家里附近的地里干活儿，我会在休息时站在田野之间，朝风车叶片看上几眼。

每天晚上收工回家以后，妈妈总会对我说："今天来过许多人，问了我许多问题，但我什么都回答不了。我让他们下次再来。"

一天我在理发店旁和吉尔伯特、乔弗里一起玩巴沃，交易中心突然因为停电而一片漆黑。我连忙趁着夜色跑回家，把灯泡连上风车，然后匆忙跑回交易中心。

"停电真他妈的讨厌！"有个头发理了一半的男人戴着帽子骂骂咧咧地从理发店里走了出来。

"停电了吗？"我笑着问他，"哪里停电了？你们看看我家，那里怎么没有停电？"

伊庞加先生从店里探出头来，手里抓着不能工作的理发剪。"我想你一定十分乐意停电，这样你就能大吹特吹你那架发电风车了。"

"也许吧。"我不置可否地说。

一个月以后，我开始试着把灯光引到自己房间。我需要很长的电线，但和以往一样，困扰我的仍然是资金问题。几天后，我和吉尔伯特去交易中心附近的查里蒂家玩耍。我无意中发现他们家用绝缘的铜线——正是我需要的那种——当晾衣绳用，还在房间角落里放了一大卷。

"伙计，"我对查里蒂说，"你怎么把这些能派上大用场的东西当晾衣绳用呢？真是暴殄天物啊！"

查里蒂说这些铜线是他那当司机的叔叔给他的劳务费，看在我和他有点亲戚关系的分上能给我打个折。我告诉他我现在没有钱，或许得先去交易中心或是其他什么地方找份活儿干。

"我现在就去。"我说。没走出多远，吉尔伯特已经从口袋里掏出一百克瓦查交给了查里蒂。就这样，我拿到了三十米长的铜线。

"吉尔伯特，这些铜线正好够用，"我说，"这下我的房间就能通电了。我一定会把这些钱还给你的。"

"钱的事以后再说，"吉尔伯特说，"先给你的房间通上电吧！"

我的希望几乎再次落空的时候，吉尔伯特再度出手相助。

我抓着从查里蒂那里买来的铜线朝家里跑去，奔下小径，穿越山谷，最后在家门口大树旁的空地上停住了脚步。眼前的风车叶片正在急速旋转着，每次看到它我都会忍不住一阵狂喜。我做了个深呼吸，接着走进家门。

我把缠在一根木头上的铜线解开，测量了一下风车发电器和我房间之间的距离。为保险起见我多拉了几米，然后用刀截断。我手拿铜线攀上木塔，从最上面那级横梁上拆下芦苇秆和灯泡，然后拉开连在发电器上的几根电线。我不想触电，因此尽量避免同时碰到两根电线。风越来越猛烈，风车在我身后飞快地旋转着，我真怕会被叶片剃个光头。好一阵拉扯以后，两股电线终于分开了。我把芦苇秆和灯泡放进口袋，然后把铜线和摩擦发电器上伸出的电线捆扎在一起，并在连接处套上了个黑色的塑料袋。完成这些工作以后，我从塔上爬了下来。

卧室的房顶由几根桉树枝当骨架，上面铺着黑色塑料板和几层茅草皮。我把扶梯靠在屋子的外墙上，爬到中间的横梁上，把电线在上面绕了几圈，留下大约两米的长度。接着我用长竹竿钩住铜线尾部，顺着横梁把铜线推到塑料板和茅草下方的房间里。

回到房间以后，我站在床上，抓住垂下来的铜线，把它紧紧地绕在屋顶的横梁上。我把芦苇秆和灯泡重新连上去，灯泡又亮了起来。我跑过去砰的一声关上门，为电的魔力感叹不已。由于我的窗户只是墙壁上的一小块，外面的光线没法完全透进来。门关上以后，灯光照亮了房间里的一切。我看见了角落里的金属边角料，泥地上的螺栓、螺帽和几小段电线。有生以来，我第一次拥有了明亮的私密空间。

妹妹们看见我跑回房间关上了门，便在外面使劲地敲门，想知道里面究竟发生了什么事。

"可以让我们也看一看吗？"多丽丝问。

"快进来吧。"我对她们招呼着。

那天晚上，我躺在床上出神地望着头顶的灯泡。伴随着风车叶片咯吱咯吱的响声，灯泡绽放出浅黄色的光芒。灯泡的亮度足以让我看清自己的四肢和身边图书馆的书。爸爸妈妈和妹妹们都进来看过了，他们为房间里新增加的这件新鲜玩意惊奇不已。

"看看威廉，他终于不用在黑暗中过日子了！"爸爸说。

"儿子，祝贺你。"妈妈说，"听着，我们也想在自己房间里通上电，你能帮我们想想法子吗？"

"好啊，"然后我跟妈妈打趣道，"你们真想用疯子发的电吗？"

"大伙都已经知道错了，"妈妈笑着说，"但那段时间我是真的为你感到担心。"

"如果风不吹怎么办？"罗斯问。

"这倒是个问题，"我不得不承认，"风不吹灯就不亮，不过我已经计划要做个电池了。"

我向家人解释道，等到有了更多的电线和一个汽车电池，我就可以把电贮积起来，这样没有风的时候灯泡也可以亮了。电池组甚至可以让家里的每个房间都通上电。这个过程也许会很漫长，但家里通上电以后，爸爸妈妈就可以省下买煤油的开销。那还仅仅是个开始，接下来我还要弄台浇灌田地的电动抽水机。总有一天，风车可以成为我们家抵抗饥饿的最有力的工具。

　　那天晚上，我兴奋得睡不着觉。所有人都离开以后，我拿起《探究物理》翻看了起来，准备着下一步的计划。每隔一段时间我会放下书本，观察灯泡闪闪发光的情形。灯泡发出的温暖光芒为墙壁和书页增添了一层暖意，照亮了门外吹进来的红色尘土。

　　那天晚上的风和平时一样猛烈。

12

如同我之前向妹妹罗斯解释的那样，风车没有风就发不了电。在宁静无风的夜里，我还得在黑暗中四处寻找火柴。唯一能改变现状的办法是找个大点的电池把电储存起来。在等待电池出现的同时，我也在计划用风车做点其他的事。

堂姐露茜是苏格拉底叔叔的女儿，当时恰巧从姆祖祖回家省亲。她已经结婚了，买了部手机，经常会叫我帮她去交易中心给手机充电。交易中心有几个家伙靠给家里没电的人充手机而大发横财。他们和店主说好，把充电器的延长线拉到店门外的遮阳棚内。除了出售电话卡之外，他们还把手机放在桌子上让人出钱来打。这和老式电话亭差不多，马拉维各地都有这种遮阳棚。在利隆圭那样的大城镇，有人甚至还在人行道和泥路边的遮阳棚里提供复印和打字服务，让人做履历表然后打电话应聘。当然，经常性的断电也影响着他们的生意。

一天，露茜又让我去交易中心帮她充电。我一百个不乐意，嘴里咕哝了几句。她似乎想到了什么，问道："为什么不用你的风车帮我充电呢？风车不是能发电吗？"

我早就考虑过这种可能性，但自行车摩擦发电器的电压尚不足以给手机充电。风车目前只能产生十二伏的电压，而手机充电器的电压是额定的二百二十伏。十二伏对小灯泡来说刚刚好，但无法负担更重的工作。

我已经用长电线验证了能量衰减的原理，使家里的收音机用上了自行车发电器发出的电。但这次的情况却截然相反，我需要做一个被称为升压变压器的东西。

世界各地，尤其是欧美国家的电力公司，时刻在干着升高电压的活儿。发电厂的大型交流发电机组可以发出电来，但就像之前演示的那样，把电力输送到用户家中时电压会衰减。为了解决这个问题，电力公司会在各处的变电站安装升压变压器，把电压提上去以后再把电输送出去。

升压变压器里有并排绕在铁芯上的主副两个线圈。交流电的电流方向在不断改变，这种改变会使主线圈在副线圈上产生感应电荷，这个过程叫作"互感应"。一个线圈的电压会通过互感应传到另一个线圈上，造成整体电压的升高。这些知识是我在《探究物理》的"互感应和变压器"这个章节学到的。这一章里还放了张戴着领结的白发老人的照片，此人就是迈克尔·法拉第，他在一八三一年造出了世界上第一台变压器。他那时的感觉一定非常美妙。

我决定参考这一章的图示，自己造一台升压变压器出来。首先我用尖嘴钳把铁板剪出一个"E"字形。书中的图片展示的是如何把二十四伏电压升到二百四十伏。我知道电压会随着线圈所绕圈数的增加而不断上升。图片上的主线圈绕了两百圈，副线圈绕了两千圈。图片下方还罗列了几个数学公式——也许这些公式能帮我解出两个线圈分别要绕多少圈，但我没有理会它们，只是发疯似的绕了又绕。

我把主线圈上的电线连在摩擦发电器上，副线圈则与充电器直接相连。把裸露的电线接到充电器上时，我被重重地电了一下，最后好不容易才把两者连接在了一起。接好以后，我准备把手机连上充电器。露茜站在我身后目不转睛地观察着这个过程。

"别把手机弄炸了。"她说。

"我心里有数。"这明显是在撒谎。

我把手机连上后，它不仅没爆炸，屏幕反倒亮了起来，显示电力增减的横杠不停地上下闪动着。我又成功了！

"你看看，"我说，"我不是早就对你说过了吗？"

为了让用电更方便，我决定更进一步，像吉尔伯特家那样在墙上装插座。我有一台可以用电池或交流电供电的收音机。这种收音机的电源线一端通常插在交流插孔里，另一端则和墙上的电源插座相连。

　　为了把电引进房间，我把方才那套升压系统转移到了墙壁上。我把收音机的交流电插孔完整地取了下来，把它固定在聚氯乙烯管改装的挂架上。我在墙上钻了个洞安装好挂架，使它看上去和普通的电源插座没什么两样，然后引入外面的风车电线。我把收音机的电源线插进交流电插孔，再把另一端的插头切下。然后我把电源线和手机充电器连在一起。这是一种非常规做法，但它真能起作用。当新发明成功的消息传到交易中心以后，来我家给手机充电的人都排到了土路上。

　　大多数时候人们故意摆出一副质疑的态度，也许是不想为充电付费吧。

　　"这东西真能为我的手机充电吗？"

　　"当然可以。"

　　"那就证明给我看看。"

　　"瞧，这不充上电了。"

　　"天啊，你成功了。但你还得多充一会儿，我还是不太相信。"

　　这种方法用了两个月之后，我决定继续扩大规模。有一天，我终于在查里蒂家见到了一直想找的汽车电池。

"我是在公路上捡到的，"他说，"一定是从哪辆卡车上掉下来的吧。"

我对电池的来历倒并不在乎，只求他把电池让给我。最后他同意用分期付款的方式把车用电池卖给我。

书上说要用直流电源给电池充电，因此我必须先转换自行车摩擦发电器产生的交流电。书中提到收音机和许多电子设备用到的二极管或是整流器可以完成这种转变。我需要的那种整流器形似连着一根小针的小号电池，这使我想到孩子们在路边摊上卖的那种烤田鼠。借助图示的帮助，我打开一只六伏特的旧收音机，从里面轻易地取出了一根二极管。我把一根粗钢丝放在火里烤过后当烙铁用，将二极管焊在风车和电池之间的电线上。这实在太简单了。接着我用露茜堂姐送的直流充电器代替标准的手机交流充电器为电池充电。

有了汽车电池以后，我又在家里装了三个并联电路连接的灯泡。出于某种原因，自行车上的灯泡只能用直流电才能点亮，而大多数家庭使用的白炽灯只能使用交流电。这样一来，我必须想个别的法子。我在多德先生的商行里找到三只用直流电的小灯泡——一只是刹车灯，另两只是车前灯。我把这三只灯泡分别安装在房间门口、父母的卧室和客厅里。即便在没有风的日子里，充满电的电池也够家里用上三整天。

我用铁条和自行车辐条为每个灯泡做了个简易开关。我想要能根据需要做成各种形状的绝缘材料，用它来加工几个按钮。最后我拿刀在破拖鞋上割下几块圆形橡胶做了按钮，接着又把做好的开关放进聚氯乙烯管熔成的小盒子里。

　　一个标准的电灯开关有互不相连的三股线———一股从电源接到开关，一股从开关连到灯泡，最后一股从灯泡连到电源。当我按下橡胶拖鞋制成的按钮时，辐条和铁条就能将几股线的接头连在一起，整个电路就这样接通了。

　　终于，我也可以和吉尔伯特一样在墙上开电灯了。

　　在家里各处安好电灯后不久的某天晚上，我走进客厅，看见家人正围坐在一起听收音机。妈妈坐在地板中间缝制着一块好看的橘黄色桌布，爸爸则和妹妹们全神贯注地听着广播一台的新闻节目。我扮成电台的记者，拿着"麦克风"闯进了客厅。

　　"我现在正在尊敬的'教皇'坎宽巴家里。"我用深沉严肃的嗓音说，"坎宽巴先生，以前这个时候你家的客厅里总是漆黑一片，现在却像城里人一样享受着电的好处。"

　　"是啊，"爸爸笑着说，"现在我觉得自己比城里人还要快活。"

　　"你是说家里不仅有电，还不用付国家电力公司钱吗？"

　　"一点不假。"爸爸说，"更重要的是，这套东西是我儿子做出来的。"

晚上有灯使我家的生活质量提升了一大步，但这并不算
完美。我用的电池和电线都不是高品质的。查里蒂卖给我的
铜线已经用完了，我只能把废品堆放场找来的零碎线头拿来
用。有些铁丝原本不是用来通电的，但我还是照用不误。有
些焊接在一起的电线没有包上绝缘橡胶，把它们和电池的电
极连接在一起时常会迸出火花。因为没有像样的塑胶管包裹，
我只好把从灯泡正负极伸出的两根电线和电源开关简单地钉
在墙和天花板上，像是圣诞节灯饰似的。我尽量不让电线互
相交叉，因为天花板是简陋的草木结构，很容易着火。

糟糕的是，支撑屋顶茅草的桉树干早就被白蚁蛀空了。
每天晚上我都能在床上听见白蚁们的磨牙声，早晨醒来时总
能在地板上看到一片狼藉的木屑。它们持续不断的工作蛀空
了横梁，使它微微下垂。横梁上那堆裸露的电线使情况变得
更加危险，没多久便险些酿成一场大祸。

有天下午飓风过后，我从乔弗里那里回到家，顶上那根
横梁终于被大风吹成两截。屋顶从中间往下陷，地上都是尘
土和杂草。断裂的横梁还把成百上千只白蚁震落在地面和床
铺上。

起初我想把白蚁从地上和床上扫掉，但数量实在太多了，

怎么也扫不干净。那时爸爸刚从市场上买回来几只鸡。我开门向外一看，正好瞧见这几只鸡从门口经过。

"小鸡啊，快上这里来吧，"我招呼着，"屋里有好吃的。"

我往屋外面扔了几只白蚁，吸引它们进来。当小鸡意识到我的房间里有许多好吃的等着它们时，便疯狂地拥了进来。地上和床铺上很快爬满了小鸡，它们拍打着翅膀啄食着不堪一击的白蚁。

"把它们给我吃干净！"我下令道，"一只都别留下！"

白蚁造成的骚动使我根本没有闻到屋子里的一股焦味。鸡把白蚁吃干净以后，我凑近塌下来的横梁仔细看了几眼，才发现电线竟然在事故中触碰在了一起。好在这些劣质电线只是烧成两段，没有引发大火。感谢上帝，全家人都安然无恙，躲过了这一劫。

乔弗里走进我房间，和我一起看着这幅杂乱无章的画面。

"兄弟，还好我太穷了，买不起合适的电线。"我说，"如果用的是好一点的电线，我们家一定已经烧没了。"

"我早就催促过你加固房顶。"

"是的，没错。我要早点听你的就好了。"

我需要设计一套安全的电路系统。和往常一样我又去《探究物理》中寻找答案，很快我就在书中找到了理想的模型。《探究物理》的第二百七十一页绘制了英国家庭的电路系统。根据图示，电线从家里的总电源出来以后，首先会通过一个断路器。电路负荷过大时，断路器会将其截断。我需要的就是这个东西。

图中的断路器用到了保险丝。电路负荷过大时，由许多细微的金属丝组成的保险丝就会被熔断。我没有这种东西，所以只能和以往一样在家周围就地取材。没有金属丝构成的保险丝，我就只能根据电铃原理做了个电路断路器。顺便提一下，电铃原理也是我在书中看到的。

线圈通电后磁化，然后带动金属槌敲击铃铛，这就是所谓的电铃原理。在这个过程中，金属槌还会碰到一个开关，造成电路断路，使金属槌回到原来的位置。当然，这一连串

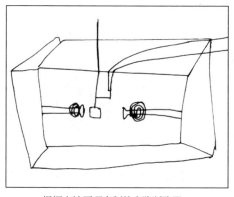

根据电铃原理自制的电路断路器。

动作每秒钟都会发生十几次。

在制作断路器时，我首先用熔化的聚氯乙烯管做了个断路器盒（就像之前做电灯开关那样）。接着我用铜线缠绕住两个钉头，做了两个磁化线圈，然后彼此相对，放入断路盒里，间距约为十二厘米。我从收音机的扬声器上拆下块状磁铁，把它挂在自行车辐条上，让它能够在两个线圈之间摆动。接着我从圆珠笔芯里扯出根弹簧，拉长以后摆在块状磁铁和钉子中间，轻靠在电路的通电电线上。弹簧完成了电路的连接，并在某种程度上起到了类似开关感应器的作用。

电灯开启以后，电从电池流入断路器盒里的电路中，磁化了那两枚钉子——其中一枚的位置更靠近块状磁铁。电磁铁的极性取决于电流方向，因此我在两个钉头上以不同方式绕线，使离磁铁较近的钉子产生同极相斥的现象，而离磁铁较远的钉子则异极相吸。来自两枚钉子的作用力于是便使中间的块状磁铁处于一种微妙的平衡状态中，不知该何去何从。

当电力激增时，这样的平衡就会被打破。靠近磁铁的钉子会首先接收到激增的电流，猛力将磁铁推向另一枚钉子，使圆珠笔弹簧从通电电线上脱落下来，从而阻断电路以及电流的正常传导。

我把做好的断路器盒钉在电池上方的墙壁上，每天晚上都会坐在床上瞪着它看上一会儿。两星期以后的龙卷风来袭使我终于看到了断路器的作用。

　　那天我一整天都待在交易中心。回家以后，我觉得家里的情形和往常不太一样。院子里到处是屋顶上散落的茅草，屋顶像是被巨人摇动过一样。这时妈妈从厨房走了出来。

　　"发生什么事了？"

　　"田野里吹来一阵龙卷风，我们不得不躲进屋里。"

　　走进房间以后，我发现刚刚补好的屋顶又塌了，茅草和泥土撒落一地。这时我注意到断路器上的磁铁偏向一边。我试着把它挪到中间，但它却根本不听我的话。我又试了一次，但磁铁还是和一旁的钉子紧紧吸在一起。我把断路器和电池切断，爬上屋顶查看电路，发现屋顶的电线又和上次一样交错起来。分开电线后，我把断路器重新连接在电池上，块状磁铁又弹回两枚钉子中间。我又一次幸运地躲过了火灾。

　　虽然受了点损失，但断路器起了作用还是让我感到开心。

　　"没有断路器的话，我的房子就全完了，"我对乔弗里说，"我的衣服和被单全会被烧成灰。断路器真起作用了。"

　　"断路器的作用的确很大，"他说，"但你还是先把屋顶整修好吧。"

　　任何一项新发明都会有各自不同的问题。除了在线路方面比较外行以外，自行车链条也是缠绕在我心头的一大难题。

当劲吹的大风使叶片加速旋转时，链条会从中间断开或是从齿盘上脱落，我只好爬上木塔把链条修好。在那之前我得先使叶片停转，这是我最不爱干的一件差事。

一天早晨我睡得正熟。公鸡还没有打鸣，屋子四周万籁俱寂，也许我还在梦里露出微笑了呢。这时我突然被一阵可怕的喧哗声吵醒，我知道大事不妙，链条又从叶片上滑落下来了。我听见飓风拍打着外面的金合欢树，木塔在风中东倒西歪。叶片飞快转动，转子发出刺耳的嗡嗡声。如果不赶紧出门整修，叶片就会像匕首一样从木塔上飞出去，最后断成两截。想到这里，我赶紧爬出温暖的被窝，向屋外飞奔而去。

早前我曾经计划做一套风车制动系统——只要一拉把手，叶片就会停止转动。这类似于自行车上的脚刹车，只要把踏板倒着踩，车就会马上停下来。这类刹车用到了一种特殊的轮轴，向后踩踏板的时候，轮轴里的齿轮装置就会锁住车轮。我计划把轮轴装在风车的转轴上，从下面一拉绳子就能触发这一装置。这样我只要把绳子连到房间里，就再也不用钻出被窝爬上木塔，把辐条卡进叶片了。但花了好几星期时间，我都没能找到合适的轮轴，因此无法完成构想中的制动系统。这天早晨，我还是必须得顶住狂风，爬上木塔停住叶片。

爬到木塔顶端后，我和往常一样踢掉了脚上的拖鞋，以便站得更稳一些。但猛烈的大风把木塔吹得左摇右晃，我还以为它会就此倒塌呢！我用双腿缠住扶梯横档，希望能渡过此劫。但是我光注意着保持平衡，却没发现自行车车架正随着木塔一起在晃。接下来的一阵狂风使叶片重重地击在了我手上，我一下子失去平衡，差点从木塔上摔下去。还好当下我及时抓住了横档，嘴里还不服输地骂了几句。我低头一看：叶片把我三个指节上的肉刮了下来，血滴随风四处飘散。

"既然你是我做的，为什么还要害我呢？"我朝着风车大喊，"你要帮我才对，请你一定要帮帮我啊！"

恢复平衡后，我从口袋里拿出为了修理风车而从自行车轮胎上切下的厚橡胶条。我紧握橡胶条，屏住呼吸，抓紧旋转的齿盘，齿轮像锯子的刀锋一样嵌进橡胶条里。

"快给我停下！"

好不容易停下叶片后，我把弄弯的自行车辐条嵌入风车齿盘里防止它继续转动，然后重新装好了链条。大风再一次来袭时，我就没那么幸运了，齿轮透过自行车上的橡胶条割破了我的手掌。这种事后来又发生了一次。那伤疤至今还留在我手上。

那时候，乔弗里还在齐普巴的玉米磨坊和穆萨维尔伯伯一起工作。他负责扫地并在穆萨维尔伯伯需要他时干些杂活儿。但到了那里以后，穆萨维尔伯伯一天到晚饮酒作乐，乔弗里只好独自挑起了玉米磨坊的重担。他每天都起得很早，一到磨坊就维修机器、添满机油，之后便开门营业。晚上乔弗里和穆萨维尔伯伯同睡一张床。伯伯酒足饭饱后唱着欢快的歌回到家，倒头便酣然入睡了。

齐普巴离我们这里大约二十五公里，乔弗里基本上每个月都会骑车回家一次，把工作时经历的种种艰苦讲给我听。

"他们让我翻五座山去买机油，"他说，"回来的时候机油浸透了我的衣衫。不瞒你说，哥们儿，我想死你们了。"

但他也把磨坊的磨粉机利用滑轮和橡皮带工作的原理告诉了我。

"橡皮带可以帮你解决链条带来的问题，"他说，"磨坊里的橡皮带从没出过任何问题。"

这可是个好消息。我正好可以用橡皮带滑轮来增加前后齿轮间的张力，而链条就是因为张力不足总是被狂风吹出去。另外，橡皮带也用不着上链条所需的机油。家里的那点机油早就被我耗尽了。

在废品堆放场，我从一个老掉牙的抽水机上轻而易举地找到了两个滑轮。我用一块厚铁皮锤了好几个小时，最后终于把滑轮上的开口销断开，将它们取了出来。但较大的那只滑轮中间的孔太大，和缓冲器的转轴不太相配。我只得找人把它焊接在齿盘旁。

焊工古德森先生再也不嘲笑我了。看见我拿着奇形怪状的金属块走向他的店时，他总会笑着将气焊枪点燃。

"告诉我焊在哪里。"他说。

古德森先生甚至让我用他的研磨机把齿盘上的齿轮磨平，使齿盘边缘变得平整如新。看着尖齿在火光中渐渐消失，我真是快活极了。

"我可不想再弄出这么些伤疤。"我还余怒未消呢！

我用一下午时间把滑轮装上了风车，它们看上去棒极了。唯一的问题是我没有合适的橡皮带。我翻箱倒柜寻找合适的替代品，终于在一个尼龙包上找到一副提手。我把提手剪下来安在滑轮上，但没过十秒提手就裂开了。接着我剖开几节电池，挖出里面的黑色胶状物——一种用来固定电池碳棒的焦油，希望它能起到附着剂的作用，但几小时以后焦油就被磨完了。交易中心的一位老人知道我的难处后，给了我一条从磨粉机上拆下的旧橡皮带，那是他平时用来把蔬菜绑到自行车上的工具。但这条带子已经断成两截，我时不时得用钩针和细金属丝把它接上，只能用一阵修一修。在没有合适的橡皮带的情况下，我用它将就了两个月。费了这么大力气，之后我还是得每天爬两回木塔。

最后，乔弗里终于从齐普巴带回一条运转正常的橡皮带。

我终于不会在工作中受伤了！更妙的是，我也不用一大清早去爬木塔了。当第一声鸡叫把我惊醒以后，风车发出的嗡嗡声又会把我重新带入梦乡。但那只公鸡还是不屈不挠地叫着，风车也无法保证我能再次入睡。

"该死的公鸡！"我恨恨地诅咒道，"如果你再不闭嘴，我就让风车叶片把你的脖子割断！"

"咕咕咕——"

再骂也没有用。在农村，征服黑暗已经非常难了，对付一头吵闹的公鸡我就更束手无策了！

13

历经了长时间的艰苦劳作，我真希望这一季的庄稼可以长得更好一点，让我可以偿还欠下的学费，然后回学校读书。但饥荒时欠下的债还没还完，卡查科洛中学快开学的时候我们家还是没有钱，甚至连买烟草种和化肥的钱都没有。不种烟草的话我们就没有什么可卖的了，那意味着接下来的一整年家里都不会有什么余钱。事实上，照此下去我们得再过好几年才能再一次种上烟草。

我们当然也可以种些不需要化肥的作物拿到市场卖钱，例如黄豆、花生和豆荚。尽管出售它们可以缓解燃眉之急，但这些作物售价很低，根本赚不了几个钱——更别提返校读书的学费了。

有天下午我和爸爸一边耕地一边听广播，收音机里突然传来一则关于本地私立学校的广告。

"欢迎到卡普卡私立学校就读，"播音员说，"这里有良好的师资、一流的教学设施和轻松的分期付款计划。别犹豫了，赶快来卡普卡私立学校就读吧！"

这些学校经常会买下广告时段招徕学生，这对无所事事在家闲晃的我来说简直是种折磨。但这次我却把这则广告看成是重返校园的良机，尽管我对爸爸的答案早已了然于胸。

"爸爸，你怎么看？这学校好吗？我可以继续上学吗？"

"再等等吧，"爸爸说，"我们先得把债还完。等到家里有了余钱，我就可以送你回去读书了。"

这些问题一定让爸爸备感神伤。我不想再和他争吵，默默接受了他的答案，继续埋头干活儿。

那年一月，我眼巴巴地看着朋友们回到学校，在通往卡查科洛中学的路上有说有笑。我仍然可以看到吉尔伯特和班上其他学生在交易中心玩巴沃，他们中时常有人会问："威廉，你什么时候回学校啊？"有时还会在我面前吹嘘他们在考试中取得的好成绩。每当此时我都不发一言，实在忍耐不住时才说："别提这些好吗？"过了一阵子，就再也没人提学校的话题了。

只要去交易中心，你就可以看到许多辍学的孩子在那里闲荡着。他们既不替家里种地，也没有回学校继续读书的打算，只是穿着皱巴巴的衣服在批发店外站着，希望能接点零活儿干。如果白天能干点零工，晚上他们就会去酒馆把钱全花掉。他们中许多人变成了奥菲西酒馆烂醉如泥的酒徒，到了清早才会跌跌撞撞地走回家。

在马拉维，我们称这些人是在"埋葬"自己的生活。他们满足于打零工的日子，没有明确的生活目标。我真怕自己会变成他们那样。等风车的计划失去新鲜感，改进方案显得越来越难以实现以后，我的野心会被一排排的玉米埋没——忘却梦想比什么都容易。

为了摆脱黑暗的未来，在不知何时能回学校的情况下，我坚持每星期都去图书馆看书。我没事就往图书馆跑，这不仅拓宽了我的知识面，还从中得到源源不断的灵感。我读遍了图书馆里所有的小说——其中一些涉及 HIV 和艾滋病方面的知识，还通过读拼字课本练习英语。当然，我还一直借着《探究物理》《利用能源》《综合科学》这三本书。最近，我对水泵、制冷系统，以及制造替代能源的方法非常好奇。

风车的成功使我感受到一点压力。我开始把自己看作刚刚发行畅销专辑的雷鬼音乐明星，接下来的作品一定要更卖座才行。在图书馆的每一天我都会冥思苦想，试图想出一个更好的点子来。关注我的人都在等着呢——至少我希望他们都在看着我。

许多来看风车的人都给出了同样的评语："这看上去和无线电发射塔差不多。"有人还会补充一句，"既然你连发电的风车都发明出来了，为什么不再造个无线电发射塔呢？反正它们看上去差不多。"

他们的话使我对无线电发射塔的工作原理产生了浓厚的兴趣。考虑一段时间以后，我带着一个点子去了乔弗里那里。

"那些人老说风车和发射塔很像，我们干脆造个无线电发射塔吧？"

"什么意思？"

"我们联手造一个广播电台出来。"

那天下午，我从我们的零件袋里拿出两个连盖子都没有的破收音机。首先我想验证一个理论。几星期前的一个夜晚，我们村下了一场大雷雨，我只能躲在屋里听收音机。《周末二十大歌曲排行榜》正播着，一道闪电生生地劈了下来。我听到音乐里夹杂着一阵急促的哔哔声，仿佛雷电刹那间截断了无线电信号一样。

我把一台收音机调到静态频率，然后把第二台收音机也调到相同位置上。调整完成后，第二台收音机突然不响了：没有白噪音，什么声音都没有。这和闪电的道理是一样的吗？难道一台收音机的频率能影响另一台收音机？如果真是这样，我肯定可以通过固定的频率把自己的声音向外传送！

我有一个带收音机和磁带卡座的随身听。我把刚才的收音机停留在静态频率，将随身听切换到磁带播放模式。我找到随身听里连接磁头和喇叭的电线，将连在喇叭上的那头解下来重新接在随身听的电容器上。由于频率是通过电容器控制的，也许本来通过喇叭播放出的音乐可以通过频率波的扩散由另一台收音机播放出来。

我把黑色传教士乐队的磁带推进卡槽。

"开始放啦。"我说。

我按下播放键，音乐果真从另一台收音机里清晰嘹亮地放出来了！随身听起到了发射器的作用。这意味着如果我把五台收音机调到相同频率，它们会同时播放黑色传教士乐队的歌曲。

"乔弗里先生，"我说，"你看我能把自己的声音通过这个传播出去吗？"

我把电线从电容器上解开，连接在耳麦上拆下的话筒上，自制了一个麦克风。我按下播放键，开始对麦克风说话。

"一二，一二。"我开始简单地报着数。

我听见自己的声音从另一台收音机里传了出来。

"下午好，马拉维的男女老少们。我是主持人威廉·坎宽巴，和我在一起的是好友乔弗里先生。你们平时收听的节目将被打断一会儿。"

之后，我和乔弗里开始试验我们的小型广播电台。乔弗里带着收音机出了门，我留在房间里唱起了他最喜欢的比利·卡旺达的歌。门外的乔弗里能清晰地听到我在房间里的歌声。不瞒你说，我唱得真是带劲极了。

"我的耳朵都快被你震聋了。"他朝屋内嚷着，"不过别停下，这样就好！"

离我的卧室越远，收音机的信号就会变得越弱。超过九十米时，信号几乎就完全消失了。这对无法忍受我的噪音的乔弗里来说倒是个好消息。

"只要有音频增强器，我们就能把信号传到更远的地方。"

但乔弗里害怕当局会以干扰电台正常播出为由逮捕我们。有人曾经对风车也发出过类似的警告："你最好小心点，说不定国家电力公司会把你抓走呢！"

如果收音机、发电机和飞机的发明者在做试验时害怕自己会被当局抓走，那我们也许永远都不能体会到这些发明的好处了。

"让他们来抓我吧。"我说，"对我而言，这反倒是种荣誉。"

我马上开始了其他试验。接下来的一整年，我都在计划和验证着一些新课题。尽管风车和收音机发射台都获得了成功，但别的几项试验就没有这样的好运了。

我最希望实现的计划是做一台水泵，在书上看到风车图片后我就萌发了这个愿望。虽然风车驱动的水泵暂时没法造出来，但我已经在着手进行普通水泵的研制了。《探究物理》中的压力水泵图片上，有活塞和一连串阀门把水推向出口。书中用汽车雨刷和手动自行车打气筒做例子——汽车雨刷我没怎么用过，但对自行车打气筒就再熟悉不过了。

　　我们家后面挖了口井，平时清洗和洗浴都从这口井里提水。所以我得先找一根能触到井底的长水管。我在废品堆放场见过一些灌溉用的旧水管，至今仍深埋在泥土里。一天早晨，我带着锄头到废品堆放场挖水管，足足用了两天才把地下的水管全挖了上来。

　　这些水管好用极了。我先是挖到了一根可以用作外接水管的聚氯乙烯管，把它一直伸到了井底。第二根是细一些的金属管，接在第一根管子上当活塞再合适不过了。古德森先生帮我把圆形金属垫片焊接在金属管底端，并保持垫片中央的孔洞通畅。我在垫圈四周接上一块厚厚的自行车轮胎橡胶，用作进水阀或密封圈。接着我又让古德森先生把金属管顶端弯成九十度直角当把手。

　　上下运动把手会使聚氯乙烯管内部处于某种真空状态。上拉会使水吸入管子，而将把手往下压时，密封圈打开产生的压力又会使水升到顶部。井水一路上升，从我事先在金属管侧面熔穿的洞里涌出来。

但问题马上出现了：橡胶阀和塑料管之间的摩擦力太大，井水往往升不到地面就往下坠。妹妹们以及邻村的一些妇女开始用我的水泵抽水，但她们发现它简直太难用了。

"这玩意根本不能用，"妈妈说，"好像哪里卡住了。"

我想给管道加点润滑油，但冷水使机油厚得跟凝胶似的根本铺展不匀，我只能放弃了这个主意。

水泵没有取得成功，但和我制沼气时的失败相比这根本不值一提。

如同我之前提到的那样，马拉维的乱砍滥伐已使人们很难找到合适的木材烧饭，继续砍树只会加重这种恶性循环。于是在玉米收成好的时候，我们有四个月时间将剥完玉米粒后晒干的玉米棒当燃料用。但在这之后，我们又得四处寻找柴火了。

妈妈和妹妹们每天都会去卡查科洛中学附近的桉树林砍些细树枝——这种体力活儿常常要花上三个多小时。大多数树枝还带有青翠的叶子，三五天后才能被完全晒干。通常我们等不到三天就会把这些木柴拿来烧，呛人的白烟从厨房窗户向外四处飘散。可怜的妈妈正在厨房里熬玉米粥，她使劲地揉着眼睛，泪水不断从两颊滚落。家里的所有女孩每年都会得急性咽炎。

在马拉维，每个女人都要干这种重体力活儿。我很清楚，寻找柴火的路会变得越来越长，也许没多久我们就不能按时吃饭了。在不久的将来，林地退化的现象会越来越严重，从而引发大规模的旱灾和水灾。必须有人站出来拯救妇女和林地。我想，这个人为什么不能是我呢？

自从我造出了风车后，就不断有女人问我："风车产生的电能帮你妈妈烧饭吗？"很遗憾，这个问题我解决不了。

风车产生的电压不足以供应那些常用的电炊具，我只能另辟蹊径。几星期之前，我用电线和电池又做过一次试验。我拿上一根粗草秆——就是家里屋顶和篱笆上用的那种，在上面密密麻麻地缠了二十几圈电线。我把草秆的两头同十二伏电池连在一起，草秆马上热了起来。电线变得火红发烫，草秆上立刻冒出了火星。这个简单而又有些孩子气的想法却使我产生了另一个念头。

这下好了，也许可以用这个法子烧水喝，我想。不能把锅直接放在电线上，因为上头的金属会使人触电，而陶锅又会把电线压扁。我只能把线圈缠绕成魔法棒的形状，用中空的圆珠笔笔杆当塑料把手。这种带把手的线圈我早就在交易中心见过了，但那种线圈用的不是电池，而是电力公司的外接电源。我将一个十二伏的电池与线圈相连，放在把手下方，然后把线圈浸在水里，不一会儿就把水烧开了。

但这种方法过于粗陋，我必须做出更实用的电热器来。《综合科学》课本里有一节提到了替代能源，其中的太阳能发电和水力发电我在别的书上看到过，还有一种被称为沼气的我头一回听说。沼气是把动物排泄物转化成液态燃料，产生的气体就可以用来烧饭。书中说明了把排泄物堆放在沼气池里的过程，经过几个月的加热，就可以用一根长真空管收集气体。

我才不需要什么沼气池呢，我也耗不起那么长时间！

想好计划以后，我溜进妈妈的厨房，取出她煮豆子的大陶罐。现在我就只缺所谓的"有机物质"了。这东西倒是遍地都有：住在对面的克里茜姑姑在房子后面的木圈里养了两头山羊，地上蒙了一层滚珠状的羊粪。我趁人不注意，拿着糖袋翻进了羊圈。山羊躲到角落里惊奇地看着我，但我对它们毫不理会。收拾了满满一袋羊粪后，我才志得意满地回到了厨房。

妈妈正在门外的园子里劳作，我终于有机会一展身手了。我把羊粪扔进陶罐，在里面倒入半罐水，棕黄色的羊粪球慢慢浮到表面。接着我用大塑料袋盖住罐口，并用绳子绑紧。我剪下一截收音机天线当真空管，戳进塑料袋中间，然后用芦苇把罐顶完全封上。

妈妈早饭时生的火还没有完全熄灭，我往里加了把干玉米棒，重新把它点旺，然后把陶罐放在火中央，等待着激动人心的那一刻的到来。

大约十五分钟以后，陶罐里发出一阵咕隆咕隆的声音，水终于开了。塑料袋在蒸气的作用下向外膨胀，但芦苇把塑料袋绑紧了。我开始心跳加速，不一会儿，最后的测试就要开始了。

这时身后突然传来了妈妈的声音。

"这是什么味道？"她冷不丁地发起火来。

"这叫沼气，是……"

"太可怕了！"

这时塑料袋疯了似的鼓起来，随时都有可能炸开。我必须加紧行动，是该取下芦苇、开始点火了。

我走上前飞快地把芦苇从罐子上扯下来，一股白色的蒸气马上从锅里涌了出来。妈妈说得没错，这股气味真是难闻极了。我抓起备在手边的长草秆，将它戳进火堆里点燃。

"后退！"我冲着妈妈大吼，"这里危险，快躲开！"

"你说什么?！"

我起身向门口跑去，把妈妈推向一旁。我把半截身子缩在门框里，伸出手臂把点燃了的草秆一点点向蒸气靠拢。

"好戏就要开场了！"我宣布道。

我把燃着的草秆伸进蒸气里，紧闭双眼，生怕被剧烈的闪光灼伤。但火苗碰到蒸气后噼啪了几声就熄灭了。我睁开双眼，看到的只是沾满了臭水的碎草和妈妈怒不可遏的眼睛。

"看你做的好事，你把我最好的煮饭锅给毁了！你竟用它来烧羊粪，我简直不敢相信你会做这种事。等你爸爸回来……"

我想向妈妈解释我是为了她才这么做的，最后还是觉得少说为妙，便躲到一边去了。

二〇〇三年年底，我每天躲在芒果树下读书，忙着完善自己的试验。妈妈去萨利马的父母家待了两个星期。萨利马天气炎热，紧挨着马拉维湖，蚊子又多又毒。回家以后妈妈就发烧头晕，全身像掉进冰窟窿似的不停颤抖。我们都知道妈妈是染上了疟疾。

在非洲撒哈拉沙漠以南的地方，几乎所有人都会在人生的某个阶段患上疟疾。大多数人在幼年时就患上了，如果没用蚊帐躲避蚊虫的叮咬，他们每年都会受疟疾困扰。因为我们家没有蚊帐，所以疟疾对我们来说是家常便饭。如果发现得早，我们会及时服用诊所提供的药物，病情会在一两个星期内得到控制。但有些顽固的病毒会深入脑部，这时疟疾就比较难治了。每年非洲死于疟疾的人数都在一百万以上，其中大部分是儿童。

起初妈妈的病看上去并不严重，我们把她放在床上，计划第二天去给她买些药。但是跟之前梅莱斯得病时一样，妈妈的烧发得越来越高。第二天早晨她开始呕吐，全身也抖得更厉害了。更让我们害怕的是，她连一句完整的话都说不利落。我在走廊那头自己的卧室里都能听见妈妈沉重的呼吸声。到了中午，妈妈的两条腿也完全失去了知觉。

村里没有救护车，爸爸只好把妈妈扛到自行车上，让她坚持住，然后把她推到了交易中心旁的诊所。护士看了一眼，就让我们赶快把妈妈送到穆吞玛的圣公会医院去。爸爸立刻拦住了一辆过路的小货车，把妈妈扛进了后车厢。

在穆吞玛的医院候诊室里，护士向妈妈发问道："你觉得自己有哪些症状？"

"走不了路，"妈妈说，"我的两条腿完全麻木了。"

检验结果呈阳性，妈妈的确患上了疟疾。医生在妈妈的腿上打了两针。但由于医院没有多余的病床留妈妈住院，因此医生只得先把妈妈打发回家。

两天以后，妈妈陷入了昏迷。

那天早晨妈妈昏迷以后，我们设法把她扶起来背到外面。我们把她抬到自行车上，费了好一番工夫才使她坐定在车座上不翻下来。

"妈妈，你必须坚持住。"我一直在给妈妈鼓劲，但她却一点反应都没有。

我们用自行车把妈妈推下坡，她却像一袋软塌塌的扁豆一样东倒西歪。她的头不断往后倒，我只能抓住她的一把头发，借此扶住她的头。

"别担心，"爸爸也一直在给妈妈鼓着劲，但他的声音却因恐惧而发颤，"撑着点，上了路就好了。我们现在就送你去医院，他们会治好你的病，让你舒舒服服的。"

顺风车招呼站在诊所和小学附近的一小块空地上。到了那里以后，我们轻手轻脚地把妈妈抬下自行车，放在草坪上。几分钟后，一辆从交易中心发往卡松古的小货车呼啸而来，爸爸挥手拦下了它。

"让点地方出来！"他大声嚷嚷着，"我老婆生病了！"

十几个人挤在货车后面的小车厢里，地上还散落着一些空可乐瓶和几袋玉米。乘客们看到奄奄一息的妈妈后纷纷让到一边腾出一块空地。

"她得了疟疾！"爸爸对司机说，"快带我们去穆吞玛！"

我们把妈妈抬上后车厢，背靠驾驶室的隔板。爸爸坐在一边稳住妈妈的身体，让她把头靠在自己的肩膀上。前往穆吞玛的路凹凸不平，如果把妈妈平放着只会让她更不舒服。

"威廉，看好妹妹们！"爸爸叮嘱道，"告诉你克里茜姑姑和家里其他亲属我们去穆吞玛看病了。"话还没说完，小货车便加速开走了。

货车只用了十五分钟便开到了医院门口。爸爸立刻抱着妈妈冲进了医院。

"我们现在就要看医生!"爸爸急吼着。

妈妈很快被安置在一个诊疗室里,医生们立刻给她挂上了一瓶抗菌用的点滴。

"不太乐观,"医生说,"病毒似乎已经感染了她的脑部。"

诊疗室的墙壁上刷着粉红色的漆,装着马拉维电力供应有限公司供电的灯。墙壁上挂着备受艾滋病、结核病和淋病折磨的病人的图片。躺在妈妈旁边病床的女人是从查马马来的,她不停地向袋子里呕吐着什么,似乎非常痛苦。

那天下午,克里茜姑姑和苏格拉底叔叔的妻子玛丽到医院守了妈妈一夜。爸爸要回家卖掉些玉米和豆子支付妈妈的医疗费。他闷着不说话,一直在院子里走来走去,似乎在等待着某件事情的发生。

"爸爸,妈妈的病会好吗?"梅莱斯问。

"她病得很重,静心为她祈祷吧。"

第二天早晨,爸爸在交易中心卖了几公斤粮食,凑了些钱赶回医院。我自愿留在家担起照顾妹妹的责任,其实内心深处我很怕看到妈妈半死不活的样子。第二天我总算鼓起勇气去了医院,但很快就对自己的举动后悔了。

妈妈的脸色在白被单的映衬下显得血色全无，嘴唇干燥开裂，胸膛像波涛中的玩具船一样起伏着。她的眼睛闭着，但眼皮底下的眼球却在不断地转动。

妈妈后来告诉我，在伸手不见五指的黑暗中，她几乎已经接受了死亡。她放弃了抗争的决心，随时等待着上帝把自己接走，但有些事牵绊着她。她感觉自己的身体沉入病床后又升了上来，然后她睁开双眼，看见熟识的人都站在她床前，接着一切又回到黑暗中，这个过程循环往复了好几次。在场的亲人们使她想起了自己的孩子，刹那间她仿佛在黑暗中看到了娇小柔弱的蒂娅敏，想象着她丧母之后又孤独又害怕的样子。想到尚未成年的女儿，妈妈尽力摆脱了黑暗的束缚。这是一场艰苦卓绝的斗争，妈妈的眼皮像白蚁一样不断地抖动着。当她摆脱束缚睁开双眼时，第一个出现在她眼前的人便是我。

"蒂娅敏！"妈妈大声尖叫着，"蒂娅敏在哪里？我的孩子在哪里？"

我像看到蛇似的往后跳了一步。妈妈双眼圆睁，眼珠因恐惧不断转动着。

"蒂娅敏！"

"蒂娅敏在家呢。"姑姑说，"别担心，你马上就会见到她的。"

妈妈仿佛一下子松了口气，重新沉入茫茫的黑暗中。每次苏醒时，妈妈都会一遍遍地念叨着蒂娅敏的名字。看到她这样受苦，我心如刀绞，气都接不上来。我确信妈妈马上就要死了，目睹这一切让我肝肠寸断。但几天以后，妈妈的烧奇迹般退了下去，而我这辈子从没这样努力祈祷过。

妈妈回家后不久，吉尔伯特告诉我他爸爸的状况不妙。被总统的爪牙痛殴一顿以后，村长在恐惧中度日如年，健康状况也越来越糟。

每次探望村长时，他总是一声不吭，他瘦了许多，显得非常虚弱。平时他总是睡在沙发上，天气暖和一点时才会去地里走走。他是村长，我们很难找到和他说话的机会，年轻人没有资格和他平起平坐。

几个月后我去齐普巴的玉米磨坊找乔弗里玩，看见几个女人正在路边聊天，从她们那里我们听到了一个坏得不能再坏的消息。

"兄弟们，敬爱的温比村长已经与世长辞了。"她们热泪盈眶地说。

我和乔弗里立刻骑上车，希望能马上赶回家，但途中我的轮胎爆了，只能推着车走。就在我们推车前行时，葬礼的准备工作已经开始了。汽车和卡车从我身边呼啸而过，集装箱卡车里的小鸡、山羊和一袋袋面粉是为前去吊唁村长的人准备的。村里的几十个女人也已经赶来准备丧宴了。这些人默不作声地走在路上，沿路压根儿听不到收音机的声音。路上的车辆和行人消失以后，我耳边传来一阵阵从没听到过的击鼓声，像是重槌敲在天穹上。村长走了。

到达吉尔伯特家的时候，吊唁的人群已经多达几百人。爸爸妈妈、我的几个妹妹、叔叔和姑姑们都在场，交易中心的生意人们几乎也都到了。一些女人顶着水桶在人群中来回走动，还有一些则蹲在火堆旁，满身是汗地搅拌着锅里的玉米粥。教堂的唱诗班在桉树下轻声吟唱着《人生过客》这首歌寄托哀思。络绎不绝的致哀者哭着从吉尔伯特家的前门鱼贯而出。

"首领把我们丢下了！"他们痛哭着说，"我们该怎么办？"

我和乔弗里在树下静静地等待着。很快过来了一个人，说吉尔伯特想和我们见一面。吉尔伯特坐在房子另一边的树下，虽然他似乎还没从惊惧中摆脱出来，但还是尽力安慰着自己的母亲。看到他，我的心里充满了哀伤。

"听说你爸爸的事后我马上就赶来了，"我说，"这简直太可怕了。好在上帝掌管着万物，一切都会好起来的。"我不知道该说什么，只能用默哀来安慰我的朋友。

葬礼在桉树林下的温比小学操场举行。开始时下了一阵雨，有人搭起了雨篷，为死者的家人和前来悼念的各地官员遮风挡雨。数百名村民聚集在雨篷外大声痛哭。村长的尸体放在会场前合上盖的棺材里，盖子上铺满了美丽的野花。村里村外的教堂和清真寺都派人来参加葬礼，各个教堂的唱诗班先后走到棺木前用齐切瓦语唱着歌。仪式结束后，一阵猛烈的鼓点声打破了会场上暂时的宁静。

告别曲起先舒缓轻柔，然后节奏突然加快。古勒·万库鲁在一阵激昂的节拍中出现了。五十多个舞者戴着牛头状的黑色面具，围绕着棺木翩然起舞。面具上安着夸张的牛鼻子、黑色的牛角和浑圆突出的牛眼。这群神秘的舞者已经来了好几天，他们在吉尔伯特家后面扎了营，围坐在篝火旁，从未露出过自己的真容。舞者中有几位突然从阵营中脱离出来，全身痉挛似的舞动着。他们一同低下身子，脚往外踢，手臂扫过红土，似乎在让土地准备好迎接离世的村长大人。

舞蹈结束后，送葬的队伍转移到天主教堂旁的墓地上。村长的墓地和约翰伯伯的形状大致相仿，只是底部的隔间要小一点。大伙一边念着祈祷文，一边把花束和花圈搁在棺木上。村长的信使恩瓦塔先生穿着卡其布警察制服，向空中鸣放了一枪。在震耳欲聋的枪声中，我们哭着观看了村长遗体落葬的全过程。

似乎村长的去世还不够悲惨，那年晚些时候，饥荒又一次席卷了马拉维全国。好在这次我们有了些盼头：二〇〇四年五月，众叛亲离的穆卢齐总统终于下台了，马拉维进行了新一届总统竞选。宾古·瓦·穆塔里卡被马拉维人民选为新总统。广受人们尊敬的穆塔里卡总统在美国获得了经济学学位，并曾在联合国任高官。他承诺给马拉维人民带来改变，所做的第一件事就是对农民伸出援助之手。在接下来的那个播种季节里，政府开始对化肥进行补贴，这意味着我们家三年来第一次买得起化肥了。

　　补贴券使化肥价格从四千克瓦查降到九百五十克瓦查，每家每户能领到四张。但由于贪腐横行，这个政策并没有执行下来。许多地方长官没有把补贴券分发给农户，而是把它们私底下卖给了出价最高的人。

　　二〇〇五年十二月，每家农户终于拿到了四张梦寐以求的补贴券。为了减轻体力上的负担，我和爸爸每人拿了两张到温比镇上出售玉米和化肥的农发公司排队买化肥。爸爸扛上一包先回家了，轮到我时，那些贪官早就把大多数化肥分发给了自己的亲友。他们提早打烊，排队等候的农民差点掀起一场骚动。

　　我跑到窗前，想看看农发公司到底发生了什么事。我刚把脸贴到玻璃上，背后就突然感到一阵钻心的疼，维持秩序的保安正拿着浇水用的水管抽我的背。

"小猴子，快给我滚一边去！"他发疯似的挥舞着手中的水管抽打着我的胳臂，又狠狠地在我背上抽了几下。我感觉背上一阵剧痛，连忙飞快地跑到一旁。被逼到墙边的几个家伙被保安狠狠地打了一顿。成功逃脱以后，我觉得脸上火辣辣的，心中充满了愤恨。我真想杀了那个抽我的人，但他身高体壮，在他面前我没有一丝一毫的胜算。

"要不是我爸爸已经走了，你可要吃不了兜着走！"我愤愤不平地大声怒喝着。

后来我们又弄到了几包化肥，准备着手耕种庄稼。播种季节开始的时候，气候和往年没什么不同。播下种以后我们带着化肥走下田埂，先在种子旁挖个小洞，往洞里放上一勺化肥，然后铺上一层泥土。

一月时种子开始发芽。在雨水和化肥的双重影响下，玉米幼苗长势喜人，达到了我踝关节的高度。长到爸爸的膝盖时，雨突然完全不下了。每天清晨太阳早早地升上天空，玉米幼苗敌不住炽烈的阳光，纷纷俯伏在地，不久以后叶片也开始干裂泛黄。如果点根火柴扔进去，玉米叶片一定会马上烧得卷起来。

"明年我们又该麻烦了。"爸爸说。

"真不知道我们能不能度过又一个饥荒年。"我答道。

二月零零星星地下了几场毛毛雨，足以让绝大多数幼苗长出成形的玉米棒来。但到了收获多维的季节时，大多数玉米穗都发育不良，这年的收成惨不忍睹。政府发誓帮助国民摆脱这场灾害，但人们的心里还是充满了恐惧。

二〇〇二年发生饥荒时，人们大多谴责不作为的穆卢齐政府，把气撒在出售盈余玉米的贪官污吏头上。这次没人责怪恶劣的气候，反倒开始拿巫术当靶子，这意味着他们总有一天要怪罪到我头上。

迷信在全国各地都还十分盛行，新闻报道里的几起事件更是让人们恐惧到了极点。在上一次饥荒中，有报道说南部地区的政府同一些吸血鬼勾结，把偷窃来的血液卖给国际救援组织。这则消息引发了大规模的暴乱。有个老人被众人用石头砸死，三个天主教堂的神父被暴民痛殴。政府否认和吸血鬼有瓜葛，但这并不足以消弭流言蜚语。"没有哪个政府会窃取人民的血液，"当时还是总统的穆卢齐为自己辩解道，"这是完完全全的诽谤。"

吸血鬼的传言还没有完全消退，多瓦地区又出现了一种奇怪的野兽开始袭击各处村庄。有人说这种野兽长得像鬣狗，还有人说那是长了一张狗脸的狮子。这头野兽咬死了三个人，被它弄断胳臂和腿的竟有十六人之多。袭击使几千个人逃离家园，睡在森林里，但在那里却更容易受怪兽攻击。

警方昼夜搜查，终于在一天晚上把怪兽逼到了灌木林的一角。但根据报上的记载，警察开枪时野兽突然变成三种不同的动物消失在林子里。村民们找到了当地的巫医，让他调制出一种强力药剂撒在灌木林里。第二天早晨，野兽四肢张开死在路上——尸体的大小甚至比不上一条狗。村里的长老想用火烧掉这具尸体，但无论如何都没有成功。

村民们纷纷回到自己的家园。但当每个人都以为自己平安无事的时候，又有一头新的怪兽开始大肆屠戮，人们纷纷逃回树林里躲了起来。经过证实这头怪兽是巫术的结果。多瓦附近有个生意人从一位法力高超的巫师那里买了雷电却拒绝付钱，巫师为报复他把怪兽差遣到他那里，被它咬死咬伤的都是那生意人的亲戚。

多瓦怪兽事件告一段落后，马拉维各地都出现了盗窃私处的报告。有些人早晨起来时发现床单上全是血，自己的命根子已经不翼而飞了。最容易遭袭击的是醉酒的人。当醉鬼们在黑暗中踉踉跄跄地回家时，一头邪恶的野兽——可能是巫婆训练的一群孩子——会把他们拖到树后，用刀子割下他们的命根子。经证实，大多数受害者都还是处男，他们的睾丸大多被出售给巫婆、撒旦崇拜者和某些大款。

这场风波使受人尊敬的反对党领袖约翰·坦博怒不可遏，在议会里他痛陈了这个问题的危害性。他语气犀利地说："出售别人的私处是不可接受的，如果出售者自己的私处还完好无损就更是如此。"

迷信的风潮很快就蔓延到了温比村。有人说住在交易中心附近的几个巫婆常利用孩子玩巫术。有一天一个巫婆命令孩子们去攻击一个笃信基督教的老头。他们趁老人熟睡的时候，用巫术取下他的头当球踢。（我们睡觉时常发生这种事：耍巫术的孩子会神不知鬼不觉地取走熟睡者的头颅，第二天早晨再还回去，这是个很严重的问题。）这不是场普通的足球赛，而是在赞比亚举行的巫童足球公开赛。奖杯里盛满了人肉，据说会在圣诞节那天由优胜者享用。

马拉维队的对手是坦桑尼亚的巫童。就在比赛马上要开始时，观众席里突然爆发出一阵嘘声，球场上发生了一件非常可怕的事：球破了。这意味着老人的头再也还不回去，他自然也失去了生还的希望。找来一颗新的人头后，比赛又重新开始了。马拉维队因为队里的巫童违规触球而被罚了点球，坦桑尼亚队以一比零的比分赢得了这场比赛。

在回温比的巫术飞机上，其他孩子不断嘲弄和诅咒那个用手触球的男孩。

"你为什么那样做？"他们咆哮着，"不然我们就赢定了！"

回到国内以后，巫婆们用各种巫术折磨那个倒霉的男孩。让她们感到失望的倒不是输掉比赛，而是得不到那个盛满人肉的奖杯。男孩的爷爷恰好是附近村庄的村长，巫婆们给了男孩一个选择。

"今晚必须杀掉你爷爷，把他的肉给我们拿来，不然我们就吃掉你。"

男孩被打得很厉害，第二天早晨醒来时动弹不得。他爸爸叫他起床时，他坦承了一切。他解释了足球赛以及人头做的球破掉的事情，最后还把巫婆对他的威胁原原本本地告诉了爸爸。

"村里死了个老人，"他承认道，"那就是被我们害死的。现在她们还想杀死爷爷。"

男孩的父母非常生气，把事情又告诉了男孩的爷爷——也就是当地的村长。男孩把招募他和其他孩子的巫婆姓名告诉了爷爷。村长派了一群人到巫婆家里，把她打了个死去活来。男孩的父母还将此事报告给温比村长（接管温比村的是吉尔伯特的堂哥）。村长彻查了此事，逮捕了三名巫师。他们在村里的法庭上被宣判有罪，还缴纳了一大笔罚金。让人感到悲哀的是，我国的现行法律并没有制定保护国民免受巫术侵害的条文，况且此类罪证很难被查实，因此当局通常不会展开对这类案件的调查。他们最终往往用侵害儿童权利罪结案，绑架和杀人这样的重罪永远落不到那些巫师头上。真希望将来这种情况能够得以扭转。

无论如何，这些事情加深了人们对巫术的迷信和恐惧。二〇〇六年，当玉米长势不好、饥荒越来越严重时，人们就纷纷开始怪罪起巫术来了。三月的一天下午，地里的作物在太阳底下渐渐枯萎，但远处的天空中开始积聚起大片乌云。

　　"看啊，云已经积起来了，"有人说，"今天一定会下雨！"

　　"没错，我们终于有盼头了！"

　　过去的几星期一直没有下雨，乌云的出现对我们来说当然是件可喜可贺的事。正当这片乌云从我们头顶飘过时，一阵强风突然席卷而至，把红色的尘土刮进我们的眼睛和嘴里。大风转变成小型飓风在田野和村庄里肆虐，没多久就把天上的乌云吹散了。

　　这时天上只剩下了毒辣的日头。一些人聚集在我们家门前，对着风车指指点点。叶片在狂风中急速转动，木塔也随之东摇西晃。

　　"就是这台破风扇把乌云赶跑的，这小子的风车把我们的雨水弄没了。"

　　"风车是魔鬼变的！"

　　"这才不是什么发电的机器呢……这完全是架带巫术的风车。这小子把巫师招到村子里来了！"

　　"别急着下结论！"我大喊着，"全国各地都在闹旱灾，饥荒不只是这里才有，风车不是干旱的罪魁祸首！"

"我们亲眼看见它把乌云赶跑了，你还有什么可狡辩的呢？"他们大声嚷嚷着。

我担心村里人会暴动，把我的风车砸个稀烂。因此接下来的一星期我刻意保持低调，待在屋里哪里都没去。白天我甚至让叶片停止转动，避免增加他们的疑心。人们在交易中心找到吉尔伯特想要个说法。

"你应该把真相告诉我们，"有个生意人说，"他是巫师吗？他所说的风车发电到底可不可信？"

"他才不是什么巫师呢。"吉尔伯特回答道，"那台风车是套科学仪器，是我帮他建起来的。"

"你确定吗？"

"我非常确定，你们亲眼去见证一下吧！"

很多人其实已经认识到了风车的真正用途，他们甚至在我家门口排队，为自己的手机充过电。但把矛头指向我能使他们克服对饥荒的恐惧。好在政府没多久就在市场上投放了几十吨玉米，使日益严重的饥荒形势得以缓解。几个月以后，国际救援机构的人来到马拉维，给我们带来了更多帮助。没有人挨饿，更没有人因饥荒而死亡，马拉维人民逃过了这场大灾，但国民思想中的落后意识却让我感到非常绝望。

更可悲的是，巫术经常会成为马拉维另一大悲剧——艾滋病扩散的替罪羊。那时，马拉维大约百分之二十的人口染上了艾滋病病毒，每年死于艾滋病的有好几千人。艾滋病夺走了许多教师的生命，致使众多学生得不到良好的教育。二〇〇八年，艾滋病夺走了包括音乐家在内的多位娱乐界人士的生命，马拉维宝贵的音乐财富在片刻间毁于一旦。

人们因为固执和缺乏教育而染上艾滋病。许多年来，马拉维各处的村庄因为避讳"艾滋病"这个字眼一直没有设立专治艾滋病的诊所。人们不知道性交时要采取预防艾滋病的措施。许多病患都讳疾忌医，有些会去找巫医。巫医当然马上就能看出病症，但他们会昧着良心劝导病患："兄弟，没事的，你只是被人施了巫术而已。我有药可以治你的病，你完全可以放心。"

巫医们声称他们还可以治疗其他一些严重的病症，这导致马拉维经常发生毫无必要的死亡案例，其中最常见的是腹泻。人们通常会找到巫医，抱怨自己肚子很疼。

"哦，我知道那是怎么回事，"巫医说，"你的肚子里一定有只蜗牛。"

"肚子里有蜗牛？"

"多半是这样。你能感觉到肠子的蠕动吗？"

"是的，我的肚子疼死了。"

"那就是蜗牛在作怪，我们必须把它从你肚子里取出来！"

"那就快取吧，我实在是撑不住了！"

巫医取出放着植物根茎、药粉和骨头的口袋，从里面拿出一个灯泡。

"把衬衫掀起来！"

巫医没有将灯泡连在电源上，而是把它按在病人的肚子上四处滚动，似乎想看清病人肚子里的蜗牛。

"蜗牛就在那里。看到了吗？蜗牛正在你的肚子里到处乱动呢！"

"是真的吗？"

"快仔细看，它正在晃动那两只触角！要不是这样，你怎么会疼得这般厉害呢？"

"哦，是的，我想我的确看到了。没错，这都是蜗牛惹的祸。"

巫医再次将手伸进口袋，从里面拿出些干草根浸在一罐水里。几分钟过后，他把草根上沾的水抹在病患的肚子上。

"水渗入皮肤和蜗牛接触后，蜗牛就会被神水淹死，并从你的肚子里排泄出来。"

几分钟后，他抬头看了看病患的表情。

"感觉好些了吗？"

"是啊，我想蜗牛一定已经死了，它似乎好久没动了。"

"那就好，给我三千克瓦查吧。"

染上艾滋病是件可耻的事，大多数病人不愿上医院，而是选择向各处的巫医寻求帮助。你可以在交易中心看到这些人：他们身体瘦弱，头发灰黄，目光里没有一丝神采。有时你会看到他们被扛上小货车的后车厢送往卡松古医院，从此便音信全无。

知识的匮乏导致艾滋病患者在国内遭到严重的歧视和谩骂，就连孩子都经常对路边面黄肌瘦、显露出艾滋病症状的病患出言不逊。

"这家伙肯定是染上艾滋病了，"他们大声嚷嚷着，"他很快就要死了。先生，你赶紧去准备后事吧！"

有天下午我在交易中心玩巴沃，村诊所的几个医护人员走到我们身边，大声地谈起话来。他们说他们准备办个青年社团，鼓励民众接受艾滋病测试。

"你们这些孩子何不也加入进来，和我们一起宣传艾滋病的知识呢？"他们说，"我们想让民众进一步了解这到底是种什么样的疾病。"

温比健康咨询青年社团在那一天正式诞生了，我抱着满腔热情积极投入到它的活动中去。我们每星期一举行集会，学习艾滋病的防治方法，以及如何跟别人说起这个话题。社团里有许多和我年纪相仿的孩子，他们和我一样都是没钱读书而辍学的。乔弗里和吉尔伯特也是这个社团的成员。我很高兴能重新投入到这类似课堂的环境中，和朋友们学习、相处。我们可以在这里发挥自己的聪明才智，并和朋友们说说笑笑。风车和废品堆放场的事告一段落后，社团代替了学校在我心里的位置，我把所有精力都扑到了社团活动中。

诊所的医生们被我们的热情所感染，让我们写一出劝导民众接受艾滋病测试的舞台剧。我一连好几天都在脑海里酝酿着这部伟大的戏剧，名字我都想好了，就叫《阿普蒂斯塔》，翻译成英语就是"勿以貌取人"。

两星期后这出戏在交易中心上演。我和吉尔伯特在宣传栏里贴出了演出海报，甚至让新村长——吉尔伯特的堂哥——请来一些古勒·万库鲁以提高人气。演出那天早晨，我们召集所有演员在交易中心游行了一圈，不断地向四周的人呐喊着："看一看，瞧一瞧，宣传艾滋病的戏马上就要开演了，千万别错过古勒·万库鲁的特技表演啊！"我们在交易中心建起戏台，五百多人围拢过来欣赏这场演出，许多商店甚至在演出期间关门谢客。

这出戏讲述了利隆圭一对年轻夫妇的故事（夫妇二人由我的好友克里斯托弗和梅茜主演）。丈夫让妻子回乡下种玉米。正如大家所知道的那样，村里的生活非常艰苦，人们忍饥挨饿，拼命工作，太阳又异常毒辣。妻子不习惯乡下的劳动，体重掉得很厉害。回家以后，丈夫气势汹汹地瞪着她。

"你为什么这样瘦？"丈夫问。

"村里的条件太艰苦了。"妻子回答说。

"你在撒谎。你一定和其他男人睡过觉，染上了艾滋病。"

妻子不知道的是，她在乡下时她的丈夫日夜流连于红灯区的酒吧，和许多妓女发生过关系。

妻子在丈夫面前苦苦求情，否认自己在村里做过任何出格的事，但丈夫却毫不动容。"你还是赶紧回村里去吧。"他对妻子说，"想和别的男人睡觉就尽管睡，但别再进我的房门一步！"

幸好夫妻俩的一位朋友（这是我的角色）及时赶到，目睹了小两口的争执。

"兄弟，别把你老婆就这样赶走啊，到底怎么回事？"

"我让这女人到村里种玉米，看看她现在变得多瘦。她说种地很辛苦，村里没什么食物。依我看，她肯定是患上了艾滋病，我才不想和患上艾滋病的女人一起生活呢！"

夫妻俩的朋友说："兄弟，光靠看是看不出艾滋病的。消瘦可能是饿肚子、结核病和其他许多原因造成的。你们可以到当地的社工志愿中心和检验中心做一下相关的测试。"

"好啊！"丈夫说，"我们就去那里证实一下吧。"

丈夫以为自己很强壮,红灯区的妓女不会使他染上艾滋病。但在社工志愿中心做了检测以后,医生(由吉尔伯特饰演)却说结果呈阳性的是丈夫而不是妻子。

　　"你在撒谎,"丈夫对医生说,"这不可能!"

　　"对你撒谎有什么好处?"医生说,"但这也没啥好担心的,得了艾滋病并不意味着你的生命就因此而结束了。遵循一定的治疗方法,你还能活很长时间呢!"

　　妻子显得非常害怕。"我不能和你一起住了。老公你说得对,我这就离开你。"

　　"别傻了,"医生说,"你们可以住在一起。采取正确的防护措施,多留几个心眼就可以了。"

　　妻子放松下来,紧紧地搂住丈夫说:"我依然非常爱你,只有死亡才能把我们分开。"

　　演出结束以后,人群尖叫着大声庆祝,往舞台上扔了许多彩带。演员退场以后,古勒·万库鲁以令人目眩的舞蹈进行了压轴表演。我不敢说我们的演出起了多大作用,但它确实在潜移默化中改变了人们的观念。目前,随着政府的大力宣传和社工志愿中心的建成,更多人接受了艾滋病防疫方面的知识,了解到艾滋病并不是人们想象中的洪水猛兽。巫师也意识到科学和医术比他们的巫术更起作用,纷纷劝他们的客人到医院就诊。

我作为发明家和社会活动积极人士，又有许多好事找上门来。没过多久，温比小学的老师问我有没有兴趣在学生中创办一个科学社团。他对风车印象深刻，希望我在校园里再造一架。

"学生们都很佩服你，"他说，"你在科学上取得的成就肯定能激发他们的创造力。"

"好啊，"我说，"那就再造一架风车吧。"

学校的风车比家里的要小一号，和我第一次用收音机马达做的看上去差不多。叶片是从破金属桶上裁下来的，发电机用的就是收音机上的旧马达。我将马达绑在桉树枝上，把电线导入到一个用两节电池的松下收音机里。一天早上，我趁孩子们在树林里踢足球的工夫摆弄起风车，立刻有一大帮孩子围了上来。电线连上以后，一阵悠扬的乐声响彻校园。

"安静点，让我听听！"孩子们大喊。

"别推我！"

"让我看看嘛！"

学生们不仅用风车发的电听音乐、听新闻，有时还把爸爸妈妈的手机拿过来充电。每星期一，我都会给他们讲解科学的基本原理，把创新的重要性告诉他们。从我这里他们知道了墨水起初是由炭黑而来。我还演示了书上看到的用绳子穿起纸杯以传播声音的实验，帮助他们了解电话的工作原理。

我一步步演示我是如何用堆放场的那些破铜烂铁建造起风车的，希望这能激励他们做出自己的东西。如果我能把造风车的方法教给乡亲们，我想，那我们一定还能造出些别的什么来吧？

　　"科学使我们有能力进行发明创造，"我说，"使我们可以用一些东西改善生活。如果我们发明的东西真正有用的话，就可以在一定程度上改变马拉维的现状。"

　　后来我听说几个学生被校园里的风车所鼓舞，回家以后做起了自己的玩具风车。

　　我浮想联翩：如果这些玩具都变成可以发电的风车，如果各家各户、交易中心的所有屋顶上都旋转着风车，那该是多么壮观的景象啊！到了晚上整个山谷就会灯光闪耀，如繁星璀璨的天空一般。把电带给村民渐渐不再是个遥不可及的梦想了。

14

二〇〇六年十一月上旬，马拉维教师培训协会的工作人员在参观温比小学时注意到了校园里的风车。他们向图书管理员西科洛老师询问风车是谁造的，于是西科洛老师把我的名字告诉了他们。其中一位工作人员马上将情况报告给位于南部城市松巴的马拉维教师培训协会总部，把他的所见所闻告诉了培训协会的会长哈特福德·穆卡泽姆博士。

几天之后，穆卡泽姆博士驱车五小时来到温比村，他的司机把他带到我家。穆卡泽姆博士向爸爸表示自己希望和造风车的孩子见上一面。

"他正巧在家。"说着爸爸把我叫了出来。

穆卡泽姆博士是个满头银发的长者，眼睛里闪烁着睿智的光芒，说话的声音沉稳有力。我从来没见过有谁说齐切瓦语说得像他那样好，而他的英语更让人拍案叫绝。

"把一切都告诉我。"他向我询问起造风车的缘由和它的工作原理。

我将之前解释了无数遍的内容又向他重复了一遍，然后带他穿过房子，向他演示了自制开关和电路断路器。他仔细聆听着，不时点头表示赞同，还极有针对性地问了几个问题。

"这些灯泡都非常小，"他说，"为什么不用大一点的呢？"

"大灯泡需要用交流电。"我说，"为了尽可能多地连接灯泡，我必须用电池的直流电给它们供电。这些汽车小灯泡是我唯一能找到的直流电灯泡。"

"你上过几年学？"

"初一时就辍学了。"

"那你是如何知道电压和交、直流电的知识的？"

"我在你们的图书馆里借到了这方面的书。"

"这些东西是谁教你的？你得到了谁的帮助？"

"没人教过我，"我说，"这些东西都是我一个人琢磨出来的。"

接着，穆卡泽姆博士去见了我的爸爸妈妈。

"因为你们儿子的原因你家通上了电，"他说，"对此你们是怎么想的？"

"我们为他感到骄傲。"妈妈自豪地说，"一开始我们还以为他发疯了呢!"

穆卡泽姆博士笑着摇了摇头。

"我想告诉你们一些事。"他说,"也许你们还没意识到,但你们的儿子已经做了件开天辟地的事,这还仅仅只是个开始。不久之后很多人会来这里探访威廉·坎宽巴。我感觉这个男孩前途不可限量,希望你们作好思想准备。"

穆卡泽姆博士的拜访使我异常兴奋又有点不知所措。以前从没有人向我提出过这样专业的问题,也没有人对风车产生过如此浓烈的兴趣。那天下午穆卡泽姆博士回到松巴,把我的事告诉了培训协会的同事们。

"这件事很有意义,"他们不约而同地说,"我们得把这个男孩的事广为传播。"

"我赞成这个想法,"穆卡泽姆博士说,"我刚想到一个主意。"

接下来的那一星期,穆卡泽姆博士带着广播一台的记者又来了趟我家。采访我的是埃弗森·梅赛亚,他的声音我已经听了很多年,没想到他竟会来采访我。

"你怎么称呼这个东西?"他问。

"我把它叫作发电风车。"

"它是如何工作的?"

"叶片转动使摩擦发电器产生出电力来。"

"在不久的将来，你打算用它做什么？"

"我打算走遍马拉维的每个村庄，使所有人都能用上灯和水。"

两天以后，当我心急如焚地等待着一台的专题新闻时，穆卡泽姆博士带了更多的记者来到我家。这些人来自马拉维的各大新闻机构：佐迪亚新闻台、《每日新闻》《国民报》《马拉维新闻报》和《马拉维卫报》。他们带着照相机和录音笔走下汽车，把风车围了个水泄不通。

他们在我家转了两个小时。为了从最佳角度拍下开关和电池组，他们不时互相推搡，有时甚至会争个面红耳赤。

"你已经拍了够长时间了，现在该轮到我了。"有人大呼。

"到一边去，我的报社大多了。"

我们家的院子里很快就站满了从交易中心赶来的人，他们惊奇地看着访问我们村庄的大牌记者们。

"看啊，那个就是佐迪亚新闻电台的诺尔·姆库维！"他们说。

"我终于看到他的真容了，他长得真帅。"

"看啊，他正在采访威廉！"

有个记者甚至爬上木塔，观察着叶片和滑轮系统，然后不停地给它们拍照片。

"穆卡泽姆，这小子真是个天才。"他朝下面大声呼喊着。

"是啊，这就是我们的教育系统存在的问题。因为贫穷，我们一直在流失这样的天才。即便把他带回学校，现有的师资也难以培养他。把你们带到这里是因为我想让更多人了解这个男孩的成就，想让大家对他伸出援助之手。"

穆卡泽姆博士告诉我们，他在幼年时也遭遇过辍学危机。他爸爸是个需要养活一大家子的农民，但非常了解教育的重要性。早年在津巴布韦的罗得西亚金矿工作时，他爸爸因为没有文化错失过好几次机会。那几次失败的经历给他的一生蒙上了巨大的阴影。

穆卡泽姆博士小时候家里一度连温饱也难以满足，他准备辍学让几个弟弟继续读书，但他爸爸拒绝了这个建议："我的孩子都必须留在学校，我会供你们继续读书的。"穆卡泽姆博士用了十年时间才修完了中学学业。三十三岁那年他终于苦尽甘来，拿到了松巴的马拉维大学的学位，后来又在美国、英国和南非取得了硕士和博士学位。在到教师培训协会工作之前，穆卡泽姆博士编写了许多教材，其中包括我学的八年级英语课本。

记者前来采访的第二天，广播一台终于播出了埃弗森·梅赛亚对我的采访。当时我正与姑姑在屋后聊天，妈妈大声惊呼道："威廉快来啊，在播对你的采访！"

家里人在收音机旁围坐了一圈，只听埃弗森·梅赛亚在收音机里说："卡松古附近温比村的一个男孩发明了能发电的风车。"随后我的声音从收音机喇叭里传了出来，妹妹们不约而同地欢呼雀跃。

似乎嫌广播里的内容还不够似的，《每日新闻》第二个星期就以《辍学的天才》的大标题刊登了我的事迹，还配了我在自己房间里忍住笑、假装把电线和电池连接在一起的照片。那天下午我把报纸带到交易中心，让大伙知道他们眼中的"疯子"到底做了些什么。

"收音机里也播放了你的新闻。"他们说，"你去布兰太尔了吗？"

"没有，他们来采访我的。"我回答说。

"真的吗？我们太为你自豪了。你出色地代表了我们大家，你的发言真是太精彩了！"

某种程度上来说，记者的来访使村里人终于接受了我的风车。我不知道这是为什么，也许记者在他们的眼中更有权威性吧。电台和报纸采访过我以后，来我家参观的人比以往增加了不止十倍。

报道登出后不久，我开始了亟待进行的风车完善工作。我早就意识到厕所后面的金合欢树阻挡了强风，必须把木塔建得更高一些。于是爸爸夹着《每日新闻》找到烟草种植园的经理，请他为我提供了几根又高又粗的木杆，我用它们建造起十米多高的木塔。一旦不受到金合欢树的阻挡，叶片的转速提高了一倍，所产生的电压也大大地增强了。

带记者来参观以后，穆卡泽姆博士回到松巴，召集起他的同事们。

"我想把这个孩子送回学校读书。"穆卡泽姆博士说，"他需要继续接受教育，提高科技文化水平。这样一来他的发明才会令人信服，人们才会重视他所做的事。如果不能继续学习，他可能就这点水平了。"

"是啊，"他的一位同事说，"也许我们能找到一家可以资助他继续读书的民间组织。"

"对，但这也许要很长时间，"穆卡泽姆博士说，"我们得尽快把他送到学校去。我们办公室的人能先为他捐点钱吗？"

穆卡泽姆博士从兜里掏出一沓纸币扔到桌子上。"我捐这点，你们还有谁愿意捐吗？"

到快下班的时候，穆卡泽姆博士为我募集了大约两千克瓦查。

那星期晚些时候，穆卡泽姆博士和教育部的人取得联系，让他们为我找所好点的学校。没有人回复他的电话和信件，他只好亲自驱车找到了中等教育办公室的主任。

"我给你们发过一封信。"他对那位官员说。

"我们收到了你的信，"她说，"这个男孩的故事的确很有趣。我们会为他找到学校的，但没有这么快。"

"你们这些人正在耽误那个男孩。"穆卡泽姆博士说，"他正处于发育期，你们越是拖延，那些学校就越会嫌弃他年龄太大。尽量快点好吗？"

这位女性官员说他们会加紧联络，但一直没人打电话回复这件事。穆卡泽姆博士又到教育部去了一次，这次他们让他去卡松古找中东部区域学校的主管处理此事。穆卡泽姆博士开了四个小时的车才找到这位主管。

"我已经知道这个男孩的事了，"那位女性官员说，"他的故事很有趣。"

"他的故事当然很有趣，所以请你们别再耽误他的青春了，"穆卡泽姆博士说，"他需要马上进入学校就读。"

"总得先走些必要的程序吧。"官员说。

"可以通融一下吗？总有些特许之类的制度吧？"

"好吧，"她说，"我要亲眼瞧瞧那架风车。"

校区主管带着几个劳动部的官员到我家看风车的时候，我正替爸爸在交易中心处理杂事。他们身穿制服，大汗淋漓地站在太阳底下，没有解释到访的原因，只是请妈妈让他们在四处走一走。看完以后，劳动部的某位官员对他的同事说：

"这个男孩确实很有天分，我们应该把他送回学校。我们以后应该把这种人才吸收进政府就职。"

校区主管回到办公室以后，亲自打了个电话给穆卡泽姆博士。

"你是对的，"她对穆卡泽姆博士说，"应该马上把那个男孩送进学校，我们这里恰巧有适合他的地方。"

"必须是寄宿学校，在科学方面有一定的特色。请别再耽误下去了。"

"我们马上着手去办。"她说。

正当穆卡泽姆博士为我争取就读机会的时候，另一件非常有意义的事正在我毫不知情的情况下酝酿着。《每日新闻》的报道登出后第二天，一个叫索亚比·孟巴的利隆圭人把这篇文章带到了他的办公室。索亚比在美国人经营的非营利性组织"保巴健康"里担任软件工程师和程序设计师，他的工作是把马拉维堆积如山且又杂乱无章的各种医疗保健记录输入电脑管理。索亚比的上司是个名叫迈克·麦凯伊的高个子美国人，麦凯伊非常喜欢我和风车的故事，并把它转载到了自己的博客上。麦凯伊的博客引起了尼日利亚企业家埃梅卡·奥卡福的注意，这位奥卡福先生恰巧是二〇〇七年"TED 全球论坛"的活动干事。

奥卡福先生希望我提交参会申请，成为这次会议的官方"合作者"。他整整找了我三个星期，不断地"骚扰"各家新闻媒体的记者，最后终于和穆卡泽姆博士取得了联系。二〇〇六年十二月中旬，穆卡泽姆博士带着全球论坛的申请书到了我们家。我们坐在芒果树下，他帮我一项项填完了问卷，最后还简要地记录了一下我的生平。他离开的时候，我还不知道 TED 代表什么，甚至连这次会议的主题都不知道（"TED"代表科技、娱乐和设计，每年世界各地的科学家、发明家和改革者会聚在一起分享自己的新点子）。

我甚至不知道开会是什么意思，也不知道人们在会上该干些什么。申请书上没有说明会议在哪里召开，我想也许是在利隆圭，但并不十分确定。我开始想象着自己走在首都的街道上，遇见形形色色的人。人们说利隆圭有许多小偷，但我却不怕他们。万一发生了什么事，我可以去利隆圭的市场，向那里的妇女们求助，因为女人总会在危难时向你伸出援助之手。但我该在会上穿什么呢？我所有的衣服都挂在卧室的绳子上，上面满是屋顶漏下的灰尘。虽然充满各种不确定因素，但我对这次会议还是充满期待。

新年刚过的一月上旬，穆卡泽姆博士的一位同事把电话打到了乔弗里的手机上（当时我还没有手机）。他告诉乔弗里，我已经被选中参加 TED 全球论坛了。

"让威廉快作好准备，"他对乔弗里说，"马上就要启程出发了。"

乔弗里对细节知之不详，但他告诉我穆卡泽姆博士稍后会打电话给我。快到周末的时候，穆卡泽姆博士的电话来了。当时我正好和乔弗里在一起，我从他手中接过了电话。

"你要去坦桑尼亚的阿鲁沙，"他说，"你将与其他科学家和发明家一起接受表彰。世界各地的人们都会去那里参加这次会议，说不定你还会遇见什么好事呢！"

太棒了，我要去阿鲁沙了！我想象着坐汽车长途跋涉的情形。需要多少个小时才能到呢？看来我需要带上不少食物，也许还能带蛋糕和烤玉米。唯一的问题是，我身上没有钱。

"重要的是，"他说，"我们必须尽快订到飞机票。"

"坐飞机去那里吗？我的老天，这真是太不可思议了！"

"是啊，他们还希望知道你要住在宾馆里的禁烟区还是吸烟区。"

"宾馆？我能住上宾馆吗？"我还以为自己会像穷人一样住在酒馆附近的那种民宿呢！

"你当然能住宾馆，"他说，"我还给你带来了另一条好消息。威廉，你能回学校上学啦！"

和教育部的人周旋了几个月之后，我终于获准进入公立寄宿学校马迪西中学读书。那所学校离家差不多有一小时路程。马迪西中学并不是穆卡泽姆博士推荐的科学特色中学，那些中学因为我年龄过大、辍学时间过长不太愿意接收我。马迪西中学的校长罗纳克斯·班达先生被我的事迹所打动，愿意利用业余时间帮我赶上进度。我落下的功课实在太多了。

当穆卡泽姆博士帮我计划着去阿鲁沙的行程时，我已经打好包去了学校。这是我头一次离开家住在外面。几星期前我去利隆圭探访了乔弗里的哥哥耶利米，并在那里买了个黑色皮箱，然后把牙膏牙刷、拖鞋、毯子、三件 T 恤、裤子、一件漂亮的衬衫、一双袜子和两条内裤装了进去。我把皮箱拖到院子里，在芒果树下站定。爸爸、妈妈和乔弗里正在那里等我。

"我想我很快就会见到你们的。"我说。

"好好学习，"爸爸说，"我想让你知道我们为你骄傲。"

乔弗里帮我把皮箱捆上自行车，我们推着车向招呼站走去。在吉尔伯特家门前我们停住了脚步。

"我们都没有电话，想找人说话都找不到。"吉尔伯特说。

"接下来确实会非常孤独。"我附和道。

"我也许可以去那里看你。"

"太好了，吉尔伯特，一定要来看我哦。"

"朋友，我会想念你的。"

"我也会的。"

我们在招呼站等了一会儿，一辆小货车很快从路那头的红尘中出现了。乔弗里挥舞着手，拦下了车。

"学期结束后再见。"他说，"到那里以后找个有手机的人，把他的号码发给我。我们可以通过这种方式联系，我保证我们通话的时候吉尔伯特也会在场。"

"那样最好。"我说，"照顾好我的风车好吗？把学校里的事都告诉我。"

"好啊，不必担心。"

我和其他乘客一起挤入货车的后车厢，找了一袋木炭当座位，摇摇晃晃地踏上了前往卡松古的路途。到了卡松古以后，我转搭了一辆经 M1 高速公路前往马迪西小镇的小巴。小巴在城郊的一个十字路口把我放了下来，那里有条通往学校的长路。我拖着皮箱在碎石路上走了大约一公里，终于站在了学校的铁门外。不过几十分钟时间，我就有了宿舍、舍友、三餐时间表和一份严格的课程表。一切都是如此新奇和陌生，我都有些眼花缭乱了——感谢上帝，在真正的学校里学习是多么快意啊！

马迪西中学的教室屋顶没有一丝裂缝，地板也是光滑的水泥。阳光从宽大完好的窗户斜射进来，同时把寒风驱赶了出去。我有了自己的书桌，桌上还配了个笔筒。晚自修的时候，头顶上的日光灯焕发着华彩（至少没停电时是这样）。

科学课是在真正的化学实验室里上的。架子上排列着光学显微镜、大捆的高电阻电线、玻璃烧杯，以及装着硼酸的旧罐子。说来你也许不信，在开始的几节课上我们的老师普赖西斯·科恰洛拉先生就向我们演示了电流穿过电铃的过程。我已经把这个理论应用在了风车和电路断路器上，但听老师用科学术语讲解——尤其还是英语——对我来说却是开天辟地的第一次。

不过和马拉维的其他学校一样，马迪西中学必须依靠政府拨款才能生存下来。跟其他知名度更高的寄宿学校相比，马迪西中学明显不受重视。实验室里的大多数仪器是班达总统时代的产物，许多已经旧得无法再用了；化学药品大多已经过期，因此风险极大；显微镜上锈迹斑斑，到处都是刮痕。在讲电铃这一课时，我们甚至没有找到一节能用的电池。

"如果你们哪位在宿舍里有多余的干电池的话，我很乐意向大家演示电流如何穿过电铃。"老师说。

没人有多余的电池，所以大伙只能想象电铃发声的过程。

我们的宿舍很脏，墙上净是各种涂鸦。浴室里的小便池无法冲水，所以新来的家伙（准确地说就是我）必须每天打扫，把尿味清除干净。宿舍非常狭窄，一张床必须睡两个男孩。我的"床友"名叫肯尼迪，这家伙从来都不洗袜子。

"朋友，上床睡觉前你得洗洗脚啊。"我告诉他。

"对不起，我没想到这一点。"他说，"我发誓明天一定把脚洗干净。"

但他从来都养不成洗脚的习惯，醒来时我常发现他那双臭脚就搁在我的嘴巴上。

我比班里的其他学生都大几岁，有些学生开始戏弄我。

"老家伙，你把几个孩子留在地里，自己却出来读书啊？"他们朝我大声嚷嚷着。

"两个男孩。"我说，"我老婆又怀了一个，下个月就要生了。"

"那老家伙还挺自以为是的。"他们说，"乡下小子，你把太多时间花在牛身上了。"

一天我打算一劳永逸地结束他们的讥笑。我拿出登有风车事迹的报纸，把它摊开在桌面上。"瞧瞧，"我对他们说，"这就是我的发明。"

男孩们都被震撼了。"兄弟，干得好！"他们说，"你是如何做到的呢？"从此就再也没人笑我了。

事实上，经历了五年的辍学生活以后，回到学校使我非常高兴。但在这个奇怪的地方待了几星期以后，我品尝到了离开家人的孤独，觉得有点忧伤。放学以后，我经常一个人躲在书架上放满书的图书馆里。我会找把椅子，学习地理、社会科学、农学、生物、英语和数学方面的知识。另外我还对美洲和非洲的历史，以及五颜六色的地图非常着迷。尽管我经常被深深的孤独感笼罩，但图书馆里的书本却经常让我回忆起在家里的芒果树下勤奋学习的那些日子。

　　与此同时，穆卡泽姆博士在为我的阿鲁沙之行忙碌着。几个月之前，他帮我办理了护照。因为我没乘过飞机，也没住过宾馆，趁着周末放假的机会他把我带出宿舍，上了堂国际旅行的速成课。我们乘小巴花了六个小时到了松巴，参观了住着许多游客的马松格拉宾馆。他让经理带我参观房间，告诉我该如何填写游客卡片，如何在饭店订餐。但马松格拉宾馆实在太贵了，那晚穆卡泽姆博士招待我在一家名叫彼得的小客栈住了下来。这是我第一次住旅店，有生以来我第一次睡上了真正的床铺。

　　穆卡泽姆博士还筹了笔钱，为我这次旅程买了白衬衫和黑裤子，这是我这辈子拥有的最好的衣物。他还给我提供了一些出行方面的指导：比如飞机上每个人都会有指定的座位，所以不需要像在小巴上那样推来搡去。如果厕所边上的红灯亮了，那就表示厕所里有人。许多人第一次坐飞机时会晕机，所以每个座位旁都准备了呕吐用的纸袋。听到这里我觉得非常高兴，因为这种纸袋正是我需要的。

　　六月，我离开学校搭小巴回家，为出国旅行作些准备。

第二天早晨，有个司机来村里接我去利隆圭国际机场。

"我们的儿子要坐飞机去国外了。"爸爸笑着对妈妈说。

"是啊，"我说，"像只鸟儿一样在空中飞翔，飞过你们头顶时我会向你们挥手的。"

"我们也会朝你挥手，你一定能在飞机上看到我们。"

接着爸爸在我兜里塞了一袋烤花生，摸上去还有点热呢。

我在利隆圭紧张得一晚上没睡着觉，在宾馆房间里看了一夜《超级体育》。太阳升起来的时候我都还没有入睡，可这时我们已经要出发了。

上飞机以后，又发生了一件让人意想不到的事，坐在我身边的正是在报上看到那篇文章的利隆圭软件工程师索亚比·孟巴先生。他是个非常和善的人，在不知道我身份的情况下首先向我介绍了他自己。当我说出名字和此行的目的地时，他惊叹道："哦，我的老天，你就是那个风车男孩威廉吗？"他告诉我正是他把我的故事告诉了迈克·麦凯伊，并由后者发表在了自己的博客上。索亚比先生使我和我的风车广为人知，要不是他我也无法参加这次会议。巧的是，他竟然在飞机上和我坐在一起！更巧的是，他也是去参加 TED 全球论坛的，因其开发的"保巴健康"程序而受到表彰。遇见他真是太让人高兴了！

飞机明亮整洁，空调温度很低，在这么个大太阳天一点都不觉得热，真是太美妙了！当飞机沿跑道开始滑行的时候，我紧紧抓住椅子，笑逐颜开。我想周围的人都知道我是第一次坐飞机。他们全都衣着笔挺，显得非常自信。他们都有重要的事要处理，繁忙的业务需要他们在世界各地旅行。当飞机离开跑道、舒展着翅膀飞向天空时，我把头靠在椅背上，舒心地露出了笑容。

我想我也成为了这些重要人物中的一员。

15

抵达阿鲁沙国际机场后，索亚比带我通过了海关和入境检查站。我紧张得连英语都说不上来，幸好有他在一旁为我翻译。他和我不住在同个宾馆，所以拿好行李后我们就分开了。我坐上机场大巴前往阿鲁沙宾馆。离开机场时天还黑着呢，我真想知道等到早晨天亮的时候，这块神奇的国土会在我眼前展现出什么样的色彩来。

会议在离阿鲁沙三十公里的恩格杜托度假山庄召开。第二天早晨离开宾馆时，我不断左顾右盼，想知道坦桑尼亚和马拉维看起来有什么不同，但所见之处却大致相仿：公路上到处是挤满了人的小巴，冒着黑烟的货车急速转弯，试图避开骑着破自行车缓慢前行的老人；学生们穿着整洁的制服走进校门时，仍然有不少孩子拿着口袋在街上四处搜集烟头；

村里的妇女把蔬果顶在头上，农夫们则在细心料理着田地。

和马拉维不一样的是，阿鲁沙有很多树。不仅仅是如此，几十分钟以后，大巴司机指着远处对我们说："那就是乞力马扎罗山，是非洲最高的山脉。"

和书中一样，层层叠叠的白云笼罩着乞力马扎罗山的山顶。我不敢相信像自己这样的普通人能登上这么高的山峰，却知道很多人的确做到过。当穆卡泽姆博士告诉我这次旅行很值得期待时，我想他说得不错。我在脑海里盘算着世界上还有哪些我想去的地方。

乞力马扎罗山使我充满了信心。但到了举行会议的宾馆以后，那股信心便消失得无影无踪了。宾馆里聚集了各种各样的人——有许多来自美洲和欧洲的白人，当然也有不少本土的非洲兄弟（他们的英语说得也非常快，但带着奇奇怪怪的口音）。所有人都在用手机打电话，我祈祷着千万别有人和我搭话。在签到中心登记以后，我走到房间一角，试图消失在人们的视线中。

但我的运气没那么好。没过几分钟，有个男人便走到我面前，朝我伸出手来。他长着一头红发，戴着绿紫相间的眼镜。

"你好，欢迎来参加 TED 会议。"他说，"我叫汤姆，请问您是哪位？"

来这之前我只练习过一句英语，所以只好拿它来现学现卖了:"我是威廉·坎宽巴,我来自马拉维。"

他吃惊地瞪着我,也许我是用齐切瓦语说这句话的吧。

"我想起来了,"他说,"你就是那个风车男孩。"

汤姆·雷利负责组织此次会议的赞助商,包括给我提供住宿费和飞机票的几家大公司。几个月前,在纽约的 TED 总部,埃梅卡——也就是组织会议的那个尼日利亚企业家——把风车的事告诉了汤姆。他对汤姆说:"这个故事简直太神奇了……"汤姆不知道的是,埃梅卡花了九牛二虎之力才找到我,并把我带到了阿鲁沙。我花了好几分钟才用结结巴巴的英语表达了谢意。汤姆问我愿不愿意上台把自己的事告诉所有参会者。我耸耸肩,为什么不呢?

"你有电脑吗?"他问。

我摇摇头。"我没有电脑。"

"你把风车的照片带来了吗?"

照片我倒是带了几张。几星期前,穆卡泽姆博士的朋友到马迪西中学,帮我用记者到我家拍摄的照片准备了些会议资料。这些资料是用从包里拿出的一台手提式电脑制作的——当时我甚至连电脑是干什么用的都不知道。对我来说电脑和电视机一样,必须把电源连到墙上的插座内才能使用。马迪西中学有几台班达总统时代留下来的电脑,但都已经不能用了。离开学校之前,穆卡泽姆博士的朋友给了我一个挂在绳子上的奇怪小盒（后来我才知道这叫闪存），然后对我说：
"把这个盒子挂在脖子上，里面放着你的演示资料。"所以当
汤姆问及我的照片时，我解开衬衫把绳子上的小盒取了下来。
汤姆饶有兴致地看着我，然后拿过小盒，连到自己的手提电
脑上。

"我这就把你的照片复制在我的电脑上。"他说。

这时我才意识到手提电脑是干什么用的。原来如此，我
想，这是台便携式电脑。这东西真棒！

感觉到我看到便携式电脑的兴奋心情，汤姆问我："威廉，
你上过网吗？"

"没有，我没上过网。"

在一间安静的会议室里，汤姆让我坐在他的电脑前，向
我说明触控板的作用，以及用手指在触控板上移动屏幕上箭
头的方法。

"这是谷歌，"他说，"你可以在这个网站找到任何问题
的答案。你有什么东西想查的吗？"

"我想查查有关风车的知识。"

两三秒工夫，电脑里就出现了五百多万个相关网页，这
些网页展示了许多我想都没想到过的风车照片和风车模型。
然后我们又查找了太阳能的相关网页。接下来我们在谷歌地
图上找到了马拉维，又在它境内找到了温比村。这些立体地

图都是从外太空的摄像机上拍下的。对我来说这完全是种全新的体验——在东非的坦桑尼亚参加世界性的科学会议，门外是世界上最优秀的科学家和发明家，在这间办公室里第一次领略到了奇妙的网络世界。他们完全可以在我头上装个闪烁的招牌，吸引大家前来买票参观。

接着汤姆帮我设置了自己的电子邮箱账号，甚至从另一台电脑给我发了封电子邮件进行演示。接下来的两天，我接连不断地遇到了许多令我眼花缭乱的新鲜事物，比如黑莓手机和数码相机，甚至还有苹果公司的 iPod Nano 音乐播放器。我拿着音乐播放器把玩了好一会儿，最后突然想到一个问题："它的电池在哪里？"（不久之后我就开始拆开这些音乐播放器，修理起它们来。）

但科学论坛上最让我感到新奇的不是互联网，不是各类数码产品，甚至也不是美味的自助式早餐——尽管早餐供应三种肉类和我朝思暮想的鸡蛋、点心和各种水果，而是每天上台分享经验的其他非洲人。他们同样在用自己的双手把非洲大陆变成一个更适于居住的地方。

发言者包括来自刚果的生物学家科内尔·埃旺戈，他在战争期间冒着生命危险挽救濒临灭绝的野生动物。为了不让叛军夺走物资，他将路虎车的引擎埋在地里，把各类实验室仪器藏进树林。有个埃塞俄比亚人发明的冰箱是靠从黄沙蒸馏出的水运作的，这种冰箱可以在没有电的村庄里推广。有个名叫保拉·奥拉比西的尼日利亚人为非洲的女性发明家成立了一个团体。另外一些参会的非洲科学家和医生用创造性的方法同艾滋病、疟疾和结核病作斗争。甚至连埃里克·赫斯曼也来了，他和迈克·麦凯伊率先把我的风车转载在自己的博客上。埃里克在肯尼亚和苏丹长大，但没有非洲血统，不过他的发言却使听众大为振奋：

"每天，非洲人都在想方设法利用着有限的资源。他们用自己的创造力迎接着各种挑战。非洲人把许多被先进国家视为垃圾的东西变成了宝贝。从别人眼中的废品里，非洲人看到了新的希望。"

汤姆帮我准备了发言时的讲稿，但一走进会场我就把他给我写的那些演说词全忘了。我准备的幻灯片过长，所以改为由论坛主持人克里斯·安德森在台上问我几个问题。当克里斯先生叫到我的名字时，我紧张得不知所措。

"别担心，"汤姆拍了拍我的肩膀，"快深呼吸。"

我走上阶梯，面对着台下大约四百五十名观众，心跳得像打鼓一样。观众大多是前几天发言的发明家、科学家和医生，他们坐在椅子上静静地看着我。走上台后我转身面对观众四下张望着，简直快被眼前的景象弄晕了。天花板上的日光灯照着我的眼睛，使我根本无法冷静下来思考问题。

我准备的所有发言似乎都在随着鼓点舞动，迷失在观众的注视中。

"这里有一张照片。"克里斯指着我身后的某个地方。我回头一看，家里的房子突然投影在了屏幕上。我看到砖石结构的墙壁、茅草屋顶和碧蓝的天空，我甚至能感受到那炽烈的阳光。

"这是哪里？"他问。

"这是我家，是我居住的地方。"

"你住在哪里？是哪国人？"

"我住在卡松古，马拉维。"我说。错了，这样说不对，我马上纠正道，"我住在马拉维的卡松古。"这时我的双手也开始不由自主地颤抖起来。

"五年前你想出了一个点子，"克里斯说，"你能把自己的点子向大家讲解一下吗？"

"我想造风车。"我又说错话了。克里斯在我身旁笑了起来。

"那你做了些什么？你又是怎么意识到风车能发电的呢？"

我做了个深呼吸，尽力把自己的意思表达得清楚一点："辍学以后，我就经常去图书馆看书……从书里学到了许多风车发电的知识……"就这样继续往下讲，继续下去，"我试着造一架自己的风车，我做到了。"

我以为观众会嘲笑我蹩脚的英语，但意想不到的是，我听见的只有掌声。观众们不仅鼓掌为我喝彩，还从座位上站起来向我表示祝贺。当我走回到自己的座位上时，我注意到甚至有几个人流下了感动的泪水。经历了这么多苦难——饥荒在家人心中投下的阴影、辍学、爸爸的郁郁不得志、坎巴的死、人们对风车的讥笑——我终于得到了大家的认可。这是我有生以来第一次感觉到自己被那些理解我、认可我的人环绕。我觉得浑身一松，一颗提起的心掉回了肚子里。置身在趣味相投的人中间，我终于放松了下来。

接下来的几天，来找我的人络绎不绝。

"威廉，可以与你合影留念吗？"

"威廉，今天中午一起吃饭吧！"

我在发言中的一句话甚至成了论坛的座右铭。无论我走到哪里，都会传来一阵呼喊声："我尝试了，我做成了！"我心里高兴极了，真希望爸爸妈妈、吉尔伯特和乔弗里也能看到这一幕。他们一定会为我骄傲的。

我的故事似乎打动了汤姆的心。后来他告诉我，他自己小时候也把很多时间花在拆电子产品和各种各样的机械试验上。第一次遇见他时，他问我将来想实现什么愿望。我告诉他我有两个心愿：首先是留在学校继续读书，其次要造一台能够灌溉庄稼的大风车，这样我们就不会再挨饿了。就马拉维的现状而言，这个愿望是很难达成的。我们国家的大多数人穷尽一辈子的时间，也只是看着这样的梦想渐渐破灭。但借助科学论坛的力量和影响力，继续读书和造大风车并不那么遥不可及。汤姆说既然我是个极有创意的小发明家，我们就可以通过幻灯片演示筹些钱来达到这些目的。

"你和硅谷的创始人一样有前途，我可以做你的合作伙伴。"他说，"我们可以把你的幻灯片展示给众人，肯定会有人资助我们的。"

我不知道他口中的"硅谷"到底是什么意思，但我很愿意得到他的帮助。在论坛余下的几天里，汤姆带着手提电脑上的幻灯片找到许多美国的投资者和企业家，请求他们对我的项目进行投资。晚饭时他会找机会和这些人谈话，跟他们一起乘大巴回旅馆，站在具有非洲特色的石子路上讲述我的故事。大多数人都同意资助我，有人甚至当场打开皮夹拿出一百美元递给我们。

世界上最成功的投资家之一约翰·道尔自愿成为我的第一批投资者。另外，"太阳微系统"公司的首席科学家约翰·盖奇和"价格在线"的创立者杰伊·沃克尔也相继倾囊相助。我感谢这些好心人，希望上帝赐福于他们。

论坛结束以后汤姆没有直接回家，而是和我一起飞回马拉维，帮我转到更好的学校读书，并为我购买了一些制作大风车所需的材料。我们先在利隆圭买了两部手机，一部给我，一部给我父母，这样离开家的时候我就能和他们联系，再也不会感到寂寞孤独了。

我们和穆卡泽姆博士找了辆车回到村里去见我父母。当车开上通向我家的土路时，远处的风车显得挺拔而美丽。和往常一样叶片转速极快，木塔在叶片的带动下不断前后摇晃。汤姆在风车下不停地拍照，目光一直紧盯着风车的顶端。

"威廉，你的风车不仅很实用，而且非常漂亮。"汤姆丝毫不吝惜赞美之词。

我把汤姆带到院子里，让他参观汽车电池和那些小灯泡。他满脸笑容地看着房间角落里的收音机和拖拉机部件。"大概每个科学家都有这么一大堆破烂玩意吧。"他说。我还向他展示了开关、断路器，以及户外灯泡的防水方法。走廊上用的是一只汽车小灯泡，我将普通的白炽灯挖空，把车灯放在里面。白炽灯的外壳不仅可以防水，而且能起到发散光线的作用。

"太出乎意料了，没想到你鼓捣出这么多玩意。"汤姆说。

我笑了笑。饥荒的事我连提都没提。

回到利隆圭以后，我和汤姆造访了坐落在卡穆祖中心医院的保巴健康办公室。除了索亚比之外，我们在那里还见到了迈克·麦凯伊。保巴健康由英籍加拿大计算机科学家格里·道格拉斯于二○○○年创办。他本是马拉维卫生部的志愿者，注意到医疗保健资料的混乱现状以后，萌生了系统管理资料的想法。病人原先用铅笔在满是尘土的大本子上进行登记挂号，管理人员很难拿到医疗记录和进一步的统计数据。病人往往要排上好几个小时的队才能看上病。于是格里决定用自己的计算机知识改变这种落后的状况。

回到居住多年的匹兹堡以后，他在 eBay 网找到一家网络商店，批发过时的 iOpener 电脑——这种电脑轻巧灵便，硬件装在屏幕面板后面。起初格里以二十美元一台的价格买了二百台，然后把它们改装成触摸屏系统。他把这些触摸式电脑安进带滑轮的书桌，用汽车电池给它们供电。他还设计了一套简化挂号流程的程序，让没有基础电脑知识的医务工作者也能在一分钟之内扫描条形码、为病员挂号。屏幕上还会显示病人的病史以及开药的相关建议。这套系统在艾滋病人的抗逆转录病毒疗法上颇有一套，它的技术和效率在某些方面甚至超过了美国医院的同类产品。

拜访保巴健康的时候格里正在匹兹堡，所以迈克、索亚比和硬件工程师彼得·奇罗姆博带我们参观了办公室。迈克按照《制造》杂志（我现在非常喜欢的杂志）上的文章制作了一架小型风车，打算用它为村里的诊所供电。风车的发电机是我从没见过的跑步机马达。彼得把电钻插进马达让它旋转起来，然后把马达分出的两根电线连到神奇的电压计上。经测试，跑步机马达产生的电压大约是四十八伏特，是自行车摩擦发电器的四倍。

"你怎么看？"迈克问。

"太厉害了！"我由衷地赞叹道。

他把跑步机马达和电压计当作礼物送给我，天堂的大门似乎又向我敞开了一点。

迈克和索亚比还向我介绍了深循环电池的原理。这种电池比我所用的汽车电池更稳定，提供的电量也更持久。我很想把这些零件用在我的风车上，于是和汤姆一起去当地的太阳能公司办事处买了两个深循环电池、四支太阳能灯管、四只节能白炽灯泡，以及重设电路所需的其他材料。

第二个星期几个工人来到我们家，用三整天的工夫换掉旧电路，在地沟里埋上新电线，并安装了合适的灯具和开关（拖鞋改装成的开关我还留着作展示用）。有了新电线、塑料管和地下线缆以后，我们再也不用为着火而担惊受怕了。为以防万一，我还在风车顶端装了根避雷针。新的线路完成以后，每个房间都有了灯泡，甚至连屋外也安装了两只。过去灰暗的墙面会吸收大量灯光，因此为了加强反射效果，我们把墙刷成了白色。我还在屋顶上安装了太阳能板，加强能源输入。最后，村里人都有了这样的太阳能板和储存电力的电池。每当家家户户打开电灯时，村子里便华灯绽放，到处一片光明。

附近的几所私立中学因为年龄问题把我拒之门外，最后利隆圭长老会传教士主持的非洲基督教中学收留了我。校长查克·威尔逊来自美国的加利福尼亚，我的老师洛莱莉·迈克莱恩则是个加拿大人。

虽然我在学业上落后于大多数高年级学生，迈克莱恩老师和威尔逊校长却还是接受了我。但迈克莱恩老师提出了一个条件：每天放学后不能回到条件艰苦的家里，得找个稍微好点的地方住下来。

我在利隆圭没有亲戚，格里给我在他那里找了个地方住。我在格里家有个带书桌的卧室，管家南茜也经常给我做调汁的希马使我不至于想家。一切都称心如意，只是一星期会碰上几次停电。我千辛万苦让村里通上了电，现在却得在城市里饱受停电之苦，这真是莫大的讽刺啊！格里开玩笑说下回我最好到哪里都带上一架自己造的风车。

格里渐渐成了我的良师益友。他在英国当过业余飞行员，在加拿大居住期间又开过直升机，我问了他许多飞机引擎和其他方面的事情。饭后格里有时会向我解释直升机的工作原理：旋转的叶片如何带起沉重的机身，尾翼如何防止直飞机在原地打转。他还在英语上给了我很大的帮助，尤其是"l"和"r"的发音——常说齐切瓦语的人常会把这两个音弄混。为了让我发音准确，格里经常会在浴室的镜子前给我做示范。

"威廉，看着我的舌头跟我念：L-i-b-r-a-r-y。"

"L-i-b-l-a-l-y。"

"L-i-b-r-a-r-y。"

"L-i-b-r-a-l-y。"

"你会分清的。"

基督教中学的课是通过电脑连线从美国远程教授的。几个月前连因特网都不知为何物的我现在却天天要通过网络和身处科罗拉多的老师们通话。我们这个高年级班只有十二名学生，包括两个美国人、一个加拿大人、一个韩国人，以及一个埃塞俄比亚男孩和两个埃塞俄比亚女孩。基督教小学招收了许多马拉维孩子，但在初中部却只有我一个（这里的学费每年高达五千克瓦查，这是大多数马拉维家庭不可能承受的天文数字）。一开始我对自己难听的英语发音感到非常担心，觉得甚至还比不上五岁的娃娃。刚开始那段时间，我整天闷闷不乐的，但我的导师，同胞布莱辛·奇卡库拉给了我莫大的支持。

布莱辛先生和我一样住在多瓦附近的贫穷山村里，起先在村里的小学教书，靠一点微薄的工资养活妻子和四个幼小的孩子。饥荒中村里死了许多人，包括布莱辛先生的爸爸和他的好几个学生。为了养家糊口，他搭上了前往利隆圭的小巴，准备去那里参军服役。正当布莱辛先生准备去军队体检的时候，突然接到了堂弟的电话，告诉他几个月前向基督教中学申请的助学贷款已经得到了批准，他可以去继续深造。三十岁那年，布莱辛先生在妻子和四个孩子面前参加了高中毕业典礼，大学毕业后又在基督教中学做了老师。

"别因为困难就选择放弃，"布莱辛先生总是这样对我说，"我直到三十岁才进大学。不管你想做什么，只要用心去做，就一定能获得成功。"

捐助者给我的钱在许多方面帮助了我的家人。我把所有亲戚家的茅草屋顶换成了铁皮的，还买了许多床垫，这样妹妹们就不用在泥地的草席上睡觉了。另外我还给水桶加了盖子，防止我们的饮用水被害虫污染。我买了些被子，这样家人就不会在寒冷的冬夜里受冻了。雨季来临之前，我会买一些蚊帐和抗疟疾的药丸。我还把家里的每位成员送到医院接受全身检查和齿科检查。（虽然从没看过牙医，我却只有一颗蛀牙！）

最让我感到高兴的是，我终于能够回报吉尔伯特多年来给予我的支持和帮助了。吉尔伯特的父亲死后，因为家里付不起学费他不得不离开学校，我用别人捐给我的钱使他重返校园。乔弗里和其他几个在饥荒中无奈辍学的孩子也在我的资助下重新复学。我甚至把邻居家的孩子也送入了学校。

盼望了好多年以后，我终于可以在院子里打口深井，为家里提供干净的饮用水了。妈妈说这样她就不必去公用的水井，每天至少可以省下两个多小时。我用太阳能水泵灌满两个五千升的水桶，通过管道把这些水输送到爸爸的地里。后来我又从一家名为"查普林管道工程"的美国公司买了一套自动灌溉系统，这样爸爸每年就能种两季玉米，家里的储藏室再也没有空出来的时候了。我家的井是方圆数十里仅有的一口自动抽水井，温比村的女人都能来我家免费取水。每天都会有几十个女人把干净清凉的饮用水装入她们带来的水罐，省下了赶路和压水所需的体力。

放假期间，我在家里造起一架抽水用的风车，这架风车比先前那架还要更大一些。水泵就放在我家的那口浅井之上，灌溉着妈妈种植菠菜、胡萝卜、西红柿和马铃薯的那个菜园。一些蔬菜家里自用，一些送到市场里出售。我的梦想终于全部实现了。

家里人从来没想过饥荒期间造的那架风车会完全改变家里的生活，他们把这视为老天恩赐的礼物。周末回家时，他们总会用给我新起的绰号"诺亚"称呼我——就是《圣经》里建造方舟，从洪水中拯救家人的那位智者。

"所有人都嘲笑诺亚,但看看他干了些什么。"妈妈说,"诺亚把家人从绝境中拯救了出来。"

"你让温比被众人熟知。"爸爸说,"因为你的发明,整个世界现在都知道我们这个地方了。"

二〇〇七年十二月,我去美国和汤姆一起过圣诞节,顺便去南加利福尼亚看书上见过的那种大风车。费了一番周折取得签证以后(非洲人去欧洲和美国总会遇上各种各样的麻烦),穿着一件汗衫的我在严冬季节降落在纽约国际机场。机场接待柜台的工作人员告诉我他们把我的行李都给弄丢了。

"找到行李后,我们会及时打电话通知你。"工作人员说。

我不知道他们会打到哪里,我甚至连手机都没有。

在从机场开出的出租车上,我终于领略了以前只在书中见过的宏大建筑。汽车在平整的双向十车道公路上行驶,穿过一座座底下没有河流的高架桥,迎面而来的是更多的路和桥梁。远处层叠的高楼看上去异常雄伟,很难想象人类可以建造出如此高大的建筑,并能在这些建筑之间四处走动。

汤姆恰巧居住在下曼哈顿区一座这样的高层建筑里。他的公寓在三十六楼,我很想知道他是怎样爬上爬下的。有人让我乘电梯上楼,按下按钮以后,电梯仅仅用了十几秒就把我送到了三十六楼。抬头一看,天花板上甚至装了面镜子。

还没见到汤姆，我心里已经涌出了数不完的问题。

房间里到处是从地面到天花板的大窗户，人似乎是在大楼的边缘游走一样。在这之前，我所达到的最高点是我那架风车的顶端。我花了好一会儿才平复好心绪，晚上在沙发上却怎么也睡不着。

汤姆那一个星期必须工作好几天，他的几个朋友自告奋勇带我到城里转了转。当我到达机场的时候，他的一位朋友甚至已经帮我准备了温暖的衣物——棉衣、手套、围巾和帽子——使我不致着凉。我非常感谢他们的好意，尤其在行李不知落在非洲什么地方的当口，我更是不知该说什么好了。

第二天，汤姆的另一位朋友、知名舞蹈家莫尼卡·吉列特带我在曼哈顿转了一圈。在地铁站，我看见人们刷卡进出车站——真是个绝妙的点子！隧道上面就是成百上千座雄伟的高层建筑，我很吃惊它们竟然不会倒下来压着我们。人们在纽约的人行道上穿梭行走，朝各个方向赶路，看得我眼花缭乱。我发现纽约人干什么都很匆忙，甚至连坐下来喝咖啡的时间都没有，只是在街上走和发电子邮件的时候匆匆喝上一口。

在建筑工地，我看见起重机把巨型钢块吊到空中。我真不知道美国人怎么能在一年之内建起这么多座高楼大厦。马拉维已经独立四十多年了，到现在却连通到每个村里的水管都没有。我们有巫术飞机和幽灵卡车，却不能给每家每户通上电。我们一直在努力追赶时代的步伐，但即便有许多聪明能干、吃苦耐劳的人民，我们还是像前辈那样生活在贫瘠的土地上，一点盼头都看不到。

为我准备冬衣的是个名叫安德里亚·巴瑟罗的好心女士，她和丈夫比尔·里奇经营一家出售教具和魔方的儿童用品公司。我在科学论坛上碰到过她和她的儿子，她儿子萨姆和我年龄相仿。接下来的一天，安德里亚和萨姆带我参观了曼哈顿岛——我有生以来第一次坐上了直升机！进了机舱以后，飞行员让我戴上耳机，坐在副驾驶的座位上，眼前是仪表盘、各类开关，以及大大小小几个屏幕。如同玻璃泡一般的直升机把我们带到城市上空，接连越过了自由女神像和雄伟的帝国大厦。汽艇在直升机下的哈德逊河面留下一道长长的痕迹，我禁不住咧嘴笑了起来。

那星期晚些时候，汤姆带我去康涅狄格拜会上次在论坛上遇见的杰伊·沃克尔及妻子埃琳。杰伊家的书房中收集了各种各样享誉全球的伟大发明。他的许多书历史久远，材质也多种多样，这表明在世界其他地方，人们在传播知识的过程中也经历了许多磨难。有些书非常珍贵，封面上甚至镶嵌着钻石。书房里并非只有书：屋顶上吊着苏联第一颗人造卫星"史普尼克"的原型，书架上放着最初的电脑、收音机和文字处理机，甚至还有纳粹德国的英格玛密码机。不过最让我感兴趣的还是托马斯·爱迪生第一代灯泡的复制品，我从不同角度细细打量着它，不禁对爱迪生充满了敬意。我费尽心力好不容易才建造起一架能让灯泡发光的风车，但是这个男人把光明带到了千家万户！

回想起来，我的旅程是从温比村的小图书馆里开始的——三个书架囊括了我的整个世界。到了杰伊家的书房，见识到世界的真实面目以后，我才意识到自己的成功是何等微不足道。要看和要做的事数不胜数，这让我突然感到一阵眩晕。

几天后我们飞到加利福尼亚，和汤姆姐姐的家人一起欢度圣诞节。我们开车到太平洋边的圣莫尼卡码头看人冲浪。我还在威尼斯海滩的木板路上和一个杂耍艺人搭上了话，他满不在乎地在碎玻璃上行走，嘴里还不时喷出火来。

之后我们又参观了圣迭戈野生动物园，在那里我看到了长颈鹿、河马、大象、犀牛、猴子和其他许多种动物。从我家往东走不到半小时就是卡松古国家动物园，西行几个小时便是恩科塔科塔野生动物保护区，那里也有很多这样的动物。我从来没去过那两个地方，却飞行一万公里到美国观赏这些动物。想到这里，我不禁哑然失笑。

第二天一早，我们驱车穿过沙漠去拉斯维加斯参观电子消费产品展。活动展出了琳琅满目的玩具和小器件，许多展品用到了节能技术，比如太阳能 LED 灯管，用阳光为手机充电的头戴式蓝牙耳机，以及不需要电池的手动收音机。那天我们住在金银岛酒店，那里一整夜都在发放包括汽车在内的大大小小的奖品。穿着内衣的女服务员还不断送免费的汽水给我们喝。

在闪烁的灯光下站在赌场中央，看着周围的老虎机在嘈杂声中向外吐着钞票，我不断提醒自己要稳住呼吸。

"你觉得这里有趣吗？"汤姆对我大声吼着。

"是的，这里简直太棒了！"我咧嘴大笑。

说真的，过去这周所受的刺激大得我来不及消化，我只好把思绪飘回那个自己再熟悉不过的地方。我站在自己造的风车木塔下，一步步慢慢地爬上梯子，柔软的木条在我脚下咯吱作响，触感柔和而又温暖。我从塔顶眺望着这片我所热爱的国土，宽广的绿色田野和错落的山谷尽现眼前。微风穿过山谷，带动起我身后的风车叶片。那天夜里我躺在旅馆的床上，在白天的幻想中很快就入睡了，风车发出的声响像妈妈的催眠曲那样动听悦耳。我的脑子里想的都是祖国马拉维的事——当你一心一意时，你的梦想就一定能实现。

在美国旅行期间，祖国的形象一直保存在我脑海深处的某个地方。每当我想起它，总会产生一种温馨快乐的感觉。

拉斯维加斯的那一夜过后不久，我发现了一处与家乡景色相仿的所在——绿意盎然的田野、地平线上的山峦和万里无云的蓝天。但这不是在马拉维，而是在加利福尼亚的棕榈泉。在我和山丘之间的空地上，绵延着几公里长的风车，六千多架风车像机器制成的大树一样拔地而起。

把车开进风车农场以后，我第一次见识到了风车的真实大小。在那里，我似乎一下子失去了判断大小的能力，白色的圆形涡轮极像电视上看到的卡通造型，体积似乎比我家的整幢房子还要大。我一下车,呼啸的风声像海潮一样向我涌来，无所不包的狂风似乎牵引着我的呼吸。抬头仰望，三十余米长的叶片像造物主的恩赐一样在风中慢慢地转动着。

这一定是在做梦。

这些风车无论从哪方面看都和我的风车不同。每架都有六十多米高，翼展比把我带到美国的飞机还要宽。"风速科技"公司的首席工程师克里斯·科普兰德甚至把我带入一架风车的内部参观。墙上的电脑监视器汇总了与风车相关的所有资料，从风速、输出电压到叶片的转速都被一一列出。如果风速过大，电脑会自动停下转子——而我的风车有时会在强风中突然断裂，匕首一样的叶片会被甩得很远。

每个涡轮机组可以产生一万两千五百伏电压，整个风力发电厂可以产生六亿瓦特的电力。这些电通过地下电缆送到变电站，进而传输给南加利福尼亚的千家万户。这里产生的电足以供给整个马拉维，还有多余的可以储存（相形之下，马拉维国家电力公司只能供应两亿两千四百万瓦特的电）。

亲眼看到梦想多年的风车使我产生了一种不可思议的感觉——现在它们竟真真切切地在我眼前转动着。走了一大圈以后，我终于又回到了原点。图书馆的书使我产生了建造风车的想法，饥饿和无助给了我精神动力，从而使我开始了这段奇妙而艰险的漫长旅程。站在森林一般的风车农场面前，我不禁起了个念头，我的下一站该去向何方？费了这么大劲，付出了这么多，我的未来将会如何？看着发电厂里一望无际的风车，远处的群山似乎也跟着旋转的叶片舞动起来。

看着看着，我突然觉得它们似乎想向我传递一些信息——我不用那么快就决定自己的人生方向。回到非洲以后，我可以回到学校，重温已经远离了很久的校园生活。在这之后谁知道还会发生什么事呢。也许我可以研究这类巨型风车，把它们竖立在马拉维广袤的国土之上；也许我可以把家用风车的制作方法传授给其他人，使他们不必依靠政府就能用上水和电；也许这两个目的我都可以达到。无论将来做什么，我都会实践之前学到的这句话：

成功就需要放手一搏，从现在开始干吧！

后　记

　　二〇〇八年六月，我前往南非的开普敦参加"世界经济论坛非洲会议"的活动，在会上就新兴国家的科技发展进行了专题演讲。我参加了丹·夏恩那组的专题讨论，他是 AMD 科技公司"50－15"计划的负责人，这个计划旨在让地球上一半的人在二〇一五年以前通上网络。我之前在阿鲁沙认识了夏恩，并和他成为了朋友。当他邀请我在这次重要会议上发言时，我二话没说便答应了。

　　我把制作风车的方法，以及其间遇到的种种困难告诉了参会者。说到寻找发电器所遇到的艰辛时，听众都被我的经历震撼了。我把乔弗里的事告诉了大家，希望他能在我去读书时把制作风车的方法传授给附近的村民。讨论快结束的时候，听众中有人举手问我马拉维政府对我的计划持何种态度。

"政府不怎么了解我的方案。"这么说是因为我刚刚把这个方案的大致内容通报给总统大人。

马拉维总统宾古·瓦·穆塔里卡也参加了这次论坛。前一天夜里，我们受邀参加了同一场晚宴。我非常尊敬穆塔里卡总统，因为他关心农民，使我们这样的家庭又一次买到了化肥。总统坐在另一桌，晚宴后我走到总统身边，向他作自我介绍。我告诉他我是论坛的演讲人之一，到这里来介绍我的风车。总统看上去非常吃惊。

"你真是太棒了！"总统赞叹道，然后站在我身旁主动与我合影留念。我感到非常骄傲。这张合影现在挂在我们家的客厅里。只要有人到访，爸爸妈妈就会带他们看这张照片。

离开开普敦以后，我又乘飞机前往芝加哥，在科学与工业博物馆接受表彰。在博物馆里，我参观了一个名为"快速推进：创造未来"的展览，它介绍了一些能使世界变得更加美好的先进理念和创新科技。我的断路器和电灯开关原型与许多其他知名人士的创造发明放在一起，其中包括美国太空总署机器人科学家阿亚纳·霍华德制作的火星行走机器人和达娜·迈尔斯发明的时速达一百一十公里的电动汽车。和如此杰出的人物一同受到表彰真是我莫大的荣幸。我的头像被放大到身体一般大小在海报上展示，这种感觉简直棒极了！

回到马拉维以后，我趁着暑假和家人朋友们团聚，还对风车进行了一些整修。每次回到家的时候，似乎都会有叶片被风刮断，甚至在我用油桶钢片替换掉原来的塑料叶片后还是如此。我还注意到白蚁已经把我的木塔基座蛀空了，这意味着我必须重造一座木塔（后来我把支撑用的竹竿插在水泥里，这样就不用担心会被虫蛀了）。被蛀过的木杆使整修工作变得异常艰险，我常在头上戴个自行车头盔，以防突然从塔顶掉下来。

圣诞节在美国游历期间，我收到了一则好消息，南非约翰内斯堡有一所面向全非洲招生的"非洲领导者学院"提供助学金让我去那里就读。

这所高中聚集了来自全非洲五十三个国家的学生，旨在培养非洲下一代领导人。创校那年申请入学的有一千七百名学生，最后实际录取的却只有区区一百零六人。许多学生和我一样是克服了重重困难改变了家人和邻里生活的创业家和发明家。还有些是所在国家的优等生，在联考中脱颖而出，获得了出国求学的机会。

虽然在利隆圭前一所学校学习得非常刻苦，但我在英语和数学上还是远落后于其他人。我知道约翰内斯堡的那所学校对我来说极具挑战性，担心自己会比其他同学差上一截（年龄还比其他人大得多）。听说我在英语上非常弱，美国的一位资助者自愿提供经费送我去剑桥读书。我在剑桥大学校园附近的语言培训班上了五个星期的课程，与来自中国、意大利和土耳其的学生一起学习正宗的英式英语。

每到周末，我都会独自行走在英国的老城区，欣赏那些四百多年前在缺乏先进技术的条件下徒手建造的古典建筑。看到它们，我坚信非洲人只要把智慧和精力投入在生产发明上，不浪费时间等待他人援助，就能很快把我们这片大陆发展起来。

八月时我回家打包行李，再次和父母告别，之后便登上了前往约翰内斯堡的飞机。非洲领导者学院的课程和我想象的一样丰富多彩。第一学期我选修了十门课，包括物理、化学，以及之后成了我的最爱的企业研究。学校在约翰内斯堡郊外，校园周围种满了郁郁葱葱的大树。这里有一片宽阔的足球场。校园里还养了许多只孔雀，它们每天早晨大声喧闹，比家里的公鸡还要烦人。我和来自肯尼亚的希奥拉·图库同住一间宿舍，我们很快便成了朋友。我终于不必再和室友同睡一张床了，但我敢肯定，希奥拉一定比我原先的室友洗脚洗得勤。

科学论坛之后，我又一次感觉自己置身于一群志同道合的伙伴之间——不过我和这里的同学情谊更加深厚，因为我们都是经历了千辛万苦才到这个地方就读的。

　　同学中有个来自南非瓦扎克赫里的米兰达·恩亚西。大规模教师罢工使米兰达所在的学校陷于瘫痪，米兰达挑起重担，教授同学数学、科学和地理方面的知识，使学校维持运转。她甚至开了家音像制品店，同学们可以在店里借到免费的科教录像带，不会把时间浪费在酒馆里。来自津巴布韦哈拉雷的贝琳达·姆内莫帮助当地一名孤女建立了种鸡养殖场，使她能够交得起学费。我的朋友保罗·劳瑞姆是个来自苏丹南部地区的战争孤儿，他在战火中和父母失散，独自居住在难民营里。和他情况类似的还有来自刚果的约瑟·蒙亚班扎，他和父母为了逃离战火住进了乌干达的难民营，并在那里读上了书。

　　这些同学的经历让我深受启发。当越来越难的课程使我有点灰心丧气时，他们的存在让我有勇气继续前行。我不知道有多少人能够像我们一样与生活抗争。这不禁让我想起了最近从书中读到的一段马丁·路德·金的名言："如果你不能飞，那就撒开脚丫跑；如果你不能跑，那就挺起身子走；如果你不能走，那就趴在地上爬。"我们必须鼓励那些排除万难继续前行的人。我和我的同学们经常讨论着要给非洲赋予一种新的模式：群英并出，灭绝罪恶；自力更生，而非坐等施舍。希望我的故事能够帮助那些试图超越自我，却被贫穷的现状困扰的兄弟姐妹，希望他们知道自己并不孤独。只要一同努力，我们就能把背负在身上的厄运赶走，创造出更美好的未来。

图书在版编目(CIP)数据

驭风少年 /（马拉维）威廉·坎宽巴，（美）布赖恩
·米勒著；陈杰译. —— 海口：南海出版公司，2019.8
ISBN 978-7-5442-8004-4

Ⅰ.①驭… Ⅱ.①威… ②布… ③陈… Ⅲ.①长篇小
说－马拉维－现代②长篇小说－美国－现代 Ⅳ.
① I472.45 ② I712.45

中国版本图书馆 CIP 数据核字 (2019) 第 135730 号

著作权合同登记号　图字：30-2012-107

驭风少年

〔马拉维〕威廉·坎宽巴〔美〕布赖恩·米勒 著

陈杰 译

出　　版	南海出版公司　　(0898)66568511	
	海口市海秀中路51号星华大厦五楼　　邮编 570206	
发　　行	新经典发行有限公司	
	电话(010)68423599　　邮箱 editor@readinglife.com	
经　　销	新华书店	
责任编辑	杜益萍	
特邀编辑	李　爽	
装帧设计	李照祥	
内文制作	田晓波	
印　　刷	北京盛通印刷股份有限公司	
开　　本	880毫米×1230毫米　1/32	
印　　张	12	
字　　数	191千	
版　　次	2019年8月第1版	
印　　次	2024年12月第8次印刷	
书　　号	ISBN 978-7-5442-8004-4	
定　　价	58.00元	

版权所有，侵权必究
如有印装质量问题，请发邮件至 zhiliang@readinglife.com